NAOS

Couverture de Melchior Ascaride
Documents intérieurs de Éphémère
Ouvrage dirigé par Christine Luce
Distribution-diffusion : La Diff / Hachette Livre
www.moutons-electriques.fr
ISBN 978-2-36183-845-4

FRANÇOIS LARZEM

LE LYS NOIR

L'Enfer

Chapitre 1

– Hissez l'artimon et bordez les focs au vent !

Les deux mains en porte-voix, campé sur le gaillard d'arrière, Yann lançait ses ordres à l'équipage. Aussitôt, les marins s'activèrent sur les ponts. Chacun connaissait parfaitement son rôle. On étarquait les drisses, chargeait les mousquetons, vérifiait les barils de poudre. Cette fois-ci, le galion ne pouvait leur échapper. Deux jours déjà que la frégate cinglait dans son sillage. Bientôt le géant des mers serait à portée de tir et les canonniers pourraient lui donner une bonne volée de mitraille. Dans un dernier virement de bord, son beaupré se prendrait dans les haubans. Il ne resterait au jeune capitaine qu'à lancer l'abordage. Plus que quelques milles et le navire aux cales remplies d'or lui appartiendrait.

– Parés à virer vent arrière !

– Yann, ça suffit maintenant ! Viens manger !

Malgré les fortes rafales, la voix sonnait haute et claire. Enfiévré par ses aventures imaginaires, le garçon hésita à ignorer l'appel, mais il y renonça rapidement. Il n'avait guère envie de subir les foudres de sa sœur en l'énervant davantage. Aussi brune que son cadet était roux, Gwen affichait cet air revêche que l'on évite de défier, comme une ombre sur son visage qui dissuadait de lui tenir tête. Les bras croisés devant la porte de la cuisine, elle attendait son frère pour prendre le repas sans lui donner d'autre choix que d'obéir.

Yann relâcha les épaules en soupirant. Debout sur l'énorme rocher du cap de la Hune dressé face aux flots agités, il abandonna son navire. Ses exaltantes courses au large se terminaient souvent ainsi. Le vert de son regard perdu sur l'océan, le jeune navigateur demeura quelques instants plongé dans ses rêves de corsaire puis, d'une démarche désabusée, descendit jusqu'aux hautes herbes pour regagner le phare.

Sa sœur ne se montrait nullement tendre avec lui. Jamais il n'avait vu le moindre sourire orner ses lèvres. Sévère, Gwen ne lui adressait la parole que pour les mots qui fâchent, se coucher tôt, manger à l'heure. Une fermeté propre à gâcher les plus beaux moments de l'existence. Pourtant cela faisait longtemps qu'il lui avait pardonné son aigreur. La vie qu'elle menait devait être bien amère. Sans doute aurait-elle préféré partager ses audacieuses traversées, parcourir des mers immenses sur les fabuleux vaisseaux qu'il s'inventait. Mais après le départ de leur mère, Gwen s'était progressivement occupée de la maison et elle y consacrait tout son temps désormais. Les querelles de leurs parents étaient devenues si habituelles. Yann et sa sœur pensaient qu'il en serait toujours ainsi. Puis un jour, les disputes cessèrent. Les yeux embués de larmes à la porte du phare, ils regardèrent leur mère s'en aller. Elle leur avait promis de revenir. Après les pleurs et la rancœur, le silence s'installa. Leur père, d'un caractère déjà sinistre, se montra peu à peu indifférent à ceux qui l'entouraient et, malgré son jeune âge, Gwen se vit obligée de pallier cette démission.

Aussi illusoires qu'elles puissent être, les expéditions imaginaires de Yann restaient ses seuls moments de bonheur. Sa mère ne lui laissait que l'image brumeuse d'un visage qui s'effaçait chaque jour davantage. Une maigre silhouette dans l'ombre massive d'un mari taciturne. Un taiseux comme il en existait tant sur ces côtes dévastées par le vent.

Cette triste vie aurait eu raison de ses rêves si le garçon n'avait un jour décidé de fuir la grisaille du cap. Ce matin-là, il tassa un paletot de toile au fond de son sac, le recouvrit d'une chaude couverture de laine où il glissa le Livre des Corsaires puis, son canif en poche, coiffa ce bonnet rouge dont il était si fier, avant de quitter le phare. Son père ne lui adressa pas un mot, ni même un regard. Insensible, le bourru resta muré dans son silence. Le regretterait-il un jour ? Sur le pas de la porte, sa sœur avait les yeux humides. Mouillés de pluie peut-être ou irrités par ce vent qui n'en finissait pas de souffler. Malgré l'insistance de son frère, Gwen n'osa pas le suivre.

Yann ne se retourna pas. La besace au côté, il prit le chemin de la lande qui conduisait au port de Locmarch, et grimpa sur le premier navire prêt à accepter un mousse.

Ce fut *l'Estamine*. La goélette était sur le point d'appareiller pour les îles du Ponant lorsqu'il monta à bord. Elle reviendrait sept mois plus tard chargée de rhum en barriques.

– Tu sais manier la vadrouille ? lui demanda le bosco.

Yann n'avait aucune idée de ce que cela signifiait, mais il acquiesça. C'est ainsi qu'il embarqua pour la première fois sur un voilier.

La vie ne s'y montrait guère idyllique. Largement moins qu'il ne l'avait imaginé. Excepté la pleine mer qui l'entourait, il aurait presque regretté ses rêveries du cap de la Hune. Nul cordage entre ses mains, ni d'embruns sur son visage pendant qu'il agrippait le gouvernail. Il passait ses journées à nettoyer le pont et ses nuits à dormir, épuisé par la tâche. Les seuls moments de détente demeuraient les repas, mais hormis l'excellent biscuit sec du matin, le bouillon gras épaissi de fèves concassées lui laissait en bouche un goût qu'il avait hâte d'oublier.

Cependant, rien n'entamait sa passion pour l'océan. Devant tant d'obstination, le bosco le prit sous son aile et Yann devint bientôt la mascotte de l'équipage. Amurer les voiles, carguer la misaine, le maître du gréement lui enseignait chaque jour de nouvelles manœuvres. Si bien qu'à l'arrivée, outre les genoux calleux et les bras solides, le moussaillon en connaissait autant que les meilleurs gabiers.

L'Estamine mouilla dans le port de Qinocta par l'une de ces après-midi étouffantes qui baignent les tropiques. Yann ne resta qu'une nuit à terre, le temps de se rengager. Quelques recommandations du capitaine et le garçon repartit sur les flots le lendemain comme matelot à bord d'une frégate.

De voyages en traversées, le jeune aventurier devint rapidement un habile marin, pressé de reprendre la mer dès qu'il amarrait le navire à quai. Il aurait pu continuer ainsi longtemps son chemin, mais la rade de Caïbo, dans l'archipel des Manilles, lui réservait un autre destin.

– Il a bien failli nous engraver dans la passe de Sargone ! Si nous n'avions pas viré au vent, *le Pistrel* y serait toujours échoué et son chargement avec.

Dans le brouhaha de la taverne du Loup, Yann élevait la voix pour faire entendre sa colère.

– Sans doute as-tu raison mon garçon, réagit le maître d'équipage, mais tu es encore novice pour que je te confie la barre.

– Vous préférez la laisser à cet imbécile !

– Tout doux jeune gabier ! Cet imbécile, comme tu le qualifies, est le fils du vicomte de Malerme. Le moment viendra où il prendra la place du capitaine et régnera sur *le Pistrel*. En attendant ce jour funeste, je n'ai aucune envie de mettre notre armateur de méchante humeur en débarquant son fils parce qu'une quille a frôlé le sable d'un peu trop près.

– Très bien. Je ne resterai pas un quart de plus sous vos ordres, bosco. Il n'est nul navire ici qui refuserait de m'engager à son bord.

– Alors file, blanc-bec, si tu penses leur manquer à ce point !

– Vous ne croyez pas si bien dire. Bientôt, je serai capitaine.

– Tu nc scras capitaine de rien du tout, mon gars. Je te rappelle qu'il faut être de noble lignée pour prétendre commander un vaisseau.

– Adieu, bosco !

D'une démarche nerveuse, Yann se dirigea vers la sortie et claqua la porte de l'auberge dans le silence tombé pendant la dispute. Déplorant de s'être si vite emporté, le maître d'équipage restait pensif en terminant sa bière. Les conversations reprirent progressivement sans que personne ne remarque le colosse assis dans l'ombre qui se leva peu après le jeune fougueux pour quitter la taverne. Son impressionnante corpulence aurait pourtant dû frapper les esprits. Il n'avait rien raté de l'échange houleux entre les deux marins.

Yann marchait sur le quai assombri par le crépuscule lorsque le gaillard le rattrapa.

– Naviguer sur un brick, ça te dirait ? lança-t-il d'une voix grave.

– Pour y faire quoi ? répondit l'audacieux d'un ton blasé sans se retourner.

– Capitaine.

À ce mot, Yann se figea. Qui pouvait être assez fou pour proposer à un garçon de seize ans le commandement d'un navire ? La réponse évidente ne tarda pas : un pirate.

Le jeune marin hésita.

À peine quelques secondes.

– Où est-il ce brick ?

– Suis-moi.

L'homme l'entraîna au bout de la jetée. Le voilier était amarré à l'embouchure du port. Même dans la pénombre, Yann remarqua aisément son parfait état. Lorsqu'ils franchirent la passerelle de bois pour monter à bord, son impression se confirma. Hormis les voiles carguées sur leur vergue, que l'on devinait rapiécées, le pont du *Faouenn* était briqué de près, aucun des mats ne semblait endommagé et les cordages soigneusement lovés attendaient patiemment l'appareillage. À bien y réfléchir, rien n'indiquait que ce vaisseau eut un jour participé à quelque combat que ce soit, moins encore qu'il puisse appartenir à des flibustiers.

– Qu'est-il advenu de votre capitaine ? s'étonna le jeune curieux.

– Un méchant coup de sabre lui a crevé un œil et l'autre ne vaut guère mieux, lança une voix derrière lui.

Yann se retourna aussitôt. Dressant son ombre noire devant le ciel qui s'assombrissait, une silhouette avançait sur le pont en boitant.

– Il me manque une jambe aussi, ajouta l'inquiétant personnage.

Un bandage sanguinolent entourait son crâne, masquant ses deux yeux et une oreille, ou ce qu'il en restait. Rongée par les années, sa jambe de bois révélait une blessure plus ancienne.

– Tu es venu pour m'ausculter ou pour courir les mers ?

L'aveugle boiteux était bien leur capitaine. Il parlait comme un vieux loup et l'équipage se groupa derrière lui. Une quinzaine d'hommes coiffés de foulards et de tricornes qui formait la plus redoutable compagnie de pirates que Yann eut jamais rencontrée.

– On appareille quand ? lâcha l'intrépide aventurier, imperturbable.

– Cette nuit.

– Dans l'obscurité ?

– La lune est pleine si j'en crois le bosco, et la brise suffisante. Si tu as peur du noir, retourne à la taverne. Il y a de la bière et des bougies. Les filles t'y dorloteront.

Quelques railleries fusèrent parmi les forbans.

– Où est mon second ? poursuivit Yann sans se laisser impressionner par la hargne du vieux marin.

– C'est moi, répondit le boiteux.

– Avec un aveugle comme lieutenant, on n'ira pas loin.

Les murmures se glacèrent.

– Tu ne manques guère d'audace, gamin. J'aime bien ça, mais n'en abuse point.

– Qui est le maître d'équipage ?

– Bart, déclara l'aveugle en désignant avec une étonnante précision le colosse qui avait conduit Yann jusqu'au navire. On fera les présentations plus tard si ça ne te dérange pas, ajouta-t-il agacé par les questions de l'impertinent. L'heure est venue de lever l'ancre.

Le garçon aurait pu lui demander si le *Faouenn* leur appartenait, ou s'ils avaient tué le capitaine et son équipage pour s'en emparer, mais il n'avait pas envie de risquer sa vie sur une stupide réflexion. Il ne chercha donc pas à en apprendre davantage et lança les manœuvres d'appareillage.

La fraîcheur nocturne commençait à tomber. Suspendue à son bossoir, l'ancre s'égouttait encore dans l'eau noire quand la brise gonfla les voiles. Quelques rides en surface et le vaisseau s'éloigna lentement du quai. Il ne lui fallut guère longtemps pour quitter le port de Caïbo.

La nuit passa sans encombre.

Au petit jour, l'archipel des Manilles était déjà loin. Malgré son peu d'expérience, Yann commandait le brick avec l'assurance des plus grands capitaines et Bart pouvait se féliciter de l'avoir enrôlé à bord. Au mépris de ses doutes, l'équipage exécutait ses ordres sans discuter et le boiteux ne semblait pas le malmener plus que le reste de ses hommes.

Après les fâcheux événements qu'il venait de traverser, le vieux maître de bordée soufflait enfin. Il avait pourtant cru sa dernière heure arrivée lorsque le *Faouenn* avait éperonné leur coque quelques jours plus tôt. Le brick résistait aux pirates comme aucun navire n'avait su le faire avant lui. Cette proie qui paraissait si facile à abattre allait couler leur vaisseau. Déchiqueté par une volée de boulets meurtriers, le grand-mât gisait déjà sur le pont quand ils lancèrent l'abordage. Ce n'est qu'au terme d'un combat sanglant qu'ils parvinrent à se rendre maître de l'indomptable voilier, pendant que leur propre goélette sombrait dans les eaux turquoise. Le boiteux y perdit la vue et, en représailles, ordonna de jeter aux requins les derniers survivants avant de rejoindre le port de Caïbo à bord du *Faouenn* conquis, mais il leur fallait un nouveau capitaine.

Posté sur la dunette, Yann surveillait les crêtes écumantes. Le matin clair avait laissé place à un ciel chargé de nuages. Prudent, le jeune capitaine fit réduire la voilure. En mer, le temps pouvait s'aggraver si vite qu'une seule négligence se révélait parfois fatale. Lorsque le *Faouenn* commença à tanguer, ses deux perroquets déjà cargués tandis que les gabiers serraient la grand-voile, son intuition s'avéra salutaire. Soudain, un orage éclata sans qu'il eût d'abord tonné au loin. D'un éblouissant claquement, la foudre vint frapper l'océan à quelques encablures et, sous le vent qui enflait, des trombes de pluie s'abattirent sur le navire.

– Deux ris aux huniers ! ordonna Yann.

Peut-être aurait-il dû les ferler, mais personne ne discuta sa décision. Six hommes montèrent par les haubans pour atteindre les hunes et chevaucher les vergues. Les vagues creusaient de si impressionnants abîmes avant de dresser des montagnes face à la proue, qu'elles rendaient leur tâche redoutable.

Au-dessus d'eux, le ciel se teintait maintenant couleur de cendre. La mer ne montrait plus qu'une étendue noire et déchaînée, frangée d'écume. Une violente rafale déchira brusquement la seule voile qui restait bordée sur le mât de misaine. D'un claquement sonore elle arracha le foc qui s'en alla se perdre dans les flots. Sans assez de voilures pour maintenir son cap, le navire piqua son beaupré dans l'océan jusqu'au gaillard d'avant. Il semblait ne plus jamais remonter lorsqu'une lame plus forte que les autres le releva si haut qu'il parut s'envoler. Un torrent déferla sur le pont. Cramponnés aux mats, aux cordages, à ce qu'ils pouvaient, les hommes du *Faouenn* sentaient la mort leur caresser les côtes. Le rugissement des flots couvrait les vociférations du boiteux. Agrippé au bastingage, Bart commençait à douter que son nouveau capitaine puisse les sauver de ce désastre. Il aurait pourtant juré apercevoir un sourire illuminer le visage du garçon.

Insensible à l'épouvantable chaos qui l'entourait, Yann goûtait l'ivresse de l'effroi. S'il avait déjà croisé d'horribles tempêtes, aucune ne lui avait procuré ce plaisir. La bouche grande ouverte, il laissait le vent s'engouffrer dans ses poumons. Ses yeux écarquillés se noyaient de pluie. Il se faisait tornade, hurlait avec l'ouragan, chevauchait la tourmente. De tous ces instants passés sur les océans, il comprenait enfin qu'il n'avait jamais attendu que celui-ci. Il s'imagina campé devant la porte du phare, réveillant son père impassible, défiant le regard de sa sœur. C'est ainsi qu'il avait toujours voulu vivre. Ainsi qu'il vivrait désormais.

Après l'inquiétant silence de l'envol, le navire retomba sur l'eau déchaînée avec un terrible fracas, projetant autour de lui des explosions d'écume. Sous les craquements de la coque, les cordages du brick cédèrent un à un et la bôme s'écroula sur le gaillard d'arrière. Puis le calme revint, comme dans l'œil d'un cyclone, sans raison. Un de ces moments que l'on n'attend plus. Alors, un câble capricieux se rompit subitement et fouetta le visage du jeune capitaine qui culbuta à la renverse. Bart l'aperçut qui basculait brutalement par-dessus le bastingage du navire, une main encore accrochée à la rambarde.

– Capitaine ! hurla-t-il pendant qu'il se précipitait vers lui.

D'un geste prompt, le maître d'équipage attrapa son poignet, mais lorsqu'il le hissa sur le pont, il ne serrait plus qu'une manche de vareuse au creux de sa paume. Sans perdre un instant, l'homme bondit aussitôt sur une écoute dont il s'encorda la taille.

– Le capitaine à la mer ! clama-t-il à qui voulait l'entendre.

– Au diable ce maudit gabier ! rugit soudain l'aveugle qui se redressait en s'accrochant au grand-mât. Qu'il pourrisse au fond des abysses ! Sauve plutôt le *Faouenn* !

– Capitaine ! s'indigna Bart. On ne peut pas le laisser se noyer ainsi, ça nous portera malheur !

– Que comptes-tu faire, imbécile ? Plonger dans la tourmente pour le récupérer ? Je parie que tu t'es déjà encordé !

Le silence du maître d'équipage confirma les dires du boiteux.

– Désobéis à mes ordres, bosco, et je te jure que je tranche ce cordage dès que tu auras sauté !

Une hache d'abordage à la main, le bougre ne plaisantait guère. Jamais avec la mort. Combien de fois avait-il dégainé son poignard pour une misérable provocation ? Aveugle ou non, sa hache finirait bien par trouver l'amarre qui sanglait le marin. Si le boiteux n'avait pas perdu ses yeux pendant la prise du brick, Bart y aurait vu la rage furieuse qui l'habitait. Une démence de taille à terroriser toute une horde de pirates. Il connaissait bien le vieux fou et il le craignait plus encore qu'une tempête. Dénouant l'écoute, l'homme se résigna à abandonner l'intrépide aux vagues en furie.

Plus bas, Yann veillait à ne nullement paniquer. Bouger le moins possible pour rester à flot. Calmer sa respiration. Et surtout garder patience. Bart l'avait vu tomber. Il s'en était fallu de peu que le colosse parvienne à l'agripper. Fichue vareuse ! Il savait que le bosco ne renoncerait pas. Sans doute était-il déjà encordé au grand-mat. D'autres gabiers plongeraient peut-être pour lui porter secours. C'était ainsi dans la marine. La solidarité primait avant toute autre chose. Il devait simplement se résoudre à attendre.

Les minutes passèrent. L'eau lui semblait presque tiède. Les vagues le submergeaient régulièrement, mais il bloquait son souffle et finissait toujours par remonter à la surface. Personne n'avait encore sauté du navire pour le secourir. Qu'est-ce qu'ils fichaient bon sang !

L'angoisse s'installa.

Sournoise.

Bien que marins, ces hommes n'en restaient pas moins des pirates. Le cœur du garçon battit plus vite. L'entraide avait-elle la même signification chez ces aventuriers au passé douteux ? Sa respiration s'accéléra. Sa vie valait-elle vraiment qu'ils risquent la leur ? Un rouleau l'engloutit, le forçant à s'agiter pour retrouver l'air libre. Toujours malmené par l'ouragan, le *Faouenn* s'éloignait lentement.

Tout à coup, une lame entraîna le jeune marin par le fond. Il eut beau se débattre, l'océan l'étreignait comme un serpent qui noie sa proie. S'évertuant à reprendre son souffle, il épuisa ses dernières forces pour rejoindre la surface. Mais à peine eut-il gonflé ses poumons d'air qu'il coula à nouveau vers les profondeurs. Acharné, il refusa d'abord de se résigner, gesticula en mouvements désordonnés, cessa de respirer plus longtemps qu'il ne l'avait jamais fait. Puis, désespéré, il abandonna. Autour de lui, les ténèbres régnaient en maître. Seule une petite tache de lumière dessinait un halo en surplomb, loin au-dessus de sa tête, inaccessible. Il regarda ses mains fripées qu'il distinguait tout juste. Elles semblaient déjà ne plus lui appartenir. L'air lui manquait. Il lui fallait ouvrir la bouche. Impossible de s'en empêcher. Un filet d'eau s'insinua dans ses bronches, l'obligeant à tousser violemment. Il acceptait la mort, pas la souffrance. La bouffée de liquide qu'il inhala provoqua une nouvelle toux incontrôlée. L'eau pénétrait sa vie, possédait son corps. Une douleur abominable lui brûla les poumons. Un supplice horrible. Il ne désirait rien d'autre que mourir à présent. Vite. Juste comme il perdait connaissance, son cœur s'arrêta de battre. Puis ses yeux grands ouverts s'imprégnèrent d'ombre une dernière fois, avant de se voiler définitivement.

À bord du *Faouenn*, Bart n'en finissait pas de haïr le boiteux. Comme il avait déchaîné son équipage sur les hommes du brick, jetés à la mer sans leur laisser la moindre chance de survie, ce maudit aveugle sacrifiait maintenant le jeune gabier à la tempête. Le colosse s'en voulait d'être si lâche, terrifié à l'idée de s'opposer au vieux fou. À la prochaine escale, il quitterait ce navire et la piraterie à tout jamais. Il n'aurait ensuite qu'à rallier un port de la côte. De là, il dénicherait bien un bateau qui l'enrôlerait comme matelot à son bord. Parmi tous les vaisseaux en partance pour l'empire, quelques-uns recherchaient toujours de solides gaillards, leur permettant ainsi de traverser l'océan sans encombre. De Locmarch en remontant la Volène, il atteindrait Bayence. La ville grouillait de vie. Le travail ne manquait pas pour un costaud comme lui. Peut-être parviendrait-il à oublier toutes les horreurs qui hantaient sa mémoire. Pardonner, à lui comme aux autres.

Racheter son âme. Loin de son passé, Bayence lui réserverait assurément une existence meilleure.

Chapitre 2

Mourir noyé. Quel destin absurde ! Il s'était laissé couler lentement, incapable de garder sa dignité, trop lâche pour supporter la moindre douleur. Rien d'étonnant en réalité, il se montrait lamentable jusque dans la mort.

– Quand l'avez-vous découvert ?

– Au décroît du soleil, Monsieur. Je vous ai fait prévenir immédiatement.

Quitte à succomber à la noyade, autant y mettre du panache. Disparaître en mer comme un grand navigateur, voilà qui suscitait un certain respect. Faute d'océan, l'empereur était mort au fond de sa baignoire, une fin bien moins prestigieuse. Le marquis rageait de ne pas avoir assisté à son dernier soupir. Peut-être l'aurait-il sauvé, ne serait-ce que pour lui ouvrir la gorge de son propre sabre. L'ourari, que l'impératrice Yliana versait régulièrement dans le bassin de cristal, se montrait d'une redoutable efficacité. Au contact de ce poison, les muscles se paralysaient sans pour autant diffuser la toxine jusqu'au cœur qui continuait de battre imperturbablement. Mais cette lente agonie restait loin de satisfaire Lorenzo de Monzag, davantage habitué aux lames tranchantes et aux hurlements de douleurs. À la vue du visage immergé que l'eau commençait à bouffir, il espéra un ultime sursaut, une dernière bulle qui crèverait la surface du bain pestilentiel. En vain. Quelle déception malgré tout d'avoir raté le spectacle du trépas impérial !

– Ne vous avais-je point recommandé de prendre soin de Son Altesse ?

Le serviteur se sentit défaillir : lorsque le marquis tenait de tels propos, le responsable demeurait rarement impuni.

– J'ai pourtant assuré une veille de tous les instants, Monsieur, bredouilla l'homme qui s'attendait au pire.

La main sur le sabre, Monzag hésitait encore quand l'impératrice entra.

– Marquis ? Que faites-vous ici ?

– Je crains, Votre Altesse, qu'il ne vous faille faire preuve de courage.

D'un pas pressé, elle s'avança. Sous sa chevelure cuivrée, son teint déjà pâle devint plus livide.

– Est-il… mort ?

L'affliction se lisait sur son visage. Non d'avoir perdu son époux, mais que sa déliquescence n'ait pas duré davantage pensa Monzag, il se retint toutefois d'un cynisme trop voyant.

– Effectivement, Majesté, déclara-t-il avec une fielleuse compassion, tout porte à croire que notre monarque s'en est allé rejoindre ses ancêtres.

– Pauvre cher grand homme, se lamenta-t-elle. Il était si vaillant. Quelle perte immense pour l'empire !

Vaillant, le souverain ne l'était plus depuis longtemps et personne ne le regretterait hormis les trafiquants de Blanche et les pourvoyeurs de belles. Son épouse se révélait être une très mauvaise actrice, il valait mieux que personne n'en soit témoin.

– Laissez-nous, ordonna le marquis au serviteur d'un geste dédaigneux.

Le laquais s'inclina brièvement pour aussitôt s'éloigner en pressant l'allure. L'intervention de l'impératrice lui sauvait la vie, il ne lui restait plus qu'à disparaître à la hâte. En quelques pas, il atteignit la porte de la salle de l'aurore, mais la monarque l'interpella avant qu'il n'en ouvre le battant.

– Un instant, mon brave ! Prévenez un émissaire, je vous prie. Qu'il convoque le conseil d'urgence. Et gardez-vous de révéler le drame qui nous accable.

– Le conseil ? s'étonna Monzag.

Depuis quand cette illuminée s'occupait-elle des affaires de l'empire ?

– Les Grands doivent immédiatement être informés du décès de l'empereur, justifia la souveraine.

Était-ce là une manière déguisée d'imposer ses décisions ? Le marquis détestait qu'on lui dicte ses actes, il en avait perdu l'habitude depuis tant d'années. Cette initiative l'horripilait et, sous des tournures respectueuses, un certain agacement transparut dans son discours.

– Permettez, Votre Altesse, qu'en ces instants douloureux je me charge de cette funeste mission.

La veuve impériale ne sembla pas saisir la subtilité du propos.

– Je reconnais bien là votre discrète attention, mon cher marquis. Toutefois, il est de mon devoir d'assumer cette pénible épreuve. Je m'en voudrais de faillir à mes responsabilités. J'annoncerai donc personnellement aux Grands la triste nouvelle.

Quel jeu jouait-elle ? Son époux l'avait fait enfermer pour soigner ses fièvres mentales après ses tentatives d'infanticide sur le prince, pas un seul conseiller n'avait oublié ces événements tragiques. Il serait aisé d'invoquer sa démence ou un désir de vengeance pour l'accuser de meurtre, elle finirait décapitée. Cette femme se montrait pourtant d'une volonté exceptionnelle. Elle avait résisté à tout, à l'empereur, à son internement, à son chagrin. Peu lui importait le prix de sa revanche, elle s'était entêtée à survivre pour l'accomplir. Cependant, qu'espérait-elle aujourd'hui en choisissant d'affronter le jugement des Grands ? Affirmer cette dignité qui manquait tant à son époux ? Quel héroïsme ! Elle avait supporté ces longues années de séquestre pour s'exposer à la lame de l'exécuteur, alors qu'elle aurait pu s'enfuir et disparaître à tout jamais. Son forfait accompli, plus rien ne la retenait au palais, Monzag n'aurait même pas cherché à la poursuivre. Ilétait trop tard maintenant, la souveraine lui offrait un prétexte pour s'en débarrasser. Inutile de forcer le destin, elle se précipitait sans qu'on l'y pousse vers une mort certaine. Un trophée de plus tomberait bientôt dans la panière du bourreau. Au point où périclitait l'empire, une autre mort n'avait que peu d'importance. D'un léger hochement de tête en signe d'approbation, le marquis autorisa l'homme en livrée à remplir sa précieuse mission.

– La tristesse qui m'étreint ne doit en aucun cas nuire à notre pays, reprit-elle quand le serviteur fut sorti. Quoi qu'il nous en coûte, nous devons respecter le protocole.

Surpris par l'insistance de l'impératrice, Monzag s'apprêtait à lui signaler qu'ils étaient seuls. Le laquais parti, inutile de feindre le chagrin, tous deux savaient fort bien que l'empereur était mort de sa main d'épouse assassine, mais elle paraissait si convaincue par son discours qu'il n'osa la contredire. Sans doute s'essayait-elle à son nouveau rôle de veuve éplorée. Se révélant soudain beaucoup plus persuasive, elle murmura :

– Puis-je compter sur votre soutien, cher marquis ?

Il avait toujours éprouvé un certain malaise devant ces prunelles d'un ocre si clair qu'elles se teintaient d'or. Des yeux qu'on ne croisait guère que sur les îles du Septentrion et dont on disait qu'ils perçaient la nuit polaire. Comment un empereur aussi insipide qu'Harold avait-il pu un jour éveiller l'intérêt d'une femme si fascinante ? Un instant pensif, Monzag se reprit aussitôt. Pour l'heure, le regard doré d'Yliana semblait perdu. Perplexe, il entra dans son jeu.

– Je suis votre dévoué, Majesté. Demandez et j'exécuterai.

– Votre bienveillance m'est d'un grand réconfort, mon ami. Je sais la confiance que mon époux regretté vous témoignait. Ce cher homme vous tenait en haute estime et nul n'oserait remettre en doute la clairvoyance de son jugement.

Il n'y avait aucune ironie dans ses mots. Peut-être l'empereur disait-il vrai lorsqu'il clamait sa folie meurtrière. Jour après jour, elle l'avait empoisonné dans ce bain où il pourrissait lentement, et elle semblait maintenant n'en plus garder qu'un souvenir ébloui. Comment pouvait-elle avoir tout oublié de son tortionnaire, des raisons de son crime, de sa haine ?

– Il va me falloir être forte pour affronter l'hostilité des Grands, médita-t-elle.

Lorenzo de Monzag n'écoutait que distraitement ses divagations. Il se montra plus attentif comme elle poursuivait :

– J'aurai besoin de toute votre habileté pour mener à bien cette délicate mission.

– Quoi que vous décidiez, Votre Altesse, je resterai votre indéfectible allié.

Il avait répondu machinalement, sans trop chercher à comprendre ce qu'elle insinuait. Toutefois, ces paroles obscures l'intriguaient. L'équivoque ne dura guère longtemps.

– Le pays requiert un nouveau guide, enchaîna-t-elle, et je compte bien ne pas me soustraire à mon devoir. Poursuivre l'œuvre d'Harold ne sera pas chose aisée, mais j'y parviendrai grâce à vous.

Abasourdi par cette déclaration, le trouble du marquis s'accentua, l'impératrice s'en inquiéta aussitôt.

– Croyez-vous que l'idée soit vaine ?

– Rien n'est jamais vain, Majesté.

La formule s'avérait d'une affligeante banalité. D'autres mots plus caustiques se bousculaient dans la bouche de Monzag, mais il se garda bien de les prononcer. Cette femme qu'il avait libérée de la Tour Follet afin qu'elle assassine l'empereur s'imaginait maintenant prendre les rênes du pays. Quelle prétention ! Quelle naïveté aussi ! Croyait-elle s'octroyer le trône en toute quiétude, sans risquer le moindre danger ? La course au pouvoir se révélait bien périlleuse en ces temps de chaos. Le sabre du marquis aurait pu trancher net. La noble tête serait tombée au sol dans un craquement sinistre, le désarroi envolé, puis elle aurait roulé sur les dalles de marbre bleu abandonnant quelques traînées sanglantes. Aux yeux des conseillers, ce n'aurait été que justice. Perçant à jour le crime de cette exaltée, Monzag avait vengé son souverain sur-le-champ, l'affaire était réglée. Pourtant, il n'en fit rien, la lame resta au fourreau. S'il savait l'impératrice déjà condamnée par le conseil, le marquis envisageait pour elle un sort plus ambitieux. Quitte à la faire disparaître, il aurait été dommage de ne pas lui réserver une mort spectaculaire.

– Ce trépas ne vous paraît-il point suspect ? s'inquiéta-t-elle soudain.

– Quelle qu'en soit la cause, le décès d'un monarque suscite inévitablement quelques défiances, Votre Altesse. Il importe de s'y tenir prêt.

– Mourir noyé dans sa baignoire. Est-ce là une mort naturelle ?

– Cela reste peu vraisemblable, Majesté.

– Un assassinat peut-être ?

– Il est vrai qu'on pourrait en avoir le soupçon.

– Puisse la garde impériale réduire à néant ces maudits Réformateurs avant qu'ils n'achèvent leur œuvre ! lança la souveraine avec morgue.

Cette impétueuse tirade dérouta Monzag, dévoilant l'impératrice sous un visage qu'il ne lui connaissait pas. Pour un peu, il aurait pu croire que ces mots s'échappaient d'une autre bouche.

– Quelle est cette œuvre que vous évoquez ? s'enquit-il, intrigué.

– L'éradication ! Ils nous massacreront tous ! Aucun survivant ! siffla-t-elle avant de poursuivre d'un air hagard : je les entends parfois qui murmurent dans mon dos. Ils nous épient, nous menacent, guettent nos faiblesses. Bientôt, nous n'existerons plus, ils occuperont notre place.

Puis sa colère sembla s'éteindre. En quelques instants elle retrouva son calme impérial. À n'en point douter, cette femme avait perdu la raison.

Les Réformateurs ! Ces rebelles n'étaient qu'imposture. Une poignée d'illuminés que le maître du Pentacle avait endoctrinés en vue d'assassiner le prince. De pauvres bougres sacrifiés sans remords dont il brandissait le spectre afin de justifier l'extermination de ses opposants. Le marquis n'avait constitué cette coalition que pour servir ses plans diaboliques. Tous les hommes de cette alliance étaient morts et voilà que l'impératrice les imaginait à chaque recoin du palais, tapis dans l'ombre, prêts à fondre sur leurs proies. Lassé de ses incohérences, Monzag se résolut à prendre congé de la souveraine.

– Il me faut vous quitter, Majesté, lui annonça-t-il respectueusement. Les affaires de l'empire ne souffrent nul retard.

– Je vous en prie, mon ami. Nous nous reverrons au conseil.

– Selon vos attentes, Votre Altesse.

D'un geste agacé, le marquis referma la porte de la salle en soupirant. Les délires de cette femme s'avéraient par trop insupportables, il n'éprouvait nulle envie d'en entendre davantage. N'aurait-il pas mieux valu la laisser croupir dans sa tour ? Il est vrai que sa libération avait à ce point troublé l'empereur qu'il eut été dommage de gâcher ce plaisir. À bien y réfléchir, qu'elle soit libre ou captive n'avait que peu d'importance, son soudain intérêt pour le trône précipiterait sa perte.

Si le conseil rechignait à l'éliminer, les égorgeurs de Monzag sauraient s'en charger, il ne pouvait plus compter que sur eux désormais, puisque Melgoth ne se manifestait pas depuis plusieurs jours. Après l'avènement de son armée, le démon s'était montré distant, presque indifférent, à croire que la dispersion de ses légions avait étanché sa soif de violence, comme ces insectes qui dépérissent dès la libération de leur semence. C'est à peine si le marquis l'avait aperçu traverser la cour du palais dans son corps de fillette ces derniers temps. Où se cachait-il maintenant que ses essaims de mouches infestaient Bayence ? Léna était-elle si préoccupée qu'elle omette de rendre des comptes à son maître ? Il avait pourtant payé de son sang l'éveil des hordes ailées. Avisant le fourreau de cuir qui enserrait son poignet, le marquis crispa la mâchoire pour refouler la douleur. Sa main tranchée le torturait parfois au point d'éprouver l'horrible sensation que ses doigts disparus rôtissaient encore dans un brasier. La magie noire avait réclamé son dû, mais la créature infernale s'en moquait. Les morts-éveillés en venaient même à s'attaquer au palais des Luzes et ces débordements exaspéraient Monzag. Il était temps de rappeler à Melgoth sa servitude. La démarche rageuse, le marquis se dirigea vers son cabinet pour y rejoindre ses limiers qui l'attendaient assurément avec leur prise. Il se devait d'exécuter le rituel au plus vite.

Figée à côté du bassin impérial, la souveraine restait pensive devant le cadavre immergé.

L'aimais-tu ?

– Je ne sais pas, hésita-t-elle.

Ce n'est guère une réponse.

– Sans doute ai-je été éblouie par le jeune homme qu'il fut. Il y a si longtemps, je n'en garde pas souvenir.

Une larme coula sur sa joue.

– C'était avant la naissance d'Anton, poursuivit-elle. Ensuite tout a changé.

Les enfants ne réalisent pas toujours ce qu'on attend d'eux.

– Je n'attendais rien de lui. Je n'en voulais pas. Simplement. Son père lui préparait un avenir si horrible. Lorsqu'il est né, j'ai préféré lui éviter ça.

En l'assassinant.

– Non !

C'est pourtant ce qu'on raconte.

– Je le serrais fort contre moi pour qu'il me revienne. Qu'il s'en retourne au creux de mon ventre. Là où rien ne pouvait l'atteindre. Dans la chaleur de mes entrailles. Son seul refuge contre la violence des hommes. Contre l'empereur.

Tu détestes cet homme.

– Je n'ai survécu à toutes ces années d'internement que dans l'espoir de revoir mon fils et de tuer son père.

On t'exécutera pour ce crime.

– J'ai sauvé l'empire.

Les hommes n'ont que faire des libérateurs, ils ne cherchent que la destruction.

– Certains portent l'espoir d'une vie meilleure.

Un triste sourire éclairait son visage.

– Je dois m'en aller convaincre le conseil, déclara-t-elle.

Abaissant les paupières, l'impératrice prit une longue inspiration qui devait lui redonner confiance. Puis, résignée à sa tâche, elle descendit les marches du bassin de cristal pour se diriger vers l'immense porte de la galerie. La main posée sur la poignée, elle hésita pourtant à l'ouvrir.

– Qui es-tu ?

Ton ange gardien.

– Tu arrives bien tard.

Chapitre 3

Le soir était tombé plus rapidement qu'à l'ordinaire. Dans l'ombre des hautes bâtisses, Morgan suivait la petite silhouette grise qui cheminait sans hésiter à travers le dédale des ruelles de la ville. Il n'avait d'abord pas remarqué la besace qu'elle portait en bandoulière. Ce n'est que lorsqu'elle se retourna qu'il l'aperçut.

– Tu n'es guère discret pour un espion, lui lança-t-elle.

Il pensait pourtant avoir été silencieux.

– Je n'ai pas l'habitude de ce genre de mission.

Léna lui adressa un regard malicieux.

– Peut-être voudrais-tu savoir ce que je cache dans mon sac ?

– Il semble lourd.

– Le poids d'une vie, murmura-t-elle en ouvrant le rabat comme le jeune homme approchait.

Sans qu'il n'en détermine la raison, Morgan ne put retenir un frisson. Il avait l'impression d'avoir déjà vécu ce moment. Un effroyable souvenir. Cette ouverture béante l'oppressait, tel un gouffre qui attire l'imprudent vers ses profondeurs.

Il ne discerna pas immédiatement l'enchevêtrement noir qui foisonnait au fond du sac. Puis son ventre se contracta d'un coup pour devenir plus dur qu'une pierre. Dans la besace, cette masse de cheveux bougeait. Lentement, comme un prisonnier qui cherche la lumière, la tête tranchée se tourna vers lui. Une main de glace se referma sur son cœur lorsqu'il reconnut le visage grimaçant de Faustine. Ensanglantée, rongée de terreur, elle l'implorait, la bouche distordue par un cri muet. D'un bond, il s'écarta horrifié. Le sourire carnassier de Léna se fit soudain démesuré. Morgan ne distinguait plus que ses crocs immenses, telle l'écume d'une vague qui s'apprêtait à l'engloutir.

MORGAN

Il s'éveilla en nage au milieu de ses draps froissés, dans cette chambre du palais qu'il détestait désormais. Comme le jour passé, celui d'avant et bien d'autres encore, il émergea brutalement du cauchemar qui n'en finissait pas de le poursuivre. Il s'était endormi d'un coup pendant sa lutte contre le sommeil, terrassé par la fatigue. Reprenant peu à peu sa respiration, le capitaine se redressa sur sa couche, il ne parvenait pas à oublier les traits livides de la jeune femme qu'il avait découverte le soir du drame en ôtant son masque. Peu lui importait qu'elle soit ou non le Lys Noir, jamais plus il ne contemplerait son merveilleux regard. Elle était morte et le démon qui l'avait assassinée s'amusait avec un malin plaisir à le tourmenter.

Un rai de lumière dorée lui balafra le visage. Au milieu des lourds rideaux tendus devant la fenêtre filtraient les derniers rayons d'un soleil d'automne qui déclinait sur l'horizon. Le moment de rejoindre les hommes de la garde impériale. Une fois encore, ils veilleraient jusqu'au matin pour protéger le palais des morts-éveillés, ils repousseraient leurs attaques, trancheraient des têtes. Puis un nouveau jour se lèverait, une autre épreuve pour Morgan. Rester les yeux grands ouverts. Combattre la somnolence. Chasser ces instants d'abandon où son corps fatigué aspirait au repos que ses nuits épuisantes réclamaient. Il redoutait l'aurore, maudissait ces moments de relâchement, craignant à chaque battement de paupières qu'un voile sombre ne l'emporte à nouveau dans l'abominable ruelle où Léna l'attendait patiemment, sa besace au côté.

Depuis cette sinistre soirée où Faustine avait perdu la vie, le capitaine des gardes sombrait dans la désolation. Rongé par l'insupportable souvenir des nuits de violence, il se répugnait chaque jour davantage. La mort lui était devenue si familière qu'elle ne l'inquiétait plus. L'indifférence, la brutalité, la barbarie guidaient ses actes. Quel monstre le dévorait ? Le peuple des gitans qu'il avait rejeté lui manquait tant. Toutes ces années balayées d'un geste creusaient un précipice qu'il croyait pouvoir combler loin des siens, mais il se trompait. La disparition de Faustine lui avait révélé sa douloureuse solitude. Inutile de chercher l'indulgence, la noirceur de son existence ne devait rien au destin. Si Monzag avait organisé le naufrage de ce monde, son capitaine s'en était fait l'exécuteur. Personne ne l'y avait obligé. Il s'était soumis aveuglément aux ordres et ne parvenait plus à trouver une raison de survivre sous le poids de cette abomination.

Le crépuscule jetait ses derniers feux quand des voix s'élevèrent dans la cour qui jouxtait les appartements du marquis. Encore hanté par le songe atroce dont il émergeait à peine, Morgan resta assis au bord de son lit. Peu lui importait de savoir ce qui justifiait une telle agitation, l'horreur planait sur le palais, ordinaire. Il ne s'écoulait plus une seule journée sans que l'on exécute de nouveaux condamnés. Qu'ils soient ou non Réformateurs ne changeait guère leur destinée, la moindre incartade était désormais prétexte à conduire au gibet. Tant de femmes, d'hommes et d'enfants comptaient déjà parmi les victimes de Monzag. Cependant, le capitaine ne menait plus d'expéditions nocturnes depuis quelque temps. Probablement occupé à d'innommables intrigues, le marquis s'était lassé de ces massacres.

De la noblesse, il ne restait à Bayence que quelques familles qui persistaient à s'abriter derrière les murs épais de leurs demeures pour résister aux morts-éveillés. Les autres avaient choisi de chercher asile dans les pavillons de la résidence impériale. Mal leur en avait pris, la mort frappait aussi de ce côté des remparts. Plus que jamais Monzag régnait en maître et il était sage de s'attirer ses bonnes grâces si l'on ne voulait pas finir ses jours au bûcher.

Certains n'avaient pas cette chance.

Excédé par les sinistres croassements des corbeaux, Morgan se décida enfin à quitter son lit pour s'approcher de la haute fenêtre. Une volée de charognards se disputait le cadavre décapité du duc d'Arzelane qui gisait au pied de l'échafaud. Sa trop grande servilité avait finalement exaspéré le marquis. Parquée dans des cages en fer que l'on avait installées à la hâte sur des chariots disposés en demi-cercle au milieu de l'immense cour, la famille du supplicié attendait son heure en se lamentant face à l'effroyable spectacle. Son fidèle chambellan, ligoté à un pieu, agonisait non loin de la nuée piaillarde lorsque l'un des oiseaux noirs se posa sur son crâne pour lui picorer l'œil. La douleur devait être insoutenable, pourtant l'homme n'esquissa pas le moindre mouvement. Dans un élan de clémence, la mort s'était enfin résolue à l'emporter. Il s'avérait urgent de se débarrasser du corps avant que les mouches ne s'y engouffrent. Maudits insectes ! Ces démons ailés qui réveillaient les macchabées anéantiraient Bayence si l'on ne réussissait pas à les éradiquer. À cette heure tardive, les gardes étaient trop peu nombreux, Monzag était-il encore en train d'échafauder une intrigue réclamant leur présence en d'autres lieux ? Le jeune capitaine se hâta de rejoindre les quelques veilleurs qui s'activaient dans la cour.

Lorsqu'il parvint au pied du poteau, la tête du chambellan ne trônait déjà plus sur ses épaules.

– En voilà un qu'elles ne ranimeront pas ! s'exclama fièrement l'exécuteur qui lui avait tranché le cou.

Plutôt que de révulser les hommes, cette folle violence exacerbait leur cruauté, comme si la multitude des victimes rendait leur trépas moins préoccupant, leur vie plus dérisoire. Morgan préféra se taire. D'ailleurs qu'aurait-il répondu, il avait commis tant de massacres.

Allumer les bûchers, dépendre les cadavres, entasser leurs dépouilles sur les braises rougeoyantes, chaque soir les hommes de la garde impériale répétaient les mêmes gestes pour assurer la défense du palais. Dispersés de place en place, les foyers crépitants allumaient les façades d'allures de théâtre macabre. Les flammes qui reflétaient leur danse sur les baies vitrées exhalaient des relents nauséeux, contraignant les veilleurs à se nouer un foulard humide devant le visage. Bientôt les chairs grésilleraient, les corps suinteraient leurs humeurs sur les pavés noircis et l'épaisse fumée des brasiers éloignerait les nuées de mouches qui envahissaient la ville. Puis viendraient les premières charges. Habitués à trancher les têtes, les sabres s'abattraient sans relâche, Morgan et ses hommes passeraient la nuit à refouler les virulentes attaques des morts-éveillés. Derrière ses hauts remparts, le palais des Luzes demeurait parmi les derniers refuges qui résistaient à leurs offensives nocturnes.

Étrangement, ces assauts n'inquiétaient guère le marquis. Peut-être son démon le protégeait-il ? Pourtant Léna ne l'accompagnait plus depuis plusieurs jours. Elle semblait avoir disparu.

Chapitre 4

– La vermine est parvenue à s'infiltrer dans nos murs, Messieurs ! Les Réformateurs ont investi le palais, sans doute s'y cachent-ils encore ! Peut-être même siègent-ils parmi nous, à cette table !

– Vous semblez fort bien renseigné, cher duc !

Les paroles du marquis claquèrent comme une menace. Sa brusque irruption dans la salle du conseil glaça l'assemblée.

– Votre Altesse, s'inclina-t-il brièvement devant l'impératrice.

L'obsession d'attribuer le moindre forfait aux Réformateurs l'insupportait. Depuis qu'il avait échafaudé cette conjuration, la noblesse ne tremblait plus que pour les rebelles. Il fallait y mettre un terme. Tétanisé, le duc d'Ortoban qui s'était levé pour durcir ses propos n'osait plus faire un geste.

– Reprenez la place qui est la vôtre, lui asséna Monzag en s'avançant d'une démarche mesurée. Il n'est de meilleur respect que le silence.

L'homme se rassit sans prononcer un mot. La simple présence du marquis suffisait à couper court à l'agitation qui commençait déjà à s'élever parmi les Grands. À les voir ainsi désemparés, Monzag comprit aisément qu'ils venaient d'apprendre le décès du monarque. Trop pressée de se disculper, l'impératrice n'avait pas jugé bon de l'attendre pour leur annoncer le drame qui endeuillait l'empire. Le marquis devait reprendre sans tarder son emprise sur l'auditoire.

– Incriminer les Grands d'une telle forfaiture, l'insinuation est grave ! déclara-t-il en dégageant d'une main ferme les pans de sa veste pour s'installer à son fauteuil.

Monzag montrait sa réprobation, du moins en apparence. D'ordinaire, le duc aurait déjà perdu sa place au conseil après une pareille calomnie, sans doute aussi sa vie, promise aux flammes du bûcher.

Mais en réalité, l'incartade de ce harangueur n'était guère pour déplaire au marquis, son insolence lui servirait, il lui suffirait de détourner ses propos pour confondre la meurtrière puisqu'aucun conseiller ne semblait soupçonner l'impératrice de ce crime. Cette table ne comptait que pleutres et demeurés. N'y avait-il pas un homme pour lancer la question qui leur brûlait les lèvres : « Ne serait-ce point vous, Majesté, dans votre folie assassine, qui avez noyé votre époux ? Déjà rompue au crime, il ne vous restait qu'à en déguiser le geste. Quel plaisir d'assassiner son geôlier, de venger vos années d'internement, vos nuits à hurler de douleur hantées par l'enfant qu'il vous avait arraché, un petit être innocent désormais livré aux mains lubriques de son père ! Comment résister à cet ardent désir de plonger dans son bain le visage bouffi d'orgueil de cet ignoble individu pour vous délecter de ses derniers instants et contempler ses yeux vitreux ? Un acte courageux peut-être, salutaire sans doute, dont il faut pourtant répondre à présent. » Mais au grand dam du marquis, personne ne se permettait d'affronter l'impératrice, elle avait probablement usé de ses folles divagations pour rallier l'assemblée à sa cause. S'il ne coupait pas court à sa stratégie, elle convaincrait tous ces imbéciles de lui confier les pleins pouvoirs, aussi l'intervention du duc d'Ortoban tombait à point nommé.

– Si vive soit notre émotion, Messieurs, elle ne doit nullement diviser nos rangs, prêcha Monzag. Notre souverain nous a montré la voie, l'empire se doit de poursuivre son chemin. Unissons nos forces en ces sombres instants afin de mener à bien l'œuvre de cet homme remarquable.

Ce discours complaisant le répugnait, comme à nombre de conseillers sans doute. Il n'en demeurait aucun autour de cette table qui ne connaissait pas le profond désintérêt du monarque envers son peuple. Nul Grand ne manifestant de réaction, le marquis se plut à prolonger son ode funèbre.

– Il n'est point d'éloge qui suffirait à honorer ce guide visionnaire, sa détermination à magnifier notre pays en protecteur toujours clairvoyant. Telle cette récente répression lancée contre les dissidents qui nous permettra bientôt de reconstruire un empire à la hauteur de ses ambitions.

Ses propos incongrus confinaient à la parodie. Livrée aux mains des pillards, assaillie par les morts-éveillés, Bayence n'augurait en rien du monde meilleur que se plaisait à prédire Monzag.

– Mais enfin, ne voyez-vous pas qu'il est trop tard ! s'emporta soudain l'obscur baron Solweig avec la rage de ceux qui sortent d'une réserve depuis trop longtemps contenue. La mort qui frappe le palais submerge toute la ville. Des cadavres vivants envahissent les rues. Bayence n'est plus qu'un champ de ruines. L'empire court à sa perte !

Un silence oppressant s'abattit sur la salle. Jamais un membre du conseil n'avait à ce point manqué de retenue. Le baron ne mesurait pas sa témérité. Ces mots trop vite prononcés lui coûteraient peut-être la vie, mais il n'en avait visiblement que faire, le protocole lui paraissait si grotesque en ces temps de terreur.

Les deux mains fermement appuyées sur la table, prêt à bondir, Solweig affichait une fureur arrogante. Le marquis regrettait de n'avoir pas réprimé davantage l'attitude d'Ortoban. Cette fâcheuse indulgence avait aussitôt permis aux Grands de croire que l'audace était permise. Absorbé dans un simulacre de recueillement impassible, il releva lentement les yeux pour accrocher le regard du contradicteur. Rien de plus aisé que d'y reconnaître les ravages du manque. La pupille frémissante et le bord de ses lèvres teinté de brun trahissaient les vapeurs que le baron devait inhaler depuis quelque temps déjà. Hanté par les atrocités commises lors des nuits meurtrières, seuls les cristaux grésillant dans les pipes en verre calmaient ses insupportables tremblements et apaisaient son sommeil. Sous l'emprise de la Blanche, plus rien n'avait d'importance, tout se compliquait en revanche lorsqu'elle manquait. À ses côtés, les Grands demeurés muets lui jetèrent un regard méprisant, l'œil des envieux, des veules qui n'ont pas le courage d'avouer leurs récriminations. Cette assemblée ne formait qu'un ramassis d'hypocrites.

S'évertuant à refréner sa rage, Monzag prit une longue inspiration qu'il aurait voulue plus discrète. Il ne manquait plus que les divagations d'un fumeur de cristal pour parfaire cette maudite journée.

– J'ose espérer, baron, que vous mesurez les conséquences de vos paroles, déclara-t-il d'une voix sentencieuse.

– Jamais nous ne pourrons échapper à ces monstres sanguinaires, marmonna Solweig que les réprimandes du marquis n'impressionnaient plus. Nous sommes damnés ! À trop invoquer le diable…

– Il suffit, baron ! tonna Monzag. Quittez cette assemblée sur-le-champ ! Gardes ! enchaîna-t-il. Accompagnez cet importun jusqu'à ses appartements et veillez à ce que personne n'entre ni ne sorte avant que je vous y rejoigne.

– Ces chimères ont surgi du néant pour nous décimer ! poursuivit le captif en tentant de résister aux hommes qui le conduisaient d'une poigne de fer vers la porte de la salle. Vous ne comprenez donc pas ? Ces démons viennent punir nos massacres ! lâcha-t-il avant de disparaître derrière l'imposant battant.

Les yeux rivés sur le bois marqueté de la longue table ovale, aucun des membres du conseil n'osait plus prononcer un mot. Parmi eux, les adeptes du Pentacle restaient tétanisés par l'allusion de Solweig. Tout comme lui, ils avaient juré fidélité et secret à leur maître, jamais le baron n'aurait dû trahir sa parole. Appartenir à la confrérie ne leur garantissait nullement la vie sauve et ils craignaient désormais de la perdre. Qui pouvait prévoir les conséquences d'une telle traîtrise ? Monzag demeurait sans conteste le grand virtuose du crime, nombre de conjurés l'avaient appris à leurs dépens. Un à un, ils se résignèrent pourtant à affronter son regard glacial. Pour habituel qu'il fût, l'œil noir qu'il leur lança ne s'en montrait pas moins menaçant.

Expert en intrigues, habile manipulateur et meurtrier sans scrupule, le maître du Pentacle planait sur l'empire comme une ombre démoniaque. Il n'existait aucun complot dont il ne soit l'instigateur, nul assassinat parmi la noblesse qu'il n'ait commandité. À chaque nouvelle vie dérobée, le marquis frissonnait d'extase. La mort l'avait toujours fasciné, elle côtoyait ses plus anciens souvenirs d'enfance. Comme ces insectes dont il arrachait méticuleusement les pattes avant de séparer thorax et abdomen en les regardant s'éteindre lentement, ou les oiseaux des volières aux os si délicats, pressés au creux d'une main pour observer leur œil se voiler de nacre. Il saignait même d'innocents chatons tout juste nés dont l'agonie titubante lui procurait du plaisir. En grandissant, la mort se fit plus insipide, il voulait la ressentir davantage, alors vint la dépendance. Peu à peu, les animaux se montrèrent plus imposants, moins dociles. De ce chevreuil pris au piège en forêt qu'il écorcha vif avant de le relâcher, il comprit que les cris lui manquaient en savourant ses derniers frémissements, cette peur qu'on ne pouvait que deviner dans son regard. Un matin plus enchanteur que les autres, le jeune Lorenzo de Monzag contempla longuement sa gouvernante. Le sermonnant une fois encore du haut du grand escalier de la demeure familiale. « C'est le premier pas qui compte », lui répétait-elle sans cesse en attendant ses excuses. Comme un geyser qui bouillonne avant l'éruption, il sentit la colère monter en lui jusqu'à ce qu'il s'élance, les deux mains tendues, vers ce ventre mou où ses doigts s'enfoncèrent délicieusement. Déséquilibrée par la charge, la nourrice agita désespérément les bras dans l'espoir de trouver un appui, peut-être espérait-elle s'envoler. Puis elle ouvrit la bouche, mais le hurlement ne vint qu'avec un certain retard. Nulle grimace de rage sur son visage, seuls ses yeux écarquillés traduisaient l'effroi d'une terreur démesurée. Un premier craquement résonna lorsque son dos heurta les marches, était-ce ses os ou le bois, l'enfant assassin ne put le discerner. Le tissu noir de la robe qui tournoyait masquait la dislocation de ses membres pendant qu'elle continuait de geindre. Lorenzo n'avait jamais éprouvé une telle jouissance. Après plusieurs rebonds, les gémissements cessèrent, puis un ultime choc fracassa son crâne sur le carrelage de pierre au bas de l'escalier et son corps informe s'auréola bientôt d'une impressionnante flaque sombre. La maison s'épouvanta et l'on prit aussitôt soin, non de la nourrice défunte, mais du pauvre petit traumatisé d'avoir assisté à cet horrible accident. De ce jour, le jeune meurtrier sut que le trépas dont il se délectait tant pouvait en outre le débarrasser des fâcheux dans la plus grande impunité. Cette première victime en appellerait d'autres.

La salle du conseil demeurait muette, seule l'impératrice soutenait le regard du marquis d'un air déconcerté. En habile manipulateur, il laissa le malaise se prolonger quelques instants avant de reprendre son discours d'un ton qu'il voulait amer.

– J'aurais espéré plus de dignité en ce triste jour. Il est fort regrettable que notre baron se soit permis pareille indécence. Nous saurons lui faire expier ce comportement.

Ses propos étaient clairs. Solweig n'avait plus que quelques heures à vivre et quiconque tenterait de l'imiter subirait le même sort. Le marquis prenait plaisir à supprimer un à un ces séditieux, un empire solide et puissant l'importait peu. Asservir un monde en pleine décadence était autrement plus enivrant. Quel délice d'opprimer une populace dévastée par la peur !

– Des cadavres vivants ! railla-t-il. Ces fauteurs de trouble ne sont que pillards et assassins grimés pour effrayer le bas peuple. Des parasites que la garde impériale aura tôt fait de réduire à néant. Quant aux massacres, dois-je vous rappeler, Messieurs, que nos expéditions nocturnes nous ont permis d'assainir l'empire.

– Cette éradication dont vous êtes si fier, marquis, n'a pas empêché les Réformateurs de poursuivre leur funeste projet !

Pivotant sur sa lancée, le battant de la porte continua sa course jusqu'à dévoiler le visiteur. Devant le sourire radieux de leur souveraine, l'ensemble des conseillers se leva dans un bruyant raclement de fauteuils. L'empereur ne pouvait rêver d'entrée plus fracassante.

Chapitre 5

Sa tête tomba sur les pavés avec un bruit mat. Ruisselante de sang, elle dévala jusqu'au caniveau avant de venir buter contre une pierre éboulée du mur. Toujours debout sur ses jambes frêles, le corps décapité de la fillette vacilla. On eût dit qu'elle cherchait encore son équilibre dans les ondulations de sa robe blanche qui se teintait d'écarlate. Les deux bras ballants, elle frissonna une dernière fois puis s'écroula au sol.

– Qu'est-ce qu'elle marmonnait ?

– Je crois qu'elle nous menaçait, déclara le fouisseur du marquis en essuyant son sabre sur le tissu qui drapait le cadavre. Je n'ai rien compris à son charabia.

– Étonnant qu'elle ne se soit pas enfuie, c'est ce qu'ils font tous habituellement lorsqu'ils aperçoivent nos capes. Qu'espérait-elle ?

– Nous tuer sans doute. Comme tous ceux de la Souille.

– Quelle rage ! Tu as vu les reflets rouges dans ses yeux ? Et cette voix ! Elle résonnait jusque dans mon ventre.

– Je pensais qu'elle nous résisterait plus longtemps.

– C'est étrange, j'ai l'impression d'avoir déjà croisé ce visage.

– Dans tes cauchemars !

– Peut-être.

– Dommage qu'elle ait été si hargneuse, regretta l'homme en rengainant sa lame. Elle aurait fait une parfaite capture.

– Un peu trop fanée, ironisa son compère pour tenter d'oublier ses préoccupations. Le marquis les préfère plus fraîches.

– Il faudra bien qu'il devienne moins exigeant à l'avenir. Les rues se vident depuis que les mouches ont envahi Bayence.

Les yeux levés au ciel, le fouisseur regardait les essaims d'insectes chaque jour plus nombreux qui ondoyaient au-dessus de la ville comme de lourds nuages noirs. Les démons ailés menaçaient à tout instant d'obscurcir les lueurs du couchant. Après l'effervescence dévastatrice que les massacres nocturnes du marquis avaient provoquée, Bayence ressemblait désormais à l'une de ces cités ravagées par la guerre. Dans les rues jadis animées, les rescapés ne se déplaçaient plus que par petits groupes épars, chacun se méfiant de ceux qu'ils croisaient. La main sur la poignée des rapières, ils se tenaient prêts à dégainer leur lame à la première bravade pour défendre les provisions qu'ils rapportaient à leur famille. Pendant que les survivants de la noblesse transformaient leurs demeures en celliers fortifiés, la faim commençait à tarauder l'estomac du peuple. Les échoppes avaient fermé leur devanture. Seuls quelques marchands ambulants profitaient des heures de clarté pour proposer légumes secs et viande boucanée à qui pouvait encore les négocier. Escortés d'un mercenaire en armes, ils ne restaient jamais très longtemps dans la même rue de peur d'attirer les détrousseurs. La maraude n'était plus réservée aux uniques chapardeurs de la Souille : dépouillés, les châtaigniers aux fruits appétissants, saccagés, les potagers âprement gardés, la moindre denrée suscitait la convoitise. Leur intimité dévoilée, les maisons éventrées pendant la nuit par des hordes de morts-éveillés déchaînaient les attroupements avides. Des grappes humaines s'agglutinaient parmi les ruines pour s'y disputer de maigres butins tels des charognards assurant leur survie. Puis, aussi soudainement qu'ils étaient apparus, les pillards se dispersaient dans les ruelles étroites afin de rejoindre leur abri. Certains avaient bien essayé de trouver refuge au plus profond de la ville, mais les carrières de Brumeilles se révélaient infestées de macchabées farcis de mouches. Terrés dans ces immenses cavernes, ceux-ci en émergeaient le soir venu, plus affamés que leurs proies. Ainsi, chaque nuit, des grognements de bêtes faméliques se mêlaient au crissement frénétique des ongles sur les vantaux de bois pour assaillir de terreur les habitants de Bayence barricadés dans leurs maisons. Au matin, les survivants qui avaient échappé aux prédateurs nocturnes partaient à nouveau en quête de nourriture. Puis au déclin du jour, ils devaient encore éviter les sbires du marquis qui écumaient les rues à l'heure du crépuscule.

– Je ne suis pas sûr que Monzag se satisfasse d'un quelconque gibier, reprit le fouisseur. Il vaudrait mieux lui rapporter ce qu'il désire si on ne veut pas finir sur ses bûchers.

– Fille ou garçon, on ne trouvera rien à la Souille ce soir, rétorqua son comparse. Les cris qu'elle a poussés les ont tous fait déguerpir. Seul le quartier des collèges demeure animé à cette heure.

D'un même élan, les deux hommes quittèrent la cité des miséreux pour se diriger vers le pont de l'Escarpe. La nuit ne tarderait guère à tomber, ils devaient se presser avant que les premiers morts-éveillés ne bondissent de leurs tanières.

-0-

Sa tête était sur le point d'exploser. Son ventre se creusait. Manger. Il avait faim. D'un pas silencieux, il avança dans l'étrange luminosité qui nimbait le tunnel, comme si ses yeux parvenaient désormais à percer les ténèbres. Chaque pierre, chaque grain de sable émettait sa propre lumière. Cette phosphorescence ambrée diffusait une clarté fascinante au cœur des souterrains. Il n'en gardait pourtant aucun souvenir dans les effilochures de son passé. Il faut dire que jamais il n'avait exploré si profondément les carrières. Ces sombres cavités qui s'ouvraient dans le sol abritaient à n'en point douter d'horribles monstres malfaisants. L'obscurité l'effrayait.

Le passage s'évasa brusquement pour révéler une salle monumentale à la voûte si haut perchée qu'elle en donnait le vertige. L'odeur âcre qui flottait dans l'excavation s'insinua aussitôt dans ses narines, malmenant plus encore son estomac déjà tourmenté. Le regard perdu vers la coupole, il s'apprêtait à reprendre son cheminement lorsqu'un murmure chatouilla ses oreilles. Une multitude de petites voix frémissantes qu'il crut d'abord surgies de son crâne avant de découvrir le nid en contrebas. Le chemin de coursive qu'il arpentait dominait une immense fosse creusée à l'étage inférieur. Penchant la tête sur l'horrible spectacle, il discerna plus nettement le vrombissement de milliers d'ailes qui chuintait à l'intérieur des dépouilles putrides. Un réflexe nauséeux lui contracta la gorge. Immobiles comme des piliers,

ENCYCLOPÉDIE D'HISTOIRE NATURELLE

Insecta : Blattodea : Blaberidae

Gromphadorhina Portentosa

Cet arthropode à l'exosquelette brun-rougeâtre revêtu d'une cuticule très résistante est dépourvu d'ailes contrairement aux autres dictyoptères. Doté d'une voracité peu commune, parfois nécrophage, il se nourrit de détritus divers.

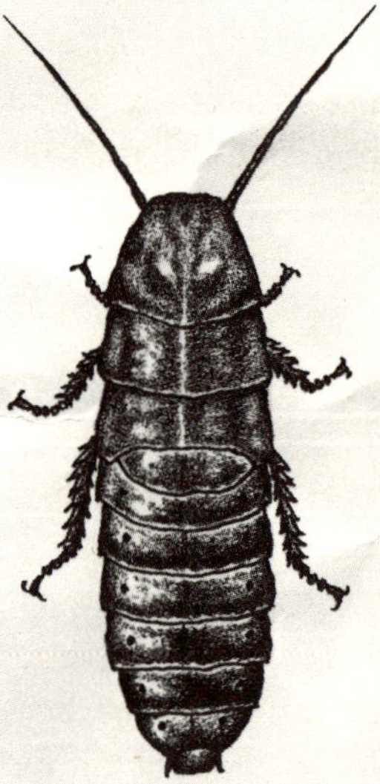

Fig 1 : Spécimen mâle adulte [88 mm]

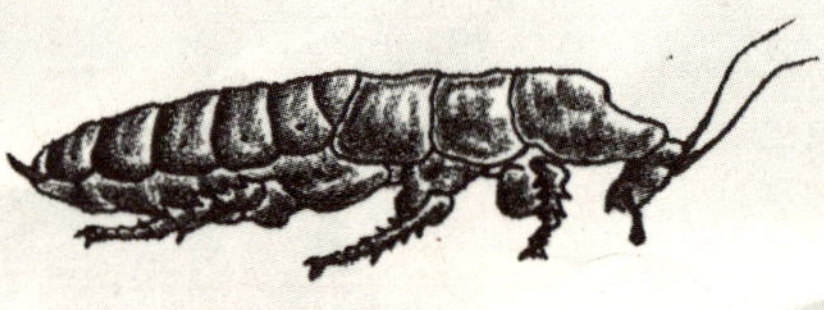

Fig 2 : Insecte de profil

Fig 3 : Patte médiane

Fig 4 : Subadulte en pleine mue

- Gravure en taille douce à la manière noire -

Imprimé à la Faculté des Sciences de BAYENCE - Rue des Collèges

les morts-éveillés attendaient là que la nuit déploie son voile sur la ville. Par centaines, ils avaient colonisé les profondeurs de Bayence. Cadavres vivants, prostrés tout au long du jour, ils se répandraient à travers les rues à la tombée du soir pour traquer les imprudents jusque dans leurs demeures. Arracher les barricades, dévaster les logis, assouvir leur faim, ainsi ces démons essaimaient-ils leurs légions.

Sous le dôme de pierre, certains commencèrent à s'agiter en d'imperceptibles soubresauts. L'essor était imminent, il devait se hâter. Sans bruit, il longea la paroi rocheuse pour éviter leurs regards. Ne pas attirer l'attention. S'enfuir avant le chaos.

Dès qu'il s'éloigna de la multitude, l'air fétide s'allégea, un souffle frais lui caressa le visage. Devant lui, la galerie sinueuse bifurquait brusquement sur la gauche pour enfin dévoiler le déclin du jour au débouché du tunnel, l'issue se trouvait à quelques pas. Bientôt, il pourrait satisfaire son appétit vorace. Un flot de salive se répandit dans sa bouche. Maudissant la lumière qui lui piquait cruellement les prunelles, il s'immobilisa avant de quitter les ténèbres. Paupières mi-closes, il prit appui sur la roche pour rétablir son équilibre. Ses pupilles finiraient bien par s'accommoder du crépuscule.

Guère plus de quelques secondes s'écoulèrent avant qu'une désagréable sensation de brûlure lui ronge le dessus du pied. Il baissa les yeux pour apercevoir un énorme insecte qui s'affairait sur sa peau d'où suintait une humeur noirâtre. Une blatte. Dans les méandres de sa mémoire défaillante, il revit la gravure, un dessin hachuré d'encre sur les pages jaunies d'un livre à la couverture lustrée par les années. « Gromphadorhina portentosa. *Cet arthropode à l'exosquelette brun-rougeâtre revêtu d'une cuticule très résistante est dépourvu d'ailes contrairement aux autres dictyoptères. Doté d'une voracité peu commune, parfois nécrophage, il se nourrit de détritus divers.* » Bien qu'il n'en comprenne plus vraiment le sens, les mots lui revenaient sans effort, comme s'il les lisait encore. D'un geste gauche, il se pencha pour saisir vivement l'animal. Malgré sa rapidité, l'insecte ne trouva pas le temps de s'enfuir, entre les doigts, ses pattes griffues gigotaient vigoureusement. Il regarda les antennes articulées qui s'agitaient puis croqua d'un coup la carapace croustillante. Mélange d'avidité et de dégoût, un frisson lui parcourut le dos comme il ingurgitait le reste de la blatte. Manger. Sortir de l'ombre. Chasser une proie plus consistante.

Soudain, des bruits éveillèrent son attention. Des voix résonnaient, accompagnées de cris. Il avança au milieu des décombres portant une main au-dessus de ses yeux éblouis. Même si la lumière avait faibli, elle se montrait toujours trop aveuglante. Les gémissements redoublaient, mais ils s'éloigneraient, s'éteindraient, et il ne résisterait guère longtemps à cette faim qui le tenaillait. Plissant à nouveau les paupières, il fit un pas, puis un autre. Depuis l'angle d'un mur éboulé, il les distinguait maintenant : deux gaillards vêtus de longues capes noires tourmentaient un gamin à la peau laiteuse.

– Allons petit, n'aie crainte, nous ne voulons te causer aucun tracas.

Leurs paroles transpiraient le mensonge.

– Cesse de pleurer, ce soir tu dormiras dans un lit bien chaud.

– Mais je n'ai rien fait de mal. Je cherchais de la nourriture avant la nuit.

– C'est du vol, tu sais, lui susurra le plus sournois en l'attrapant par le bras. Cependant, tu as de la chance, nous n'avons nullement l'intention de te dénoncer. Si tu veux manger à ta faim, tu n'as qu'à venir avec nous. Ce ne sont pas les victuailles qui manquent au palais.

Les deux sbires de Monzag avaient trouvé une autre victime. Ils n'allaient pas la perdre cette fois.

– Laissez-moi partir ! Je sais qui vous êtes ! Ceux qui suivent les fouisseurs du marquis ne reviennent jamais.

– Ça suffit maintenant, s'énerva l'homme qui resserrait sa grosse main sur le bras maigrelet. Tu vas venir avec nous que ça te plaise ou non !

– Ne l'abîme pas ! protesta l'autre. Monzag n'aime guère qu'ils soient esquintés.

D'un bond, celui qui les espionnait s'élança vers eux. Leur face hébétée se voila de stupeur. Ils se montraient si arrogants, persuadés de leur toute-puissance et pourtant si lents. Les imbéciles !

– Un mort-éveillé ! éructa le plus grand en dégageant sa cape d'un large geste pour saisir son arme. Ces démons sortent avant la nuit à présent !

– C'est un solitaire ! répliqua son complice aux aguets. Tranche-lui la tête !

La lame fila droit sur le cou et poursuivit sa course sans rencontrer la moindre résistance. D'une brusque détente, l'assaillant avait évité le sabre de l'égorgeur pour atterrir juste derrière lui. Le violent coup de coude qu'il lui décocha au creux des reins arracha un gémissement au grand gaillard en cape noire qui tomba aussitôt à genoux. Saisissant son crâne à deux mains, le jeune éveillé fit pivoter la nuque crispée dans un craquement sinistre. Avant qu'il n'ait réalisé ce qui lui arrivait, le fouisseur gisait sur un amas de pierres. Tétanisé, son compère ne comprit pas davantage comment la mort pouvait être si rapide. Ses jambes persistaient à trembler lorsqu'il s'écroula au sol, la gorge entaillée par son propre sabre.

Après ce carnage, le prédateur s'abandonna à la faim qui lui tourmentait les entrailles. D'un bond, il se jeta sur le cadavre ensanglanté pour plonger le visage dans la chair chaude et pulpeuse qui s'offrait à lui. À ses côtés, le marmot ne s'était pas enfui, penché en avant, il vidait son estomac en se souillant les pieds. Les paupières plissées, ébloui par la lumière crépusculaire, le mort-éveillé releva la tête pour l'observer. Le maigrichon aurait dû profiter de cet instant d'accalmie pour s'échapper, sans doute l'aurait-il épargné, mais les milliers d'ailes qui bruissaient dans son crâne lui ravageaient le cerveau, dévoraient ses prunelles, tourmentaient ses oreilles. Ses mains poissées de sang l'écœuraient, il aurait voulu vomir lui aussi, mais la violence l'emportait. Comment réprimer son insatiable appétit ? Ne pouvait-il desserrer ses doigts pour libérer son étreinte ?

La jeune proie ne lui résista pas. De ses grands yeux tristes, des larmes coulaient sur les joues. Les vertèbres craquèrent délicatement laissant échapper la vie qui désertait le petit corps meurtri. Frêle cadavre, il s'affaissa avec l'élégance d'une feuille d'automne tourbillonnant dans le vent. L'affamé se surprit à espérer que l'innocent gibier n'avait pas souffert, il maudissait sa cruauté, cette bestialité qu'il ne parvenait pas à étouffer. Les démons qui l'habitaient désormais l'avaient changé en monstre sanguinaire et sa chair gorgée de mouches le répugnait jusqu'à la nausée.

Les livres mentaient en prétendant que la mort promettait un repos éternel. Il l'avait cru pourtant lorsqu'il s'était éteint aux côtés de Faustine dans cette sinistre rue de Bayence. Son amie l'avait-elle abandonné ? Les mots rassurants qu'elle lui avait murmurés sous le ciel étoilé résonnaient encore à ses oreilles, mais l'aube ne reviendrait pas. Son dernier sommeil le condamnait à une nuit sans fin, Wil le savait maintenant. Si effroyable que puisse se montrer la vie, le trépas se révélait bien pire.

Chapitre 6

Avant même d'entrevoir la silhouette qui se découpait dans l'entrebâillement de la porte, Monzag sentit un désagréable frisson lui gagner les épaules. Difficile d'identifier la voix de gargouille qui l'interpellait, loin d'être bienveillante, mais il devinait à l'intonation un fâcheux présage. Sa découverte se révéla bien pire.

Une vague de chaleur lui embrasa soudain le crâne et ruissela jusque dans son dos. Trop occupés à parfaire leurs courbettes, les membres du conseil ne le virent pas tressaillir lorsqu'il reconnut le visiteur. L'empereur méconnaissable avait abandonné son habituelle démarche vaniteuse pour un dandinement hésitant. Ce corps dont il se montrait si fier s'était empâté et le manteau de damas couvrant ses épaules de couleurs criardes trahissait les formes boursouflées qu'il tentait de dissimuler. Bien qu'il n'ait rien perdu de sa suffisance, c'était les traits de son visage qu'on peinait à retrouver, la peau distendue étirait ses yeux, épatait son nez,. Menton haut, croyant se donner belle allure, il traversa la salle du conseil, sa perruque blonde encore humide lissée sur la nuque.

Abasourdi par la résurrection, le marquis semblait être le seul parmi les Grands à s'en étonner. Debout dans leur habituelle raideur, les membres de l'assemblée ne paraissaient guère surpris. Qu'avait bien pu leur raconter sa délirante épouse pour les abuser de la sorte ? L'empereur Harold était mort pourtant ! L'empoisonneuse avait d'ailleurs veillé méticuleusement à prolonger son supplice. L'œil vitreux, noyé au fond de sa baignoire, voilà comme il aurait dû reposer en cet instant.

Fidèle à sa folie, la meurtrière avait visiblement tout oublié de ses coupables agissements. Cette égarée n'avait plus d'yeux que pour son souverain. Il faut dire qu'il se portait plutôt bien pour un macchabée, même si son regard se parait d'un voile terne.

Soucieux de son prestige, le prétentieux avait pris soin de s'adjoindre un cortège en tenue d'apparat. Un arc à leur côté pour faire bonne figure, les hommes de sa suite revêtaient la veste de brocard ocre ceinte d'une large écharpe et les cuissardes violines des cérémonies officielles. Ils se dispersèrent en un élégant ballet pendant que leur empereur s'en allait rejoindre le trône. Chaque grincement de ses bottines accompagnait l'agaçant petit bruit de sa canne à pommeau d'ivoire. Elle cliquetait sur le parquet d'amarante avec la régularité d'une horloge détraquée. À le voir parader, orgueilleux comme un paon bouffi, on avait peine à croire qu'il avait perdu son fils depuis peu.

– Si l'impératrice ne s'était point précipitée à mon secours, Messieurs, pontifia le monarque, vous m'auriez sans nul doute découvert ce soir dans mon bain, endormi de mon dernier sommeil. Qu'elle en soit éternellement remerciée, s'inclina-t-il en se dirigeant vers elle pour prendre sa main avec un geste étonnamment délicat et l'entraîner à ses côtés.

Ainsi Yliana n'était plus assassine, elle avait sauvé son souverain. Que signifiait cette affabulation ? Décidément, le couple impérial façonnait la réalité à sa guise. Devant cette connivence, Monzag en vint à douter de ses certitudes. Harold avait-il simulé sa mort ? Promettant à son épouse ce pouvoir dont il n'avait que faire en échange de sa vie, il avait sans doute profité de ses nombreuses visites pour la convaincre de l'épargner. Les plantes dont elle maîtrisait parfaitement les effets pouvaient aisément tromper le marquis. Lorsqu'il avait quitté la salle de l'aurore, il y avait à peine quelques heures, l'impératrice était restée seule avec le monarque, quoi de plus simple alors que de ranimer l'empereur en léthargie. Pourtant, la pestilence qui montait du bain, les chairs tuméfiées, ses yeux globuleux, rien de tout cela ne subsistait chez l'homme qui venait d'entrer. Ne fallait-il pas y voir l'intervention d'une quelconque magie ? De par ses ancêtres, Yliana avait dû garder des liens avec les chamanes des terres septentrionales. Ces puissants guérisseurs étaient fort capables de régénérer un corps putréfié.

Perdu dans d'inutiles pensées, Monzag se ressaisit aussitôt. En vérité, il se moquait bien de savoir comment l'empereur était revenu à la vie, qu'il soit mort ou en catalepsie. L'heure n'appartenait plus aux interrogations, le souverain tenait sa revanche et il ne se priverait pas de régler ses comptes avec le marquis.

Depuis qu'il l'avait aperçu, Monzag ne parvenait plus à détacher son regard de la silhouette impériale, rageant d'avoir été dupé. Comment cette cabale avait-elle pu lui échapper ? Au seuil des portes de la mort, l'empereur se révélait plus redoutable qu'il ne l'imaginait. Dans son acharnement à survivre, il avait fini par persuader son épouse de l'épargner. Jamais le marquis n'aurait supposé que cet homme puisse ébranler à ce point la détermination d'Yliana. Balayer cette haine accumulée depuis tant d'années paraissait inconcevable. Les yeux enfoncés dans les orbites de son visage boudiné, le monarque affichait un rictus satisfait.

– Les Réformateurs se sont introduits au palais, lâcha-t-il enfin. Jusqu'à s'en venir verser du poison dans mon bain !

Encore eux ! La rengaine tournait à l'obsession. Le ressuscité semblait convaincu par ses propos. Était-ce l'impératrice qui lui avait inoculé sa déraison ? La main élégamment posée sur son poignet en signe de soutien, la souveraine se tenait assise dans le fauteuil installé auprès du trône. D'aussi loin qu'il s'en souvienne, Monzag ne lui avait jamais surpris de geste tendre pour son époux, son attitude bien trop affectée dénonçait l'artifice. Les Grands s'avéraient-ils si peu perspicaces qu'ils ne soupçonnaient rien de la fourberie qu'on leur jouait ? Il paraissait plus vraisemblable qu'ils en soient complices. Le marquis balaya des yeux les membres de l'assemblée, il y avait tant de regards furtifs, tendus, à l'affût d'une parole ou d'un signe. Comment n'avait-il point remarqué la lame dans les fourreaux de chaque ceinture, cette singularité aurait dû l'interpeller, ce n'était nullement l'habitude de se présenter en arme au conseil. Ils faisaient donc tous partie du complot, même les conjurés du Pentacle. On n'était jamais mieux trahis que par ses proches, disait-on. Les conspirateurs s'étaient ligués contre lui, une diabolique traîtrise assurément.

Monzag avait longtemps craint que le Lys Noir n'utilise le joyau qu'il avait dérobé pour lui causer ombrage dans ses projets, mais l'insupportable vengeur taisait son insolence depuis un moment. Le marquis s'était trompé, aucun danger n'émanait de ses ennemis ni de ses amis non plus d'ailleurs, il n'en avait pas. Toutefois, il ne s'était point méfié des timorés, des imbéciles, de cette masse que l'on pétrit à volonté sans qu'elle bronche. Les lâches s'ameutaient pour son exécution, comme la foule lapide les condamnés.

Autour de lui, les grands s'apprêtaient à la curée, l'indulgence n'aurait pas cours, ils voulaient faire du marquis l'assassin impérial pour assurer sa perte et saisir l'unique occasion de s'en débarrasser. Ses anciens alliés n'avaient guère hésité à l'abandonner dès qu'un vent mauvais s'était mis à souffler. Dans leurs regards se lisaient la jalousie, la haine, mais la crainte aussi, la plupart des conseillers ne maniaient que rarement l'épée, aucun d'entre eux ne pouvait se vanter de rivaliser d'adresse contre Monzag. Même amputé de sa main, l'habile bretteur restait redoutable. Sans doute parviendrait-il à en étriper plus d'un avant de succomber, pourtant, ces vautours finiraient par avoir raison de sa lame, leur nombre marquerait la différence.

L'étrange accès de rage du baron Solweig prenait maintenant tout son sens, il avait affaibli le marquis sans éveiller le moindre de ses soupçons. Après avoir exclu l'outrageux dissident du conseil, Monzag avait ordonné à ses hommes de le mener jusqu'à ses appartements, se privant ainsi des derniers gardes qui auraient pu lui prêter main-forte. À présent, il restait seul face à la horde sournoise, Morgan ne l'accompagnait jamais lors de ces fastidieuses assemblées, pourquoi l'aurait-il fait, le marquis n'avait nul besoin d'escorte et son fils avait mieux à s'occuper que d'écouter les palabres de ces hypocrites, il assurait leur protection. Nulle épée fidèle ne se battrait aux côtés de Monzag ce soir, même son démon l'avait abandonné.

Esseulé, le marquis prenait soudain conscience de sa fragilité, il avait pourtant traversé la vie sans jamais faiblir. Dépourvu de doute, l'enfant impitoyable s'était changé en un jeune homme féroce qu'aucun écueil n'arrêtait pour parvenir à ses fins. Il maîtrisait la magie noire en invoquant les démons et ne craignait nullement de se salir les mains pour soumettre un empire. Marche après marche, Monzag s'était élevé bien au-delà de ses rêves. Mais on grimpe rarement sans trébucher. Contre une lame bien pointée, toute sa puissance resterait vaine, il suffisait d'un morceau d'acier plongé dans son cœur pour que l'obscurité l'envahisse.

La main sur le pommeau de son sabre, le marquis se préparait à l'offensive, l'empereur lâcherait ses tueurs d'un instant à l'autre. Pourquoi n'avait-il pas égorgé ce pantin de ses mains plutôt que de libérer la détraquée de la tour Follet ?

Monzag jouait sa vie, jamais il n'avait affronté pareil enjeu et bien qu'il connaisse parfaitement les rouages d'un massacre, ce danger lui laissait une désagréable sensation de désarroi dont il n'avait pas l'habitude. D'où viendrait l'attaque ? Devait-il la devancer ? Agir au plus vite ? À la première sommation, les lames des conseillers se tourneraient contre son torse et chacun se réjouirait de transpercer son corps, trop heureux d'anéantir la menace que tous craignaient sans cesse de voir s'abattre sur eux. Personne ne le regretterait.

– La garde impériale s'est montrée d'une totale incompétence. Guère plus que vous, marquis.

Les muscles de Monzag se contractèrent, l'empereur faisait durer son plaisir. Plus encore qu'à l'habitude, le marquis ne rêvait que d'agripper son crâne suintant pour enfoncer ses deux pouces au plus profond de ses orbites et sentir les globes oculaires éclater sous ses doigts. À cette seule idée, un frisson lui parcourut le dos, mais l'heure n'était plus aux délices.

Campé sur son trône dans la lumière ambrée des lanternes de cristal que l'allumeur se hâtait d'enflammer avant la fin du jour, Harold affirmait sa superbe. L'accusation ne tarderait guère à tomber, ses derniers échanges avec Monzag ne permettaient aucun doute sur les intentions du monarque.

– En guise de reconnaissance, très chère, poursuivit-il en s'adressant à son épouse, je tiens à vous confier les pleins pouvoirs dans l'attente de mon rétablissement prochain. Monzag les gardait jalousement par-devers lui, mais je gage que vous saurez assurément en faire meilleur usage.

L'offense était de taille. Autour du condamné, corps raidis et doigts crispés se préparaient à l'assaut dans le silence des respirations suspendues qui emplissait la salle d'une tension étouffante. Désormais plus rien ne pouvait distraire le marquis, il attendait l'estocade.

Elle survint brusquement, sans préambule. Avant même qu'il n'ait le temps d'occire le moindre conseiller, les archers en cuissardes violines alignés le long des murs décochèrent leurs traits dans un parfait ensemble. Il était trop tard pour les éviter, Monzag se résigna, la mort gagnait toujours.

Pas une seule flèche ne manqua sa cible.

Chapitre 7

La grisaille délavait le jour depuis l'aube. Toujours plus nombreuses, des nuées de mouches envahissaient Bayence, traçant de noires volutes au-dessus des toits délabrés. Viendrait un temps où elles obscurciraient le ciel à ce point que la ville ne connaîtrait plus qu'une longue nuit interminable. Bientôt les morts-éveillés jailliraient de leurs tanières sans craindre la lumière. Le règne des ténèbres approchait.

À l'heure du crépuscule, le soleil parvint pourtant à percer les nuages qui s'étendaient bas sur l'horizon. Une pâle lueur ambrée se déversa soudain par la croisée vitrée du salon, baignant la pièce d'une clarté nébuleuse. Le vent qui s'engouffrait dans la cheminée souleva une volée de cendre, elle scintilla comme une fine poussière d'or sous les derniers rayons. Malgré le froid de l'hiver qui s'installait, les flammes ne dansaient plus dans l'âtre. À quoi bon demeurer au chaud quand son cœur reste de glace ? À l'Ermitage, plus rien n'avait d'importance. Emmitouflé dans sa pèlerine, debout face au couchant, Giuseppe rivait son regard vide sur la cité agonisante dont il n'avait désormais que faire. Inconsolable, le maître d'armes redoutait les interminables journées étouffées par le silence et les nuits d'insomnie plongées dans ce passé qu'il ressassait sans cesse. De douloureux souvenirs qui envahissaient sa mémoire pour en évoquer d'autres, il avait déjà vécu de pareils instants, et il persistait à vivre tandis que ses amis l'abandonnaient. L'odeur du thé qu'elle aimait tant, son fauteuil préféré et même le tabac de sa pipe lui devenaient insupportables. Depuis que Faustine était morte, le vieil homme n'avait plus goût à la vie. Cette nuit-là, lorsque pour la dernière fois il l'avait bercée dans ses bras en la serrant fort contre son cœur, Giuseppe était mort avec elle.

– Gius, tu as oublié les écrans ! Le soir tombe !

La voix d'Ézéchiel résonna, lointaine, tintée de reproches. Émergeant du passage qui s'ouvrait derrière la cascade, l'alchimiste s'agaçait une nouvelle fois devant l'imprudence du maître d'armes. Il réajusta ses binocules d'un geste nerveux et traversa la serre pour atteindre le pupitre qui commandait l'occlusion des panneaux de verre. Cela faisait bien longtemps que le mécanisme ne servait plus. Sans doute serait-il resté bloqué de la sorte si les récentes attaques nocturnes des morts-éveillés n'avaient convaincu Ézéchiel de le réactiver depuis quelques jours. Les rouages grippés par la rouille montraient toujours quelques difficultés à se mouvoir, aussi dut-il s'arc-bouter sur le levier pour lancer la machinerie. Une grimace lui déforma le visage, son épaule le faisait encore souffrir. Crémaillères, pignons et engrenages s'ébranlèrent aussitôt sous l'action de lourds contrepoids suspendus à des câbles. Dans un battement régulier, les pompes commencèrent à diffuser un alliage de vif-argent par les tubulures de cristal. Elles se divisaient en multiples ramifications jusqu'aux plus hauts vitrages de la serre. Le métal liquide se répandit bientôt entre les doubles parois, occultant ainsi chaque panneau de la verrière. Avant que l'obscurité s'abatte, l'alchimiste tourna le clapet d'une lanterne à naphte dont la veilleuse en s'illuminant commanda l'allumage d'un chapelet de luminaires l'un après l'autre. Disséminées au hasard de la rotonde, des kyrielles de lampes qu'un câble reliait entre elles resplendirent sous la voûte miroitante. Faustine ne se lassait jamais de cette féerie lumineuse. Ézéchiel ne put s'empêcher de la revoir s'en émerveiller. Lorsque la serre tout entière ne fut plus qu'un immense palais drapé d'argent, il abaissa la manette qui déclenchait la transmutation. Du cylindre translucide où s'agitaient les galets d'ambre, des éclairs jaillirent en sillonnant le réseau de tubulures afin de pétrifier les plaques du précieux alliage. En un instant, les parois de la verrière se raidirent formant au-dessus de l'exubérante végétation une carapace de métal plus dure que l'acier. Les morts-éveillés pouvaient toujours tenter de la détruire, l'Ermitage saurait leur résister. Un dernier soubresaut et le générateur cessa de ronronner. Il suffirait de le relancer le lendemain en permutant sa polarité pour provoquer la liquéfaction de l'alliage, le vitrage reprendrait vite sa transparence.

Non loin du ruisseau, le calme rétabli, les petites cailles d'orient émergeaient une à une de sous les larges feuilles où elles s'étaient réfugiées. Gratter la terre à la recherche de quelque vers, gober l'insecte imprudent qui passait à leur portée constituait leurs principales préoccupations. L'alchimiste se surprit soudain à envier leur existence. Sans prétention, elles ne s'en trouvaient assurément que plus heureuses. Au matin, le jour reviendrait, voilà tout ce qui comptait, peu leur importait l'avenir de l'empire, les géants qui habitaient l'Ermitage, encore moins la polarité de l'ambre. D'ailleurs, à constater son insouciance, Giuseppe paraissait s'en moquer tout autant. Une lueur de lassitude dans le regard, Ézéchiel vérifia le verrouillage du mécanisme avant quitter la serre pour rejoindre son ami.

Dans le brasillement de la lanterne à naphte qu'il avait pris soin d'emporter, l'alchimiste s'assura de la position du volet de l'entrée. Celui du salon semblait également prêt à résister aux assauts des morts-éveillés. Seul le fond du couloir brillait toujours d'un halo crépusculaire.

– Gius ?

Ézéchiel s'apprêtait à réitérer son appel lorsqu'il entendit les pas de son compagnon résonner à l'étage. Encore une étourderie, une négligence, Giuseppe avait oublié de barricader la cuisine. Excédé, le vieil homme en blouse grise se dirigea vers la pièce en ronchonnant. La manœuvre ne se révélait pourtant pas si compliquée. Il déposa sa lanterne sur la table et s'avança près de la fenêtre pour attraper la poignée de la roue en fonte boulonnée à même le mur. Dès qu'il eut lancé la rotation, l'assemblage des pignons coniques s'ébranla jusqu'à entraîner la vis sans fin où s'engageaient les dents de la crémaillère fixée sur le volet. Le panneau métallique remonta aussitôt le long des feuillures taillées dans la pierre avec son crissement caractéristique.

Était-ce ce bruit qui les déchaîna ? Jamais on ne les avait vus sortir avant la nuit et elle n'était pas encore noire.

Le vantail obturait à demi l'ouverture lorsque le premier mort-éveillé percuta la fenêtre. Sans doute furieux de n'avoir réussi à briser que quelques carreaux, l’énergumène poussa un grognement hargneux avant de s’éloigner. L’alchimiste redoublait d’efforts. Actionnant la manivelle à toute volée, il regrettait d’en avoir exagérément démultiplié les rouages pour en faciliter le maniement. Malgré son empressement, le vieil homme ne parvint pas à refermer le volet à temps. À sa deuxième offensive, la créature défonça le châssis, surgissant dans la pièce au milieu d’une explosion de bois et de verre. Étourdi par sa chute, l’enragé resta un instant hébété sur le dallage de la cuisine. Trop tard pour la peur, il fallait agir. Sans réfléchir, Ézéchiel élança la roue pour condamner le passage avant de saisir un barreau déchiqueté qu’il planta dans la poitrine de l’assaillant. Un frisson de dégoût lui souleva le cœur, son agresseur ne devait guère être beaucoup plus âgé que Wil. Les yeux exorbités, le jeune mort-éveillé se releva pourtant. Embroché au bout de son pieu, il battait l’air de ses bras, tentant de happer l’alchimiste qui le tenait à distance. D’un regard enfiévré, le forcené cessa brusquement de s’agiter puis, dans un cri de rage, cramponna ses deux mains autour du morceau de bois qu’il enfonça plus profondément au creux de son torse. Son sourire carnassier présageait le pire. Rien ne l’arrêterait désormais, Ézéchiel le savait dès son intrusion, il devait lui trancher la tête. Dans son dos, la horde se déchaînait sur le panneau coulissant. Les doigts décharnés qui s’agrippaient au rebord métallique ébranlaient le volet jusqu’à en renverser le mécanisme. Désespéré, le vieil homme repoussa violemment l’éveillé pour s’échapper de la cuisine. Avec un peu de chance, il pourrait atteindre le sabre dissimulé derrière la cascade, juste avant l’escalier qui menait au repaire du Lys Noir. Son ami l’avait suspendu là, dans son fourreau, au cas où une attaque inattendue les surprendrait désarmés.

D’un bond, il gagna le couloir et s’élança vers la lumière. Derrière lui, la créature extirpait déjà le pieu ensanglanté de sa poitrine. L’alchimiste devait se montrer rapide et précis, c’était sa seule chance de survie. Passée la porte de la serre, il s’engagea dans une course effrénée sur le chemin qui longeait le ruisseau. Le cœur tambourinant au fond de leur minuscule cage thoracique, les volatiles détalèrent une fois de plus sous les lances des fougères géantes. Tétanisées, les petites cailles redoutaient la suite. Elles avaient raison. Surgissant de l'ombre comme un diable, le mort-éveillé se précipita au milieu des plantes sans se soucier de l'allée, des jeunes pousses, ni des oiseaux. À l'entendre se frayer un chemin dans son dos, Ézéchiel perdait peu à peu l'espoir d'échapper à sa fureur.

Le vieil homme venait juste de récupérer l'arme lorsque l'enragé le rattrapa. Bras tendus, l'agresseur se jeta sur lui pour le saisir au col. Affichant une grimace qui dévoilait un chaos de dents disparates, il savourait déjà sa prise. Ses lèvres retroussées trahissaient sans équivoque une féroce envie de cette chair délicieuse. Geste de détresse plutôt que riposte savamment réfléchie, l'alchimiste balaya l'assaillant de son sabre. L'arme trancha net le bras gauche du mort-éveillé laissant l'autre pendouiller à un lambeau de peau sanguinolente. Un moment désemparé, l'estropié se ressaisit aussitôt, trop tard pour éviter la lame qui lui fauchait le cou. Sa tête heurta le sol dans un bruit sourd puis roula sur l'humus odorant pendant qu'un flot de mouches vrombissantes s'échappait du cadavre. Ézéchiel le regarda tituber quelques pas, avant qu'il s'écroule au bord du ruisseau. Dans les hauteurs de la serre, les démons ailés s'étaient mis à tournoyer en vol charbonneux. Percutant en vain les miroirs comme de vulgaires insectes captifs, ils cherchèrent quelques instants une issue, puis se résolurent à disparaître par le couloir enténébré pour remonter le courant d'air frais qui venait de la cuisine. Cet affrontement avait épuisé le vieil inventeur. Il lui fallait pourtant s'en retourner combattre le reste de la meute. Des grognements étouffés provenaient du corridor. Dehors, les morts-éveillés menaçaient toujours.

Depuis le début de l'attaque, Giuseppe ne s'était pas montré. Où était donc passé son ami ? En traversant le couloir, Ézéchiel ne perçut aucun bruit à l'étage. Tourmenté, il hésita à gravir l'escalier avant de renoncer dans l'instant. Il devait d'abord empêcher les assaillants d'infester la maison.

Sabre à la main, l'alchimiste fit irruption dans la pièce illuminée pour ne découvrir que quelques bras qui s'agitaient par l'entrebâillement laissé en haut du volet. Malgré leurs vociférations surexcitées, les éveillés ne parvenaient guère à se faufiler plus avant. Efficace, l'ingénieux mécanisme à cliquet leur résistait.

Ézéchiel se rua sur lc volant de fonte et d'une solide poussée, s'acharna à refermer l'ouverture dans un déferlement de cris. Pesant de tout son poids sur les rouages, l'alchimiste peinait à remonter cran après cran la crémaillère du panneau, pendant que dehors la horde redoublait de fureur. Le silence de Giuseppe le tourmentait à ce point qu'il ne perçut nullement le craquement des os sous la pression du vantail. L'engrenage enfin verrouillé, il se retourna pour attraper à la hâte la lanterne sur la table et quitta la cuisine.

Grimpant les marches du plus vite qu'il pouvait, le vieil homme s'inquiéta en découvrant le rayon de lumière orangée qui filtrait sous la porte de Faustine. Le battant claqua violemment lorsqu'il bondit dans la pièce en brandissant son arme.

– Gius !

Allongé en travers du lit, son compagnon gisait, inanimé. L'alchimiste se précipita auprès de lui, à l'affût du moindre signe de vie. Il n'eut pas à attendre bien longtemps, le souffle rocailleux de son ami le rassura aussitôt. Massive, vigoureuse, la poitrine du maître d'armes se soulevait à intervalles réguliers, Ézéchiel se détendit. Toutefois, ce répit ne dura guère. Par la fenêtre, où le ciel déversait ses ultimes reflets de cuivre, montaient les hurlements féroces des morts-éveillés, rien ne les empêcherait d'escalader la façade avant peu. L'alchimiste s'empressa d'aller tourner la roue qui actionnait le volet métallique de la chambre jusqu'à ce qu'il soit entièrement verrouillé. Puis, dans le halo de sa lanterne à naphte, il gagna en toute hâte chacune des pièces de l'étage pour en bloquer les ouvertures. La nuit était déjà tombée lorsqu'il termina plus haut, sous les toits, le souffle court, par la croisée d'angle de cette mansarde où Wil avait trouvé le repos de ses derniers jours. Disparu lui aussi. Quel abominable cauchemar ! La mort les avait cueillis si jeunes.

De retour dans la chambre de Faustine, Ézéchiel tenta de comprendre ce qui était arrivé à son ami. Le maître d'armes ne paraissait souffrir d'aucune blessure. Toujours parfaitement régulière, sa respiration semblait même s'être apaisée. Perplexe, l'alchimiste avança la main pour palper le rythme de son cœur. Une légère pression du doigt sur la carotide et Giuseppe, les paupières pourtant closes, lui saisit le poignet en grognant.

– Tu dormais ! sursauta Ézéchiel.

– Et alors, dois-je m'en justifier ? grommela le maître d'armes.

– Mais je t'ai cru blessé, malade !

– Je me suis juste assoupi.

– Bon sang, tu as le sommeil lourd ! J'ai failli mourir en bas ! Tu n'as rien entendu ?

– Non, pourquoi ? J'aurais dû ?

– Un éveillé m'a attaqué dans la cuisine. Le volet était ouvert. Il a surgi en brisant la fenêtre.

– Tu as réussi à t'en débarrasser, apparemment.

– Merci de t'en préoccuper, se vexa l'alchimiste. Il a bien fallu que je me débrouille seul puisque tu t'étais endormi !

– Un coup de fatigue, ça ne t'est jamais arrivé ? ronchonna Giuseppe.

– Je suis parvenu à le décapiter, enchaîna Ézéchiel sans prêter garde à la remarque du maître d'armes. Mais les autres tentaient de forcer nos panneaux.

– Ils sont encore là, je les entends.

– Bien sûr ! Ils sortent tous les soirs, maintenant.

– Rien de bien nouveau, donc.

L'alchimiste hésita à répondre. À trop contenir son agacement, il risquait de s'emporter plus que de raison. D'un ton qu'il voulait léger, il protesta pourtant.

– On dirait que tu t'en moques.

– Faustine est morte, lui asséna Giuseppe en se redressant pour le toiser de son air sinistre. Que peut-il arriver de pire ?

Quelques jours après l'horrible nuit de sa mort, lorsque la blessure de l'alchimiste le lui permit, les deux amis avaient ensemble inhumé le corps de Faustine dans la crypte qui s'ouvrait au fond des jardins de l'Ermitage. Depuis sa naissance, le cercueil de pierre attendait la jeune femme au sein du caveau des Castellac. Ainsi le voulait la tradition familiale. Désormais, elle reposait en paix, auprès de ses parents.

– Éloïse et Armand nous ont quittés eux aussi, souligna Ézéchiel. Ils sont à ses côtés à présent. Est-ce pour autant que nous devons tout abandonner ?

– À quoi bon continuer de se battre maintenant qu'elle n'est plus, murmura le maître d'armes d'une voix anéantie.

– Alors tu démissionnes ! Comme un vulgaire mercenaire qui entend n'en faire qu'à sa guise. Vas-tu te terrer dans un trou ? Fuir le monde pour soigner ta peine ? Si tu penses n'avoir d'autre obligation, tu te trompes. Le Lys Noir doit poursuivre sa mission que tu le veuilles ou non.

– Le Lys Noir, tu n'as que ce mot-là à la bouche ! Qu'il aille au diable ton Lys ! s'emporta Giuseppe. Nous serions plus heureux s'il n'avait jamais existé. Ce maudit justicier est une véritable malédiction. Tous ceux que j'aimais sont morts par sa faute. Faustine n'était pas qu'une épée derrière un masque, mais une jeune femme merveilleuse. Ton cœur de pierre semble l'oublier un peu vite.

– Cesse donc de t'apitoyer sur ton sort, Gius. Et garde ta rancœur pour tes ennemis. Crois-tu être le seul à souffrir ?

– Tu n'es pas retourné voir Faustine depuis que nous avons descendu son corps dans la crypte.

– M'espionnerais-tu ? Sache que je n'ai jamais eu besoin d'aller sur une tombe pour me souvenir de ceux que j'ai aimés.

– Dis plutôt que tu n'y penses déjà plus.

– Tu es lamentable, Giuseppe. J'en ai assez entendu.

L'alchimiste conserva son calme. À sa grande surprise, il était parvenu à maîtriser cette colère qu'il imaginait dévastatrice. Sans aigreur ni parole superflues, il se contenta de quitter la pièce pour mettre un terme à leur conversation. Si le maître d'armes se sentait accablé par la disparition de Faustine, il aurait dû concevoir qu'Ézéchiel puisse l'être tout autant.

Les disputes s'avéraient fréquentes entre les deux amis, mais jamais la brouille ne durait très longtemps. Les mots furent-ils plus durs, les visages plus fermés, les émotions plus vives ? Ou était-ce d'avoir perdu Faustine qui les rendait aigris ? Bien qu'il ne veuille pas l'admettre, l'alchimiste éprouvait un étrange malaise en regagnant son laboratoire. Une sensation qu'il aurait préféré ne pas connaître : l'indifférence, plus triste que l'absence encore. Un lien tranché, comme une lame brisée qu'on ne parviendra jamais à parfaitement reforger.

Reclus dans ce repaire cerné de morts-éveillés, le vieil homme goûtait ce soir-là l'amertume d'une amitié qui chancelle.

Chapitre 8

Les paupières écarquillées, la bouche encore sanguinolente, elle le poursuivait parmi les arbustes enchevêtrés le long du ruisseau. Ses grognements faiblissaient, peinant à écarter les branches qui s'agrippaient à ses guenilles, l'enragée s'épuisait lentement à traquer sa proie. Il décida de l'attendre un peu. Ce n'était pas la première fois qu'il s'enfuyait devant une morte-éveillée, mais celle-ci se montrait particulièrement maladroite, et son père lui avait appris que la chasse devait toujours être équitable. Dissimulé derrière le feuillage doré du buisson qui lui servait de cachette, le garçon l'épia discrètement. De ses yeux sombres cernés de noir, elle scrutait chaque recoin de la berge dans l'espoir de le débusquer. Tendue sur son visage au teint cadavérique, la finesse de sa peau tissait un masque macabre. Elle devait être belle avant, jamais il ne l'avait remarquée. Le sang qui couvrait ses mains, s'incrustait sous ses ongles, imbibait jusqu'aux poignets de ses manches. Il préféra ne pas savoir ce qui pendait, rougeâtre, au milieu de ses cheveux emmêlés. Des branchages craquèrent sous ses pieds et alertèrent aussitôt la morte-éveillée. Le bruit n'était pas volontaire, mais le garçon fut satisfait qu'elle reprenne sa traque.

Se dressant comme un prédateur, la furieuse huma les effluves qui flottaient dans l'air puis d'un bond, elle s'élança dans sa direction. Le demi-tour du fugitif aurait pu être agile sans le piège du morceau de bois qu'il venait de briser. Fendue en tenaille, la branche lui enserrait si fermement la cheville qu'il tira en vain à plusieurs reprises sur sa jambe. À sa dernière tentative, il y mit tant d'élan que la ramure cassa net et, dans un cri étouffé, il s'affala de tout son long, le visage plongé dans un tapis de feuilles jaunies par l'automne.

Équitable. La première fois qu'il avait entendu son père prononcer ce mot, le garçon le regarda avec des yeux ronds. Chacun devait avoir sa part de chance, lui avait-il expliqué, en toute égalité. Il aurait préféré que l'équité soit plus clémente ce matin-là, l'éveillée venait de lui bondir dcssus. Assise sur son dos, elle lui bloqua les bras de ses genoux repliés et planta ses crocs dans la nuque appétissante.

– Hé, arrête !

– Je vais te dévorer, sale morveux !

– Tu m'as mordu ! Ça fait mal !

– Ah… Désolée.

Émergeant des fourrés environnants, les jeunes gitans se précipitèrent vers les deux joueurs dans de grands éclats de rire moqueurs.

– Tu dis ça parce que tu as perdu, Mil ! lança le plus costaud de la troupe d'un air goguenard.

– Mais non, je l'ai fait exprès ! se défendit aussitôt le garçon qui se relevait en époussetant son gilet.

– Et tu penses qu'on va te croire ?

– À ta place, je serais drôlement vexé. C'est une gamine ! le taquina un autre dont les cheveux noirs noués en chignon indiquaient qu'il aspirait à devenir rôdeur.

– La gamine s'appelle Lila, et elle mord ! grogna la petite fille en montrant ses dents, les sourcils froncés dans une grimace qu'elle voulait menaçante.

– Tu ferais presque peur avec ton déguisement de moroï, remarqua le gosse au chignon. C'est du vrai sang ?

– Ne dis pas de bêtise ! pouffa la fillette. C'est de la confiture ! Cerise, ou fraise, je ne sais plus.

Une voix sonna soudain beaucoup plus grave.

– Si ta mère te voyait ainsi, Lila, je doute qu'elle apprécie ton accoutrement.

Tout occupés à railler leur camarade, les enfants n'avaient pas entendu Lad s'approcher. Campé sur son cheval pommelé, le gitan les toisait d'un air sévère.

– Je pense qu'elle n'aimerait pas non plus apprendre comment tu gâches sa nourriture, insista le cavalier. Va te débarbouiller dans le ruisseau. Dès ton retour, nous regagnerons le campement. Quand comprendrez-vous que l'heure du déjeuner ne souffre pas de retard !

lança-t-il à la jeune troupe. Et ne reviens que lorsque tu seras présentable ! ajouta-t-il d'un ton plus appuyé à l'intention de Lila qui s'éloignait déjà vers la rivière.

Même si les révélations de Morgan avaient conduit les gitans à se réfugier au sanctuaire, leur roi refusait d'oublier le reste du monde. Autrement plus discrets que les fouisseurs de Monzag, ses rôdeurs tapis dans l'ombre n'avaient pas leurs pareils pour épier Bayence. Aussi ne tardèrent-ils guère, au retour de leurs expéditions, à témoigner des premières attaques de morts-éveillés dans les rues de la ville. Il fallait leur trancher la tête pour les anéantir. Ainsi ressurgirent les anciennes légendes : abandonnant leurs tombes, les morts se relevaient pour massacrer les vivants. Les nouvelles se répandirent sur le camp, surtout parmi les enfants dont l'imagination se délectait d'histoires terrifiantes. Bientôt, la course des moroïs devint leur jeu favori. Déguisé en cadavre répugnant, le mort poursuivait ses camarades en poussant d'abominables grognements, et celui qu'il parvenait à attraper se métamorphosait en moroï.

Affublée de sa défroque d'éveillée, Lila s'agenouilla sur la berge pour plonger les mains dans le courant. L'eau se révélait glaciale et elle peina à débarrasser ses manches de la confiture qui s'y était agglutinée. Ses cheveux trempés poissaient encore un peu, lorsqu'elle releva la tête pour les essorer, mais le pourtour de ses yeux fardés au charbon de bois resta le plus difficile à nettoyer, d'autant que le ruisseau se montrait trop frémissant pour qu'elle puisse s'y mirer. En rejoignant ses amis, elle devina bien vite dans leurs regards l'état désastreux de son débarbouillage. Toutefois, Lad ne protesta pas et comme le cavalier n'était pas des plus aimables, ils se mirent en route sans prononcer un mot.

La rivière jaillissait en cascade d'une excavation creusée très haut dans la paroi de la caverne. Souvent diffus, le voile de brume qu'exhalait sans cesse la chute d'eau devenait parfois si dense que de gros nuages s'élevaient lentement pour semer leur pluie sous la voûte de pierre. Après avoir tracé les contours d'un petit lagon turquoise, le ruisseau, bordé d'une épaisse végétation, s'écoulait en serpentant à travers les arbres avant de décrire une large courbe pour rejoindre les confins du sanctuaire. Là-bas, plongeant au creux d'un gouffre qui semblait sans fin, il disparaissait dans les profondeurs de la terre.

D'un claquement de rêne, Lad dirigea son cheval vers la plaine silencieuse. La troupe d'enfants marchait dans son sillage. À mesure qu'ils avançaient, la futaie parée de couleurs automnales se changeait en une étendue plus aride plantée d'arbustes épars.

– Pourquoi on ne peut plus aller jouer à la sablière ?

Lila avait accéléré le pas pour trottiner aux côtés du gitan. Elle se moquait de son visage sinistre et de sa voix menaçante, elle avait juste envie de parler.

– C'est à cause des moroïs, proclama-t-elle d'un air assuré.

La tête rentrée dans les épaules, le cavalier poursuivait son chemin sans réagir. Lila insista.

– Tu as peur des moroïs, toi ?

Voilà pourquoi le gitan n'aimait pas les enfants.

– Moi j'adore quand ça fait peur, déclara-t-elle.

Ils sont incapables de s'arrêter.

– On pourrait jouer aux moroïs près de la sablière.

Inutile de froncer les sourcils, d'interdire ou de gronder, la gamine s'obstinait.

– C'était mieux au Saut du Loup, affirma-t-elle.

Lad n'était pas fait pour ce genre de mission. Pour quelle raison Jarod lui avait-il demandé de ramener les enfants ? Le roi des gitans savait pourtant parfaitement qu'il détestait ça.

La curiosité de Lila semblait loin d'être épuisée.

– Tu crois que les moroïs peuvent venir jusqu'ici ?

Alors le cavalier capitula.

– Non, soupira-t-il.

– Pourquoi ?

– Parce que le sanctuaire est protégé.

– Par qui ?

– C'est une cachette secrète.

– Si on le connaît tous, c'est plus un secret.

Lad tourna le cou vers la fillette dont les yeux pétillaient de vivacité. Elle voulait tout savoir, tout comprendre, jamais elle ne renoncerait.

– Regarde le géant là-bas, lui souffla-t-il.

Au loin, majestueuse silhouette sous le ciel de pierre, l'arbre gigantesque trônait au centre du dôme, dressant ses ramures dans l'éblouissante lumière qui tombait de la voûte. Le visage tendu en avant, Lila plissa les paupières pour contempler le colosse.

– C'est un guerrier endormi, murmura le cavalier. Tant que nos ennemis se tiendront loin de lui, il restera assoupi. Mais s'ils approchent un jour, le titan s'éveillera et sa colère sera si forte que nos adversaires n'y résisteront pas.

Les yeux grands ouverts cette fois, la fillette demeurait interdite. Lad esquissa un sourire, il avait enfin réussi à la faire taire.

Sa tranquillité fut de courte durée. Tournoyant au-dessus d'eux, une harde de corbeaux ne tarda pas à troubler le silence de ses affreux croassements. Quelques oiseaux solitaires venaient parfois se perdre par l'ouverture qui crevait le sommet de la coupole, jamais de volée si impressionnante. À l'approche des grands froids, peut-être prévoyaient-ils de trouver un asile pour l'hiver. Lad envia brusquement leur liberté, un seul coup d'aile suffirait à les élever vers la lumière pour rejoindre le ciel infini. Les dernières couleurs du crépuscule, les milliers d'étoiles qui poinçonnaient le voile de la nuit, tous ces infimes plaisirs lui manquaient tant. Il leva les yeux vers le morceau d'azur emprisonné d'ocre, si haute soit-elle, la voûte de la caverne l'étouffait. Sans doute ce dôme de pierre les protégeait-il et bien sûr, son peuple pourrait y vivre de pêche et cultiver la terre sans craindre le reste du monde durant de nombreuses années. Mais les gitans ne supporteraient guère longtemps cet enfermement, ils étaient nés du voyage et faisaient route avec le vent.

Leur retour s'avéra plus rapide qu'il ne le pensait. Du haut de sa monture, l'homme apercevait déjà les roulottes installées en rosace autour du feu. Droit comme une aiguille, un filet de fumée traçait une fine ligne blanche qui se dissipait aux premières frondaisons de l'arbre fabuleux.

Les enfants pénétraient juste dans l'enceinte du camp lorsqu'un galop lointain résonna sous la coupole. Chevauchant à travers la plaine, les cavaliers avaient surgi de l'unique galerie qui reliait le sanctuaire à

la forêt des Grès. Le nuage de poussière qu'ils laissaient derrière eux alarma soudain Lad. Cet empressement à rejoindre le campement ne ressemblait en rien aux habitudes des rôdeurs. Depuis l'exil du clan, Ewan, Lazlo et Jal demeuraient les seuls à pouvoir s'aventurer hors du refuge jusque dans les rues de Bayence. Ils se montraient discrets et ne se déplaçaient le plus souvent qu'à la nuit tombée.

La cavalcade alerta aussitôt Jarod. Inquiet de ce retour tapageur, le roi des gitans sortit de sa roulotte pour aller à leur rencontre.

Des trois rôdeurs, il n'en restait que deux à se tenir en selle. Le dernier homme vacillait dangereusement sur sa monture. Ils débarquèrent en trombe au milieu du camp.

– Jal est blessé ! s'écria Ewan en vidant les étriers avant même que son cheval ne s'arrête.

Agrippant son compagnon par le bras pour éviter qu'il s'écroule, le gitan l'attrapa sous les épaules pendant que Lazlo lui saisissait les jambes afin de l'étendre à terre.

– Que s'est-il passé ? leur demanda Jarod.

D'une nature habituellement calme, Ewan semblait désemparé.

– Nous allions quitter la ville lorsqu'une meute nous a attaqués, déclara-t-il. Ils se cachaient dans les ruines qui longent les remparts.

– Des dizaines de moroïs affamés ! ajouta Lazlo. On avait beau trancher des têtes, il en arrivait toujours davantage !

Les paupières à demi closes, Jal ne réagissait plus. Comme pour tenter d'admettre le drame, les deux rôdeurs poursuivirent leur récit.

– Il fallait qu'on tienne jusqu'à l'aube. Après, les éveillés déguerpiraient. Ces charognes détestent la lumière. On s'est réfugiés avec nos montures dans l'ancien poste de garde pour repousser leurs assauts, en attendant qu'ils abandonnent.

– Mais avec ces maudites mouches au-dessus de Bayence, le ciel demeurait terne malgré le lever du jour, fulmina Ewan. Certains enragés restaient à l'affût. Personne ne nous sauverait. Il fallait leur échapper. Alors on s'est élancés. Mal nous en a pris.

– Des têtes sont tombées. Pas suffisamment. Un solitaire a surpris Jal à revers pendant notre fuite. Pire qu'une bête sauvage. Il était si rapide, je n'ai rien pu faire, se justifia Lazlo. Je l'ai vu plonger la gueule dans son cou et lui arracher un morceau d'épaule sans pouvoir riposter. Il s'apprêtait à lui dévorer la gorge quand je suis parvenu à le décapiter.

– Jal semblait avoir résisté à l'attaque. Il s'est hissé sur sa monture, puis on s'est enfuis. Pourtant sa plaie saignait abondamment. Quand nous sommes arrivés à l'orée des Grès, je l'ai pansé avec mon écharpe avant de repartir.

Naïna s'approcha pour s'agenouiller auprès du blessé. Le rôdeur avait perdu connaissance. Soulevant le modeste bandage, l'épouse du roi découvrit une profonde meurtrissure purulente. Les chairs déchiquetées commençaient à pourrir, comme si la morsure infligée par le mort-éveillé en précipitait la nécrose.

– Transportez-le dans sa roulotte, déclara-t-elle d'un air grave.

Plus que la chiromancie pour apaiser les consciences, Naïna avait appris à soigner les corps auprès de sa mère. Les herbes qui sauvent ne recelaient plus aucun secret pour elle, Jarod connaissait l'habileté de son épouse à composer ses remèdes. Combien du clan lui devaient déjà la vie ? Le tourment se lisait pourtant dans son regard, Naïna s'inquiétait. Jamais elle n'avait vu de blessure si vive, presque vivante. Tel l'acide qui ronge les os, la plaie dévorait peu à peu le rôdeur. Pour l'avoir coudoyée maintes fois, la gitane savait reconnaître la mort lorsqu'elle s'avançait et son ombre planait sur Jal. Allongé sur sa couche, l'homme ne résista pas longtemps à ses assauts. Avant même que la guérisseuse ne tente de le sauver, il cessa de respirer. Lorsqu'elle ressortit de la remorque silencieuse, Naïna n'eut besoin que d'un regard pour annoncer le drame à ses compagnons. Derrière elle, Jal entreprenait son ultime voyage. Immobile, les mains croisées sur le torse, il semblait serein. Chacun à leur tour, les membres du clan lui rendirent un dernier hommage. Après les pleurs surgirait le feu. Comme le voulait leur tradition, ils attendraient le lever du prochain jour pour incinérer l'homme dans sa roulotte. À son épaule, la plaie commençait à empester. Il valait mieux garder la porte entrouverte.

Tout comme ses camarades, Lila était venue saluer Jal avant son grand départ. La mort faisait partie de la vie, on apprenait à la côtoyer très jeune chez les gitans. Toutefois cet ultime voyage demeurait mystérieux pour la fillette. Assise sur un rocher dans la pénombre, elle restait songeuse. Comment le défunt pouvait-il prendre la route si l'on brûlait son chariot ? Et où était cet Au-delà qu'il devait rejoindre ? Ils en parlaient tous en levant les yeux vers la voûte de pierre, peut-être s'envolait-on comme un oiseau lorsque l'on mourait ? Elle regarda la trouée qui crevait le dôme, le ciel avait passé son manteau blanc juste avant la nuit. Cachée derrière le voile des nuages, la lune lui donnait cette teinte blafarde des soirs d'hiver. Lila plissa les paupières pour affiner sa vue, des petits points gris dansaient devant la percée lumineuse, voletant comme une pluie de cendre. La neige était revenue ! Bras tendus, paumes ouvertes, la fillette se releva en bondissant de joie pour l'accueillir. Au premier contact, les flocons lui chatouillèrent la peau puis, en approchant les mains de son visage dans la demi-clarté qui baignait la coupole, elle découvrit cette neige noire et luisante qui grouillait partout sur ses doigts. Des mouches, par centaines ! Lila tressaillit de dégoût. Son cri aurait dû alerter les siens, mais aucun son ne parvint à jaillir de sa gorge. Agitant les bras pour se débarrasser de cette vermine ailée, l'enfant terrorisée s'élança vers le foyer qui crépitait au milieu du camp en espérant que la nuée ne la suivrait pas près du feu.

Les volutes d'insectes qui dégringolaient du ciel pénétrèrent bientôt dans la roulotte de Jal. Sans doute ces démons avaient escorté les corbeaux par la trouée du dôme. Charognards au bec englué de sang, ces oiseaux n'avaient pas leur pareil pour dénicher les cadavres, parfois même avant leur agonie. Comme de funestes présages de mort.

Chapitre 9

– Naufragés par bâbord avant !

Cramponné d'une main au grand-mât, la longue-vue rivée sur l'œil, Yann se penchait par-dessus la rambarde du nid de pie comme pour s'approcher plus près de l'océan.

– La cale est pleine, jeune gabier ! objecta le capitaine. Oublie-les, un autre navire les trouvera bien. Maintenez le cap, on rallie le port ! lança-t-il au reste de l'équipage.

Un drôle d'énergumène, ce capitaine, il avait dû être pirate dans une vie antérieure. Peut-être même connaissait-il le boiteux du *Faouenn* ?

– Vous serez maudit ! lui déclara Yann d'un ton provocateur.

– Je le suis déjà.

– Voué aux tortures des démons ! insista-t-il.

Le vieux marin soupira.

– Combien sont-ils sur le radeau ?

– Trop peu pour les abandonner.

– Combien ?

– Un seul.

– Et tu voudrais changer de cap pour un esseulé !

– Les flammes de l'enfer vous tentent, capitaine ? s'obstina le jeune gabier. À votre place, je ne m'y risquerais guère.

Le vieil homme hésita avant de lancer son ordre.

– La barre à bâbord, toute ! concéda-t-il enfin, exaspéré.

Yann réajusta sa lorgnette. Sur le radeau, la silhouette s'était redressée.

– Canot à la mer ! ordonna le maître sauveteur.

C'était assez rare de croiser des solitaires. On avait davantage l'habitude de les voir dériver par centaines dans cette région de l'océan. L'air hagard, épuisé comme tous ceux que l'équipage repêchait, le naufragé se laissa trimbaler lorsque les marins le hissèrent à bord de l'embarcation pour le ramener sur la frégate. Le gabier enjamba aussitôt la vigie et, saisissant la boucle nouée sur un hauban de bâbord, il glissa le long du câble jusqu'au pont pour s'en aller s'accouder au bastingage. Même s'il s'y était habitué avec le temps, les repêchages demeuraient toujours émouvants pour Yann.

Ballottés par les flots, la barque et son précieux chargement s'approchaient lentement du vaisseau pendant que le radeau désormais inutile dérivait à l'abandon. Dans son errance, il finirait à coup sûr par se disloquer sur un quelconque récif, rien ne résistait à l'océan. Lorsqu'ils furent près de toucher la coque, les rameurs du canot relevèrent leurs avirons d'un même mouvement sous les ordres retentissants du maître d'équipage. Sans doute ragaillardi par son sauvetage ou porté par quelque fierté, le naufragé puisa dans ses dernières forces pour escalader l'échelle de coupée tendue sur le flanc du navire. Cramponné aux filins, il s'élevait planche après planche pour enfin dominer cet horizon qui avait bien failli l'engloutir.

À peine eut-il franchi le sabord que Yann reconnut son regard : celui qu'ils avaient tous en découvrant le fabuleux bâtiment. Dans un mélange de crainte et d'émerveillement, le rescapé inspectait le monde autour de lui avec méfiance. Tout ceci paraissait si irréel. N'était-ce pas simplement l'un de ces rêves absurdes ? Le délire d'un esprit malade abandonné sur un esquif en perdition, prisonnier d'un corps à l'agonie rongé par la fièvre. Il est vrai que la frégate s'avérait impressionnante. D'un blanc immaculé de la poupe à la proue, le vaisseau semblait jailli des flots comme un fantôme d'écume.

–0–

La première fois qu'il était monté à bord de *l'Esperanza*, Yann se rappelait être resté longtemps muet d'admiration devant l'éblouissant spectacle qui s'offrait à lui. Les voiles, les mâts, les cordages, même les canons arboraient cette teinte nacrée. Entièrement vêtu de blanc, l'équipage disparaissait dans la voilure comme autant d'oiseaux de mer perchés sur les vergues. Jamais le jeune gabier n'avait contemplé une telle merveille.

Il échappait juste à une horrible noyade lorsque les matelots l'avaient repêché, transi de froid, parmi d'autres naufragés sur un radeau de fortune. Depuis toujours, semblait-il, la majestueuse frégate sillonnait les flots à la recherche des marins perdus. À peine sur le pont, le garçon avait effleuré d'une main distraite la balafre qui lui tailladait la joue, sa blessure ne saignait plus. Le satané câble qui l'avait projeté par-delà la rambarde du *Faouenn* dans les vagues déchaînées l'avait marqué d'une impressionnante estafilade sur le visage. Que s'était-il réellement passé après sa chute en plein ouragan ? Ses derniers souvenirs se diluaient dans les eaux glaciales des profondeurs. L'obscurité, le silence, ses poumons en feu, n'espérant rien tant que rejoindre la surface. Comment pouvait-il avoir échappé à la tempête ? Le maître d'équipage avait-il finalement plongé à son secours dans les ténébreux abysses ? Le brick s'était-il disloqué sous le fracas de la houle, lui offrant ainsi une planche de salut ? Il avait beau fouiller dans sa mémoire, impossible d'y trouver la moindre réponse. À vrai dire, ces questions lui importaient peu, il se moquait de savoir ce qui l'avait sauvé. L'air du large emplissait ses bronches, le sang pulsait dans ses veines, il était vivant et c'était bien là tout ce qui comptait.

L'Esperanza poursuivit sa mission sans relâche et quelques sauvetages plus tard, le vaisseau parvint en vue d'une côte escarpée. La terre paraissait déserte, inhospitalière. Quand le navire contourna une sinistre falaise qui dressait sa muraille face à l'océan, Yann découvrit les sombres pitons d'Altamir, la cité aux mille cimes. Percées de nombreuses ouvertures, des dizaines d'éminences rocheuses tapissaient la ville comme les stalagmites d'une gigantesque grotte au plafond disparu. Cette étonnante cité troglodyte qui escaladait les contreforts des escarpements environnants se mêlait au paysage à ce point qu'on ne pouvait en percevoir les limites. Tissé comme une délicate toile d'araignée, un fin maillage de ponts suspendus reliait entre elles les terrasses culminantes des maisons creusées au cœur des pitons de pierre grise. La ville s'avançait ainsi jusqu'à l'esplanade qui bordait le port. *L'Esperanza* allait enfin pouvoir mouiller l'ancre dans des eaux tranquilles.

La frégate accosta sans éveiller la moindre attention, à croire que ses incessantes expéditions avaient émoussé l'intérêt des curieux. Sur le quai, des camelots proposaient leur marchandise sans grand enthousiasme. Les couleurs ternes des longues chasubles à capuche qui pendaient aux auvents des échoppes se mêlaient à des bâtons de pèlerins surmontés de lanternes ciselées. Quelques sacoches de cuir lustré attendaient depuis longtemps sur les étals qu'une main veuille s'y attarder. Les auberges étaient vides, pas d'éclats de voix ni de rires autour des comptoirs, juste le murmure de la foule taciturne qui sillonnait les allées du triste marché. Un bourdonnement lancinant qui couvrait le cri des oiseaux tournoyant dans le ciel nuageux.

Aussitôt débarqués, les rescapés s'éparpillèrent rapidement dans les rues de la ville. Ils avaient cru ne jamais regagner le rivage, rien aujourd'hui ne leur importait davantage que de s'éloigner de cet océan meurtrier pour fouler à nouveau la terre ferme sans craindre de s'y enfoncer. Ce monde leur offrait soudain une deuxième chance, une nouvelle vie peut-être, il fallait en profiter au plus vite. Désemparé à la vue de cette multitude qui abandonnait le navire sans un regard en arrière, Yann hésitait à quitter le pont.

– Eh bien, mon garçon, qu'est-ce que tu attends pour descendre ? lui lança le capitaine. Tu ne vas pas rester ici éternellement.

Le vieil homme tout de blanc vêtu ne semblait guère s'étonner de l'ingratitude des passagers.

– N'as-tu pas envie de revoir les tiens ? insista-t-il. C'est ce qu'ils font tous lorsqu'ils arrivent à Altamir.

Yann se rappela le phare de son enfance, la lande désolée, le vent du cap de la Hune dans ses cheveux. Sa sœur et son père seraient-ils heureux de le retrouver ? Le moment était venu de le savoir. Écoutant les conseils du capitaine, il descendit la passerelle et, sur le quai, se retourna pour saluer son sauveur. Déjà occupé à d'autres tâches, l'homme s'était éloigné du bastingage pour rejoindre la dunette. Le garçon admira une dernière fois le navire étincelant, puis il traversa le marché pour s'enfoncer plus avant dans la ville.

Comme tous les peuples marins, les habitants d'Altamir ne se montraient guère bavards. Serpentant parmi les pitons rocheux, les ruelles drainaient une foule de passants maussades qui marchaient le dos voûté sans jamais lever les yeux. Pas un seul visage aimable pour accueillir les rescapés. Au-dessus d'eux, le regard rivé vers le ciel, des équilibristes franchissaient les ponts de cordes d'une démarche chaloupée. Les deux multitudes semblaient s'ignorer. Yann pressa le pas, il avait hâte de quitter cette cité austère.

– Tu sais où tu vas, mon gars ?

Le garçon sursauta. Assise sur une grosse pierre adossée au rocher, la vieille femme qui l'avait interpellé le regardait en plissant les paupières d'un air malicieux. Avec son foulard sur la tête, elle rompait la monotonie ambiante, son visage de pomme flétrie se montrait réconfortant.

– Locmarch, lui révéla Yann dans un sourire.

– Je n'en ai jamais entendu parler, répondit-elle avec une moue dubitative.

Autour d'eux, les ombres grises continuaient de déambuler dans leur perpétuel murmure.

– Ils m'agacent à toujours chuchoter, s'énerva-t-elle en se relevant avec difficulté. Viens, si tu ne marches pas trop vite, je te conduirai aux portes de la ville. Tu n'as pas le vertige au moins ? interrogea-t-elle, un rictus facétieux aux lèvres.

D'un pas boitillant, appuyée sur sa canne, elle entraîna Yann à travers un dédale d'allées, de passerelles et de défilés pour enfin parvenir au pied d'un immense pic. D'après son assise, il devait s'élever bien plus haut que tous les autres. La bouche noire de l'entrée taillée dans la roche ne se montrait guère rassurante, mais le garçon se fiait à son guide, il s'y engagea à sa suite. Un hall gigantesque creusait le piton jusqu'à son sommet débouchant sur le ciel comme une cheminée colossale. Percées à intervalles réguliers, des ouvertures laissaient filtrer une luminosité tout juste suffisante pour apercevoir l'escalier à double hélice sculpté à même la paroi. Les deux volutes s'élançaient vers les hauteurs de la cavité, sans autre rambarde que le vide. Combien de marches faudrait-il gravir avant d'en atteindre la cime, Yann n'aurait su le dire. À sa grande surprise, la vieille femme entama l'ascension. Il s'arrêta de compter à mille, l'escalade s'avérait autrement plus vertigineuse que les cabrioles qu'il exécutait dans le gréement des navires. Trop fier pour s'avouer étourdi, le garçon évitait soigneusement de regarder la langue de lumière qui s'étirait devant la porte, tout en bas.

– Tu verras, de là-haut la vue est magnifique.

– Sauf s'il fait nuit lorsqu'on arrive, maugréa-t-il.

– C'est encore plus beau dans la lueur du soir.

Yann renonça à la contredire, elle avait réponse à tout.

Le ciel était toujours clair lorsqu'ils franchirent le dernier palier. Cernée de filins entremêlés, la terrasse dominait la ville, le port, l'océan. Par-delà la côte aux rochers dentelés, s'étendait à perte de vue une lande d'herbe dorée balayée par le vent. Ils surplombaient la cité au centre de sa toile, les ponts de corde rayonnaient dans toutes les directions, suspendus de cime en cime. Les grappes humaines qui grouillaient au fond des rues ressemblaient à des colonies de fourmis égarées dans un labyrinthe. Bien plus loin, solidement amarré au quai, *l'Esperanza* dressait sa silhouette éblouissante au-dessus des eaux sombres. La vieille femme avait raison : du haut de ce pic, le paysage alentour révélait toute sa splendeur. Elle lui décocha un sourire satisfait.

Malgré les nombreux funambules qui arpentaient les cordages, les deux voyageurs n'en croisèrent aucun qui les obligeât à rebrousser chemin. Si l'ascension de la tour s'était montrée interminable, leur déambulation aérienne les conduisit rapidement aux lisières de la ville. Franchissant le dernier pont suspendu qui reliait Altamir à la côte, ils atteignirent bientôt l'arche de pierre. La porte érigée en bordure de falaise dressait face à l'océan sa majestueuse arcade effilée. De chaque côté, des éboulis rocheux s'amoncelaient comme les vestiges d'un mur ancien.

– Je déteste les adieux, ronchonna la vieille femme en s'asseyant sur un moellon qui lui semblait confortable.

Yann ne savait trop quoi répondre. Ils venaient juste de se rencontrer, la rupture ne serait guère déchirante.

– Longe le littoral en remontant vers le Nord, lui indiqua-t-elle en pointant son visage sur l'horizon noir. Tu y trouveras sûrement ce que tu cherches.

Comment pouvait-elle émettre pareille affirmation ? Elle ne connaissait pas Locmarch. Inutile de la contrarier, l'obstinée avait visiblement l'habitude de décider pour les autres. Le garçon se plia à ses conseils, en chemin, il finirait bien par croiser des voyageurs qui lui montreraient la route à suivre. Devant lui, les hautes herbes ondulaient dans le vent, leurs reflets blonds flamboyant sous un ciel d'orage illuminaient la plaine. Comme au cap de son enfance, la falaise qui longeait l'océan plongeait en éclats rocheux dans les flots noirs. Il se retourna pour saluer la vieille femme de la main, impassible, elle ne lui rendit pas son signe. Les nuages menaçants s'accumulaient sur l'horizon, la pluie ne tarderait pas à tomber, peut-être le jour était-il mal choisi pour partir en quête de son passé. Yann s'en moquait, résolu à retrouver les siens, il se mit en marche.

Chapitre 10

Yann cheminait d'un bon pas depuis qu'il avait quitté la cité aux mille cimes. En dépit des nuages tempétueux, la pluie l'avait épargné. Le décor sauvage qu'il traversait devint peu à peu moins escarpé et la côte se dénivela pour descendre vers la grève.

Bordant le rivage, des dunes échevelées remplaçaient maintenant les falaises disparues. De temps à autre, le garçon apercevait d'étranges cohortes de marcheurs silencieux perdus dans les terres, trop éloignés pour qu'il puisse les rejoindre. Le paysage déjà aride se fit imperceptiblement plus lugubre, les sinistres nuées d'oiseaux qui envahissaient le ciel emplissaient l'air de leurs cris rauques. Au milieu des plages immenses, se dressèrent bientôt de gigantesques blocs de granit tels des monstres marins échoués sur le sable.

– Obscure.

Sans doute le jeune aventurier aurait-il poursuivi sa quête s'il n'avait entendu cette voix.

– Vers l'eau périlleuse.

Simple murmure noyé dans le bruit du ressac, les paroles s'éclaircirent jusqu'à devenir intelligibles.

– Une agile panthère à la peau tachetée.

Yann découvrit enfin la silhouette élancée, juchée sur un empilement de rochers perdu parmi les colosses endormis. Immobile, le regard rivé sur l'horizon noir, elle ne cessait de converser.

– Si tu veux t'échapper de ce monde sauvage, il te faut par ici diriger ton voyage.

Intrigué, le garçon chercha des yeux celui à qui s'adressaient ces propos. En vain. La plage demeurait déserte.

– Pardon ? intervint-il.

L'oratrice sembla surprise par une réplique inattendue. Lentement, elle obliqua les épaules pour se pencher vers son visiteur.

– Ces paroles ne t'étaient pas destinées, gamin.

Vêtue d'une longue cape grise déployée sur la bosse qui boursouflait son dos voûté, la créature toisait le garçon d'un air énigmatique. Sa chevelure plus noire que les ailes d'un corbeau flottait dans le vent en mèches filandreuses. Difficile de lui donner un âge tant la fraîcheur de son visage tranchait avec la décrépitude qu'on imaginait de son corps osseux. L'iris de ses yeux d'un blanc éclatant incitait à détourner le regard. Quelque peu vexé, Yann insista pourtant.

– Ne sommes-nous pas seuls sur la grève ?

– Assurément seuls, siffla-t-elle. C'est pourquoi j'ai pour habitude de discourir avec le vent. Mais qui sait après tout ? Peut-être que d'autres oreilles nous écoutent. Un poète m'entend-il ? s'enquit-elle à la ronde en tournant la tête de tous côtés. Sortez de vos refuges, les loups s'en sont allés !

La solitude pouvait se montrer ravageuse parfois. Cette ermite n'avait visiblement plus toute sa raison. Discrètement, Yann s'éloigna pour reprendre son périple.

– Ma présence te dérange-t-elle tant ? l'apostropha la prêcheuse.

– Non…

Il se demandait quel argument objecter pour dissimuler sa gêne.

– Les rafales sont les plus bavardes, le savais-tu ? déclama-t-elle face à l'océan.

Il lui fallait trouver un mot, une phrase, une réponse. Combler le silence.

– Par chance les vagues sont sourdes, devisa-t-il à court d'idées.

– L'impertinence est un jeu dangereux, petite chose, surtout lorsqu'on ne connaît pas la personne à qui l'on s'adresse. Peut-être me crois-tu folle, mais qui de nous deux l'est vraiment ? Celle qui parle avec le vent debout sur un rocher, ou celui qui cherche son passé sans s'apercevoir qu'il est déjà trop tard ?

Yann tressaillit. L'oratrice se révélait surprenante. Instinct ou prescience, elle avait parfaitement deviné son intention.

– Ton père t'a oublié, reprit-elle, du moins le laisse-t-il croire. Mais Gwen t'attend toujours. Quelle tristesse !

Dans sa poitrine, le cœur du garçon s'affola soudain. Cette sorcière l'avait percé à jour. Elle semblait tout connaître de sa vie.

– N'as-tu pas compris ? s'obstina-t-elle.

Incapable de répondre, il restait figé sur le sable. Dans son crâne, son cerveau devint plus dur qu'une pierre. Il ne parvenait plus à réfléchir.

– Tu es mort.

Ces trois mots le libérèrent. Il se détendit enfin. Cette femme était bel et bien folle. Mort ! Il faillit éclater de rire.

– Je dois partir maintenant, annonça-t-il. Ravi d'avoir fait votre connaissance.

Il n'avait fait que quelques pas lorsqu'elle enchaîna :

– Cette mémoire que tu crois avoir perdue, ces souvenirs qui te manquent, c'est la grande faucheuse qui te les a volés. Aucune force miraculeuse ne t'a arraché aux ténèbres. Tu es mort noyé dans la tempête pendant que le vieux loup du *Faouenn* s'enfuyait lâchement pour sauver sa peau. Le majestueux navire qui t'a repêché dans l'océan des Trépassés vogue au secours des âmes errantes. Tu as franchi le seuil de l'Au-delà, gamin. Celui dont personne ne revient.

– Je suis vivant ! hurla Yann. Je marche sur grève, je respire l'air de l'océan, je crie à pleins poumons ! Je suis vivant !

– Il te faudra du temps pour comprendre. Pour accepter l'évidence.

– Tais-toi ! Tu n'es qu'une vieille folle perchée sur un tas de cailloux !

Bouleversé de rage, Yann ramassa un galet dans le sable qu'il lança sur la perfide. Davantage par fureur que pour éviter le projectile, la créature s'élança dans les airs du haut de son piédestal et étendit les ailes immenses qu'elle cachait sous la bosse de sa cape. Comme les voiles d'un navire dans la tempête, les membranes de cuir claquèrent violemment. Elle redescendit en une voltige et, tournoyant, cracha sur l'insolent un hurlement effroyable. Yann tremblait de tout son corps, les mains plaquées sur les oreilles. Emportée par son élan, elle vira brutalement pour se poser face à lui dans un jaillissement de sable humide. L'inconscient n'avait pas mesuré à quel point elle était imposante, même accroupie, elle le dépassait largement. Étirant ses pattes

Yann

crochues qui labouraient le sol, elle avança vers sa proie immobile et, d'un geste foudroyant, lui planta une griffe effilée en plein cœur avant d'aussitôt la retirer. Yann sentit ses jambes s'amollir, il tomba à genou sur la plage. La douleur se révélait insupportable, elle irradiait dans sa poitrine, plus vive encore que lors de sa noyade. Désespéré, il ôta la main qu'il avait plaquée sur son torse, pas la moindre goutte de sang ne suintait de sa blessure. Il releva un regard horrifié vers son assaillante.

– C'est impossible… Je ne veux pas mourir ! Pas maintenant, pas ici !

– Qu'espérais-tu, pauvre petit vermisseau ? Une vie prestigieuse, un destin exceptionnel ? Ils en rêvent tous. Croyais-tu être libre de choisir ?

Sans plus de force pour se révolter, le garçon se recroquevilla sur le sable et se mit à sangloter.

– Tu t'y habitueras, grinça-t-elle. Il te reste l'éternité pour ça.

Dans son dos, il entendit la harpie déployer ses ailes. Les membranes épaisses fouettèrent le vent et, quelques battements plus tard, le silence revint sur le rivage. Elle avait disparu.

Difficile d'accepter l'horrible réalité. Surtout lorsqu'on vient d'avoir seize ans. Malgré les apparences, Yann devait néanmoins l'admettre : il était mort, parti pour un ailleurs définitif, un dernier voyage sans retour. Son père le pleurerait-il un jour ? Il l'avait quitté sans un adieu. C'était hier, il y a un an, dix peut-être. Sa mémoire peinait à se le rappeler, le temps avait si peu d'importance désormais. Il lui restait pourtant tellement de chemins inexplorés à parcourir, trop pour capituler si facilement.

C'était donc ça la mort. Une éternité d'errance dans un paysage désolé, à ruminer la vie passée. Regretter de n'avoir pas osé davantage, pleurer les années perdues et ressasser les souvenirs. Tant de souffrances pour un si piètre réconfort. Il n'avait jamais vraiment cru tout ce que l'on racontait sur l'Au-delà bienheureux ou les flammes de l'enfer, mais ce voyage sans fin sous un ciel maussade se révélait pire que tout. Une chute dans un abîme infini aurait été préférable. La foule d'Altamir, la vieille femme, le capitaine de *l'Esperanza* et son équipage, tous condamnés à cette inexistence interminable, sans aucun espoir de destinée meilleure, pas même le trépas au bout du chemin. Accablé par cette horrible révélation, le garçon regagna la ville aux mille cimes plus amer qu'il ne l'avait jamais été.

La nuit tombait lorsqu'il parvint en vue des sinistres pitons. Déchiqueté par les dents de pierre sombre, le ciel jetait ses dernières lueurs sur l'horizon. Yann aurait pu n'y contempler qu'un spectacle lugubre, mais avec la fin du jour, la cité revêtit une fascinante apparence. L'une après l'autre, des chandelles s'allumaient aux fenêtres. Reflétant leur éclat dans les eaux calmes du port, d'imposants flambeaux s'embrasèrent bientôt sur le quai, puis brusquement, des myriades de lanternes suspendues aux ponts de corde illuminèrent les rues comme des lampions de farandole. Les paupières écarquillées, le garçon s'était figé, admiratif. Il n'en fallait pas davantage pour que de merveilleux souvenirs ressurgissent de sa mémoire endormie. L'odeur des galettes de blé noir, les rires des danseurs, la magie des fêtes du Grand Pavois. Altamir se manifestait soudain sous un autre visage. Les cohortes de défunts se transformaient en sarabandes. Les grimaces se changeaient en sourires. Des lamentations, il ne restait plus qu'une envoûtante mélodie. La mort pouvait être joyeuse, il suffisait d'y croire.

Yann s'avança jusqu'au bord de la falaise. Tout en bas, les eaux du port se coloraient d'une magnifique teinte émeraude sous le feu des torches qui habillaient d'or le fabuleux bateau blanc amarré à quai, prêt à appareiller. Le garçon perçut cet appel comme une évidence. Parcourir les mers à la recherche des égarés, perché dans la voilure de *l'Esperanza*, il ne pouvait rêver meilleure destinée. Si l'enfer existait, il demeurerait loin de ces côtes.

– Je savais que tu reviendrais.

Yann reconnut la voix de la vieille femme qui l'avait accompagné aux portes de la ville. Dans un sourire, il se retourna pour la découvrir debout devant lui, emmitouflée dans son châle.

– Tu as retrouvé les tiens ? lui demanda-t-elle.

– Ça n'a plus d'importance.

– Tout est différent sur ces rivages. Ce que l'on croyait essentiel devient brusquement insignifiant.

– J'ai passé ma vie à chercher ce que la mort m'offre aujourd'hui.

– Cet océan qui coule dans tes veines.

Les mains croisées sur le pommeau de sa canne, l'ancêtre semblait tout deviner de son visiteur. Le jeune gabier ne s'en étonna même pas.

– L'inconnu peut se révéler intime parfois, murmura-t-elle.

Lisait-elle dans ses pensées ? Au fond de ses yeux pétillait cette lueur espiègle que seuls les enfants possèdent. Elle lui sourit avant de l'entraîner vers la porte de pierre.

Passée l'arcade, les ponts de cordes dansèrent sous leurs pieds jusqu'au piton central. Le long du grand escalier, les torches allumées de place en place dessinaient deux spirales étourdissantes qui plongeaient au bas de la tour en tourbillonnant. Yann émergea dans les rues, l'âme encore chahutée par cette vertigineuse descente. Sous la lumière dorée des lanternes, la ville devenait plus chaleureuse, la foule errante lui sembla moins pénible à traverser. Sur l'esplanade du port, le marché avait couvert ses étals, ils se faufilèrent parmi les tonneaux et les ballots de marchandise pour rejoindre le quai. Devant eux, *l'Esperanza*, magnifique, étincelait.

– J'aurais aimé te suivre sur l'océan, marmonna-t-elle, mais mon vieux corps est trop abîmé. Que ne suis-je morte plus jeune pour garder cette fraîcheur éternelle.

Une ombre de regret étouffait ses paroles. Sans un regard en arrière, elle s'éloigna d'une démarche claudicante, abandonnant l'aventurier à la clarté des flambeaux.

– J'aurais bien besoin d'un œil aiguisé en vigie !

L'intonation s'avérait si reconnaissable que le garçon volta aussitôt. Accoudé au bastingage, le capitaine s'évertuait à actionner le galet de son briquet pour allumer la courte pipe d'écume qu'il serrait entre ses doigts. Il décocha quelques vives étincelles avant que la braise rougeoyante n'enlumine son visage, dévoilant le sourire qui arquait ses lèvres. Comblé par les paroles du vieil homme, Yann s'élança vers la passerelle. Bras croisés sur sa veste immaculée, le marin l'attendait dans son halo de fumée.

– Bienvenue à bord, mon garçon ! s'écria-t-il en lui saisissant fermement l'épaule. Nous lèverons l'ancre aux premières lueurs du jour. Les trépassés s'impatientent !

Le jeune gabier porta les yeux vers le nid de pie au sommet du gréement. De là-haut, il pourrait aisément apercevoir les égarés. À son tour de sauver les âmes vagabondes. L'éternité serait enivrante.

–0–

Yann atteignit la vergue du grand hunier avant que le vent ne gonfle les voiles. Perché dans la mâture, il avait tout loisir d'observer les allées et venues d'un passager insolite. À peine embarqué sur *l'Esperanza*, celui-ci n'en finissait pas de scruter le fabuleux bateau, contrairement aux solitaires souvent désemparés. Ce naufragé avait quitté la chaloupe et gravi l'échelle de coupée sans trop d'hésitation quand l'embarcation avait rejoint le navire, et ce majestueux vaisseau blanc l'intriguait. Loin de rester prostré dans l'entrepont, comme la plupart des rescapés, il arpentait la frégate de long en large, curieux de tout. L'étrange personnage conversait avec le capitaine depuis quelques minutes lorsque ce dernier héla la vigie. D'une agile glissade, le gabier se projeta près d'eux dans l'instant.

– Ce garçon saura bien mieux que moi répondre à vos attentes, déclara le marin en désignant son guetteur juste avant de s'éclipser.

Le vieux loup détestait les discussions interminables, les regrets, la peur, ces instants douloureux où les égarés réalisaient leur trépas. Il s'éloigna sans délai. Yann connaissait les mots qui réconfortent, il en avait pris l'habitude depuis qu'il naviguait sur l'océan. Pourtant, devant ce naufragé, il perdit contenance. La couleur si sombre de ses yeux, peut-être, ou cette soudaine révélation de sa méprise. D'un œil qu'il espérait discret, le garçon avait remarqué la poitrine qui pointait sous le vêtement de cuir. Les bottes, le pantalon ajusté, la chevelure coiffée en catogan l'avaient trompé. Une femme séduisante… fascinante, même, lui faisait face. Troublé par le regard qu'elle posait sur lui, Yann sentit soudain un léger picotement lui tourmenter les épaules. Toute de noir vêtue, elle contrastait avec l'éclat opalescent du navire. La merveilleuse inconnue l'éblouissait tant qu'il entendit à peine les mots qu'elle prononça.

– Je cherche un jeune garçon nommé Wil, ne l'aurais-tu pas aperçu ?

Chapitre 11

La statuette explosa sur le mur du cabinet avec un bruit cristallin. Un Ourak d'opale du plus mauvais goût que le Grand Sénéchal d'Aspérie avait fièrement offert au marquis lors du traité des Ravines – travail d'un orfèvre au talent douteux qui s'était sans doute évertué à sculpter au mieux le hideux bibelot. Monzag détestait ce cheval figé dans une posture improbable, tout comme il exécrait la grossièreté du Sénéchal. Le maître du Pentacle aurait dû se sentir soulagé à la vue de tous ces éclats répandus sur le sol, pourtant ce geste ne calma pas sa colère.

L'empereur lui avait accordé la vie sauve. Quelle générosité ! La marionnette frétillait aux mains de son épouse désormais, cette vipère avait réussi à l'ensorceler. Le marquis ne regretterait jamais assez d'avoir délivré la meurtrière de la tour Follet.

Dans la salle du conseil, les archers en tenue d'apparat s'étaient appliqués à exécuter les ordres du monarque. Monzag eut à peine le temps d'apercevoir leurs doigts bander les cordes, l'instant dura cependant une éternité. Une détente et sa vie lui échapperait, le monde s'apprêtait à poursuivre sa route sans lui. Il avait passé son existence à ourdir des complots pour succomber sous le coup d'une traîtrise. Juste revers de fortune si l'on y songeait bien, mais ce rôle de victime ne lui convenait guère. Le destin lui jouait-il l'un de ses plus mauvais tours ? Le marquis éveillait les puissances infernales, commandait aux démons, il commerçait avec la mort, elle ne pouvait l'abandonner. Pas sous la pointe d'une flèche. Pas pour l'extase d'un pantin.

Les tirs parfaitement ajustés décimèrent le reliquat de la confrérie, nulle clémence pour les conjurés. Terrassés par les traits, ils s'écroulèrent un à un sur le dallage froid de l'immense salle. Qui les avait ainsi trahis ? Il était trop tard pour s'en préoccuper. Sans pour autant démasquer leur maître, l'empereur triomphait d'exterminer enfin les Réformateurs « malgré la déplorable incompétence du marquis à traquer les assassins » s'était-il empressé de déclarer après l'hécatombe. Monzag ne fut épargné que « pour satisfaire aux suppliques de l'impératrice », ajouta-t-il avec une méprisante insistance.

L'occasion était pourtant belle de l'éliminer. Harold pensait-il que destituer son conseiller suffirait à l'en débarrasser ? C'était bien mal le connaître, le rescapé ne se priverait pas d'en tirer vengeance. Terrorisés par la soudaine hardiesse de leur souverain, les survivants ne remuaient pas un cil, pétrifiés autour de la table. Ils attendirent que le couple impérial se retire pour s'éparpiller à travers le palais comme du gibier qu'on relâche.

Le marquis ne comprenait toujours pas comment un tel massacre avait pu se tramer sans qu'aucun de ses espions l'en informe. Ces incapables ne lui étaient plus d'aucune utilité. La machination s'était déroulée trop rapidement, à la perfection. Pour un peu, il en aurait jalousé l'impératrice. Elle l'avait si adroitement abusé sous son masque de démence, jamais personne ne s'y était risqué avant elle. Yliana se révélait diabolique.

Monzag fulminait. Les mille fragments de l'Ourak d'opale ne l'avaient nullement apaisé, il en faudrait bien davantage pour satisfaire sa fureur. Réduire en cendre cet empire ingrat, voilà qui étancherait sa rage, n'abandonner derrière lui qu'un charnier délétère. Morgan pouvait bien défendre le palais, il resterait impuissant devant les forces que la rage du marquis déchaînerait, les mouches n'étaient qu'un prélude. Piètre démon que ce Melgoth anéanti après l'éclosion de son armée, le moment était venu d'en éveiller d'autres. Le marquis toisa les trois fouisseurs qui l'avaient rejoint dans son cabinet. La nouvelle qu'ils rapportaient n'estomperait nullement son aigreur, bien au contraire. Partis à la recherche de leurs compagnons, les trois acolytes n'avaient retrouvé que des cadavres. Les trépassés ne semblaient pas saisir l'importance de leur mission. Une proie pour le sacrifice du cérémonial, ce n'était pourtant pas trop demander !

– Bayence regorge de misérables prêts à se vendre pour quelques subsides, et ces deux incapables ne parviennent même pas à capturer une isolée !

Les sbires du tyran haussèrent les sourcils dans un constat muet. Au fil du temps, ils avaient acquis une certaine tempérance face aux humeurs fracassantes de leur maître. Mieux valait ne jamais infirmer ou confirmer clairement ses dires si l'on voulait demeurer en vie, il s'avérait plus sage de se maintenir dans une sorte de retenue conciliante. Cette attitude ambiguë leur avait toujours permis d'éviter le pire, ils s'y étaient habitués. Cette fois encore, seule une figurine de pierre avait succombé à la hargne dévastatrice du despote – il ne resterait bientôt plus grand-chose à mettre en pièces dans ce sordide cabinet.

Contournant son bureau, le marquis déclencha d'un geste nerveux l'ouverture de la trappe qui conduisait à son repaire souterrain et s'engagea aussitôt dans le puits obscur de l'escalier en colimaçon. Derrière lui, les trois compères se jetèrent un regard anxieux avant de prudemment descendre à sa suite. Depuis que la jeune fille aux cheveux bruns n'était plus à ses côtés, Monzag se montrait davantage imprévisible. Les fouisseurs redoutaient cette cave lugubre où le nécromant perpétrait ses monstrueux sacrifices. Sous la voûte de pierre, l'air semblait plus lourd que partout ailleurs, il poissait aux mains, engluait les poumons. Son odeur putride imprégnait les narines jusqu'à la nausée, même les voix paraissaient assourdies.

Le marquis s'approcha des dépouilles qui gisaient sur le dallage de son sinistre laboratoire. Ce qui subsistait des limiers témoignait de leur débâcle, les deux hommes en quête d'une proie facile avaient visiblement rencontré des adversaires plus coriaces qu'à l'accoutumée.

– Ces imbéciles ne savaient-ils donc pas se battre ?

Le regard évasif, les trois fouisseurs préférèrent se taire. Ils avaient découvert les restes éparpillés dans des ruines du quartier des collèges. Pourtant habitués à de sauvages exactions, le spectacle les avait révulsés. Assis sur un amalgame de corps écharpés, un gamin au visage ensanglanté fourrageait dans le torse béant d'un enfant. Dès qu'il les aperçut, le jeune mort-éveillé traîna aussitôt sa proie vers une brèche qui s'ouvrait au milieu des vestiges et s'y engouffra avec elle. Les capes noires mêlées au carnage ne laissaient aucun doute, les suppliciés répandus sur le sol ne pouvaient être que les limiers qu'ils pistaient. Leurs faces grimaçantes le confirmèrent.

D'une poussée désinvolte du pied, Monzag dégagea le bras déchiqueté de l'une des victimes.

– Où les avez-vous ramassés ?

– Rue Grenaille, non loin de la place Daumier.

Les deux défunts avaient négligé la Souille et délaissé leur terrain de chasse habituel pour traquer une proie près des grandes écoles. Une funeste idée à n'en point douter si l'on en croyait leur mort violente.

– Et leurs agresseurs ?

– Le gamin a disparu dans une crevasse, impossible de le suivre.

– Êtes-vous en train de prétendre que c'est un enfant qui a massacré ainsi ces deux demeurés ?

– C'était un mort-éveillé, précisa l'un des hommes pour tenter de se justifier.

Si Melgoth dépérissait, les mouches de son armée n'en restaient pas moins indomptables. Il devenait impérieux de leur rappeler qui était le maître, et l'enfer ne manquait pas de démons. Monzag se délectait déjà des éclosions à venir, néanmoins, le joyau dérobé par le Lys Noir lui ferait une nouvelle fois défaut. Il ragea à cette idée avant que l'incompétence de ses limiers ne l'excède plus encore à nouveau. Au regard de leur dernier échec, le marquis n'avait d'autre choix que celui de traquer lui-même l'indispensable gibier. Sans un mot, il décrocha la cape qui pendait à un grappin arrimé à la voûte puis l'ajusta sur ses épaules. Le bandeau noir qu'il croisa autour de son visage jusqu'à l'enrouler autour de son cou ne laissait apparaître que ses yeux. Ainsi vêtu, on aurait pu le confondre avec le justicier masqué, mais les fouisseurs se gardèrent bien de lui signaler. La lame du long sabre opalescent glissée à son côté, il rabattit sa capuche et se tourna vers ses hommes.

– Jetez les corps dans la Volène, intima-t-il aux deux plus costauds, et préparez la cage. La nuit sera féconde.

D'un regard éloquent, il signifia au troisième de le suivre. Leurs silhouettes disparurent par le sombre souterrain qui menait à la cité des miséreux.

Chapitre 12

Le marquis n'avait plus quitté le palais depuis l'avènement des démons ailés. De ses dernières incursions à la Souille, il gardait le souvenir de ruelles populeuses regorgeant de jeunesse, mais il déchanta rapidement. La bruyante cité s'était éteinte, il n'en restait que portes barricadées et tentures déchirées flottant comme des oriflammes en berne. Dans la lumière tremblante des flambeaux qui s'évertuait malgré tout à repousser les ténèbres, il croisa bien quelques silhouettes claudicantes, mais aucun enfant susceptible de servir ses plans. Il était pourtant inconcevable qu'il puisse rentrer à son laboratoire sans une proie innocente. Le temps pressait, il lui fallait reprendre son emprise sur Bayence.

Ses deux limiers avaient trouvé la mort dans le quartier des collèges, peut-être Monzag y dénicherait-il la vie qu'il recherchait. Sans se risquer à discuter la décision de son maître, l'homme qui l'accompagnait le conduisit à l'endroit même où il avait découvert les cadavres. Sur la petite place entourée de ruines, des blocs de pierre se mêlaient aux poutres broyées en gravats épars. Les nuées de mouches qui noircissaient le ciel tout au long du jour se montraient moins denses à la nuit tombée. Sous la lueur mouvante d'une lune voilée, le parvis semblait désert, le marquis éprouvait pourtant l'impression d'une présence cachée. Dans l'ombre, des yeux les épiaient.

Après un long moment de silence, il dévisagea son guide.

– Pour quelle raison m'as-tu conduit dans ce quartier ?

Monzag avait-il oublié ses propres paroles ? Il y avait quelques instants à peine, il voulait se rendre sur les lieux du massacre. Décontenancé, le fouisseur bredouilla.

– C'est ici que nous avons trouvé leurs corps.

– Est-ce pour autant nécessaire de les venger ?

Si l'intonation du marquis devenait inquiétante, ses mots l'étaient bien davantage. De quelle vengeance parlait-il ? Ils étaient venus ici pour capturer un enfant, rien d'autre. L'homme pensa que son maître déraisonnait, quoi qu'il dise, il ne devait surtout pas le contrarier. Les sourcils levés, il afficha son immuable moue dubitative. Monzag haussa le ton.

– Crois-tu que je n'ai pas compris tes manigances ?

L'indolence n'avait pas suffi. Au sang qui pulsait à ses tempes, le fouisseur sentit son cœur s'affoler. Les yeux écarquillés, il ne savait plus que dire, jamais il n'avait entendu le marquis tonner à ce point. Sa voix semblait jaillir du plus profond de son corps tant elle résonnait dans les ruines.

– Quel piège pitoyable ! Y parviendras-tu tout seul, ou d'autres sont déjà là qui te prêteront main-forte ?

Fureur ou folie, la différence importait peu, le maître du Pentacle se montrait toujours redoutable avec ses adversaires. Face à lui, l'homme n'avait aucune chance d'en réchapper. Lentement, il porta la main vers la poignée de son sabre, pendant que le forcené poursuivait sa tirade.

– Faut-il être lâche pour s'attaquer ainsi à de pauvres enfants !

Monzag avait dégainé son sabre d'un mouvement fulgurant. La lame tournoya en une élégante volute pour s'en venir trancher net le cou de son comparse.

Déstabilisé par cette dernière semonce qui n'avait plus aucun sens, le fouisseur avait gardé les yeux grands ouverts. Brusquement, le décor tourbillonna autour de lui, l'air du soir siffla à ses oreilles. Dans sa cabriole, il aperçut un corps raccourci. Le sien à n'en point douter. Ce n'est qu'en percutant violemment les décombres sans ressentir de douleur qu'il réalisa son trépas. L'homme n'eut pas loisir de comprendre le geste de son maître. Il s'était pourtant appliqué à ne rien faire qui risquerait de le contrarier. À croire que même la prudence pouvait coûter la vie. Les ténèbres l'enveloppèrent.

Le marquis prit le temps d'essuyer soigneusement son arme puis la remit au fourreau.

– Tu peux sortir de ta cachette ! lança-t-il en ôtant sa capuche.

Comme rien ne bougeait autour de lui, il s'approcha du cadavre et le considéra d'un air méprisant.

– Tu avais raison d'avoir peur. Cet homme était venu ici avec l'intention de te tuer. Mais, regarde-le maintenant, ajouta-t-il en le maltraitant avec la pointe de sa botte. Découpé en deux morceaux, il ne te tourmentera plus, n'aie crainte.

En dépit de l'impatience qui le rongeait, Monzag se déplaçait avec lenteur, sans geste brusque, son calme se voulait rassurant. Les yeux qu'il avait devinés continuaient de l'observer dans les ruines. Des yeux d'enfant à l'évidence, qui trahissaient l'innocence. La proie finirait par sortir de l'ombre, il fallait simplement l'apprivoiser.

Le marquis s'apprêtait à s'asseoir sur un bloc de pierre lorsqu'un jeune mort-éveillé surgissant des décombres se précipita sur lui en hurlant. Le métal coupa court à ses vociférations. Privées du souffle des poumons, ses cordes vocales cessèrent aussitôt de vibrer pendant que son corps emporté par l'élan poursuivait sa course en silence pour s'affaler un peu plus loin parmi les gravats. En un instant, il se vida de ses mouches, avant qu'un deuxième énergumène bondisse. L'agresseur ne put éviter le sabre qui interrompit prématurément sa hargne, mais leurs cris en avaient attiré d'autres. Dans son dos, le marquis perçut une cavalcade mugissante qui ne présageait rien de bon. D'une volte-face, il enchaîna alors une impressionnante chorégraphie. Des reflets de lune miroitaient sur la lame redoutable. Traçant des arabesques lumineuses, elle fauchait, entaillait, éventrait en une danse funeste que rien ne pouvait arrêter. Des nuées d'insectes rageurs s'échappaient des gorges tailladées pour rejoindre le ciel. Malgré la main qui lui manquait, Monzag décimait ses assaillants avec une étonnante virtuosité. Peu à peu, les rescapés qui récidivaient finirent tous décapités, les uns après les autres. Aussi vite que l'horreur était apparue, la quiétude revint parmi les décombres.

Le marquis contemplait la scène d'un œil presque indifférent. Les démons ailés qui ranimaient ces cadavres se montraient particulièrement agressifs, mais loin de l'habituel plaisir qu'il ressentait à voler une vie, ce carnage le laissait insensible. Il n'y avait guère d'ivresse à massacrer ces tueurs sans âme, déjà morts. Sans terreur ni jouissance, cet affrontement n'était qu'une frénésie macabre.

Soudain las, l'escrimeur s'assit sur un éboulis de pierre. Il rageait d'avoir échoué. Plutôt que d'attirer l'innocente proie facile qu'il convoitait, l'exécution de son fouisseur avait seulement excité l'appétit des morts-éveillés. Il aurait dû s'en douter. Quelle déconvenue !

– Tu es triste ?

Monzag sursauta en percevant la petite voix fluette du gamin qui l'observait. Il ne l'avait pas entendu arriver, sans doute sortait-il des ruines. Rien n'était donc perdu.

– Non, répondit calmement le marquis. Je réfléchissais.

Il ne voulait surtout pas l'effrayer.

– À quoi ?

– À tous ces démons qui envahissent la ville.

– Tu en as tué beaucoup.

– Je craignais qu'ils t'attaquent.

– Tu es venu pour me protéger ?

La conversation ne pouvait guère prendre un tour plus favorable.

– Oui.

– C'est pour ça que tu as coupé la tête du fouisseur aussi.

– Ils sont méchants, non ?

Le regard rivé sur le manchon de cuir qui couvrait le poignet du marquis, le jeune curieux hésita à poursuivre.

– Elle est où ta main ?

Toutes ces questions commençaient à exaspérer Monzag. Il se retint d'agripper le garçon par le bras pour l'entraîner de force jusqu'à son repaire.

– Je l'ai perdue en combattant les démons, finit-il par lui confier dans un soupir.

– C'est toi, le Lys Noir ?

D'abord furieux de cette méprise, le marquis se ravisa aussitôt. Le foulard qu'il avait enroulé autour de son visage pour garder l'anonymat allait servir ses plans. Jamais il n'aurait imaginé qu'il lui plairait un jour d'être confondu avec ce hors-la-loi.

– Tu m'as démasqué, admit-il d'une douce voix en se penchant vers sa proie.

– Alors tu vas nous sauver ?

– Je suis venu pour ça.

Monzag exultait. Ce gamin se montrait d'une naïveté renversante. Trop jeune à son goût, mais qu'importe, le démon saurait s'en contenter. Le garçon lui décocha un sourire radieux avant de détourner le regard pour porter les doigts à sa bouche.

Le sifflement qu'il émit étonna le marquis. Il lui rappelait ce cri strident que poussent les aigles pour alerter leurs congénères dans les vallées montagneuses de la grande cordillère australe. Comment un corps si frêle pouvait-il receler tant de puissance ?

Chapitre 13

Cramponné à une branche de l'arbre gigantesque, le corbeau avait délaissé ses congénères pour sommeiller paisiblement sur une ramure plus élevée. Impossible de se reposer au milieu de cette bande d'agités. Pourtant, malgré la relative tranquillité de son perchoir, il ne parvenait pas à dormir. Il n'avait rien picoré depuis qu'ils avaient quitté les remparts de la ville et la faim lui tenaillait l'estomac. Les nuées de mouches qui les avaient suivis jusqu'à ce refuge hivernal se montraient étonnamment trop vives pour finir dans son bec, il lui fallait à tout prix trouver rapidement une pitance plus docile sous peine de voir le jour se lever sans avoir fermé l'œil de la nuit. L'obscurité qui baignait l'immense caverne s'avérait encore plus noire que ses plumes, seul un faisceau de lumière rayonnait par la trouée de la voûte, comme une cascade étincelante. Sur la plaine herbeuse qui s'étendait non loin des roulottes, la lune dessinait un vaste cercle d'argent, au-delà, le monde n'existait plus dans les ténèbres si épaisses que le paysage disparaissait à leur approche.

Soudain la pupille du volatile se contracta. Un éclat avait attiré son regard. Petite tache sautillante d'un blanc si brillant qu'il semblait lumineux, le papillon de nuit virevoltait dans la clarté laiteuse. Le corbeau connaissait bien ces insectes, il s'en régalait souvent le soir près des réverbères. La houppe duveteuse plantée de deux prunelles noires surmontées de longues antennes en peigne irritait la gorge, il valait mieux recracher la tête, les ailes aussi d'ailleurs, mais pour le reste, c'était un délice ! Son abdomen charnu explosait sous le bec en répandant une douce saveur sucrée dans le gosier. Il en salivait par avance.

En bas, la petite bestiole poursuivait sa danse à la lueur de la lune qui guidait son vol, elle finirait bien par trouver du nectar avant l'éblouissant lever du jour. Nul besoin de trop s'élever, l'arbre géant avait perdu ses fleurs depuis longtemps, cependant les dents-de-lion flétrissaient dans l'herbe. Était-il trop tard pour survivre ? L'insecte se posa sur la cime d'un piquet de bois, de là, il repérerait aisément les corolles savoureuses. Une odeur peut-être l'incita à descendre le long de l'écorce. Ce n'était pourtant pas dans ses habitudes, il grimpait d'ordinaire, toujours plus haut, sans savoir pourquoi. Mais cette appétissante goutte de nectar qui scintillait au pied du bâton l'attirait. Il s'y précipita et plongea goulûment sa trompe dans le liquide visqueux avant d'aussitôt la rétracter. Ni sucre ni doux parfum, la sève avait un désagréable goût métallique, celui dont les charognards raffolent. D'ailleurs, les grosses mouches noires qui pullulaient ne s'y étaient pas trompées, ces répugnantes créatures pataugeaient dans le bouillon écarlate qui s'épanchait à la base du poteau. La masse sanguinolente trembla, se mit à bouger, puis se redressa en terribles secousses. Cramponné au pieu qui lui perçait le torse de part en part, le gitan titubait. Dès les premiers soubresauts, le papillon aurait dû s'envoler, mais il resta agrippé au morceau de bois. Soudain, décrivant une large courbe, la lame d'un sabre brilla sous la lune et trancha la tête du mort-éveillé. L'homme s'écroula sur son pal qui acheva de s'enfoncer dans la plaie béante, écrabouillant les magnifiques ailes blanches du lépidoptère dans une bouillie rosâtre. Juché sur sa branche, le corbeau croassa, de rage sans doute. La petite tache immaculée s'était éteinte, l'intrépide insecte aurait fait une délicieuse becquée, quel gâchis ! L'envol bourdonnant d'une nuée de mouches s'échappa aussitôt du corps amputé, en quête d'autres victimes à coloniser sous la voûte.

Effondré, le roi des gitans posa un genou à terre à côté de l'homme qu'il venait de décapiter. Sevan. C'était un membre du clan. Difficile d'accepter de tuer l'un des siens, et avec le chaos qui régnait sur le camp, ce ne serait pas le seul à périr cette nuit. La main sur le torse de sa victime, Jarod éprouva une soudaine lassitude. Il avait conduit le peuple nomade au Sanctuaire pour le sauver, non pour le voir mourir. Était-il possible que leur fin soit si proche ?

– Comment ces mouches sont-elles arrivées jusqu'ici ? s'inquiéta Lad.

Le souverain reprit aussitôt ses esprits.

– Avec Jal sans doute. Peu importe, il nous faut protéger les survivants. Occupe-toi des plus jeunes. Rassemble-les dans une roulotte et dis-leur de s'y enfermer. Qu'ils n'ouvrent à personne avant le lever du jour. Poste deux hommes armés à leur porte et prends soin de surveiller les abords.

Jarod organisait la défense en souverain protecteur. Dans l'immense caverne, la mort pouvait surgir de l'obscurité à tout instant. Cette nuit, les gitans allaient s'entredéchirer. Le monarque ne pouvait imaginer d'affrontement plus effroyable.

– Lazlo, Djorg, Ewan, Videl, suivez-moi. Les autres, regroupez le reste des familles en cercle autour du feu et repoussez sans faillir les assauts des moroïs, lança-t-il à ses compagnons en s'élançant vers les chariots.

Le nombre des morts-éveillés se multipliait à mesure que la nuit avançait. Aussitôt infestées de démons ailés, leurs victimes s'agitaient en convulsions trépidantes avant de se relever pour semer à leur tour la désolation. Ravageant les roulottes endormies, les trépassés s'attaquaient à leur clan tels des fauves déchaînés. Seule la décapitation pourrait en venir à bout. Les cinq hommes s'éparpillèrent sur le camp, la lame à la main.

Djorg progressait prudemment lorsqu'il remarqua la porte ouverte dans la pénombre.

– Goreg ?

Son ami ne répondait pas. Sans réfléchir, il se précipita à l'intérieur. L'enragé fondit sur lui avec une incroyable brutalité. Saisissant son poignet armé, il lui aurait arraché le bras si sa veste, trop usée par les années, ne s'était pas brusquement déchirée. Le geste fut si violent que Djorg s'en trouva projeté sur la terrasse dans un fracas de bois déchiqueté. Il avait perdu son sabre. Étendu sur le plancher, il tentait de se ressaisir lorsque deux mains lui broyèrent les épaules pour le soulever du sol. La nouvelle créature l'avait rejoint d'un bond, elle se figea en découvrant son visage, elle le contemplait d'un air égaré comme si d'anciens souvenirs revenaient à sa mémoire.

– Goreg ! Regarde-moi, Goreg.

Défiguré par un coup de sabre, le moroï demeurait pourtant reconnaissable. Méprisant la douleur, Djorg s'efforçait de raisonner son compagnon en transe, pétrifié devant sa proie. Un morceau de sa joue pendait, découvrant ses dents jusqu'au bas de la mâchoire. Malgré l'horrible blessure qui lui ravageait la face, son regard était resté le même, doux, presque rieur. L'espace d'un instant, Djorg crut y déceler une lueur d'espoir. Goreg allait le reconnaître, il en était sûr, le costaud le relâcherait dans un grand éclat de rire et ils s'en iraient tous deux rejoindre les autres autour du feu. Il suffisait de chasser ces maudites mouches pour qu'il retrouve son enthousiasme, sa vie.

Les démons qui bourdonnaient dans son crâne lui rongeaient le cerveau. Depuis qu'ils avaient pénétré son corps, rien ne subsistait de son passé. En avait-il eu un d'ailleurs ? N'était-il pas né ce soir dans cette caverne obscure ? Pourtant ce nom sonnait étrangement. Goreg. L'homme qu'il étreignait l'avait répété avec tant de douceur, comme s'ils partageaient un secret. Cette proie n'était pas comme les autres, elle n'avait pas hurlé ou tenté de s'enfuir, elle avait simplement prononcé ces paroles qui l'avaient bouleversé. Sa rage avait disparu, il ne pourrait plus lacérer les chairs ni meurtrir les corps. Apaisé, il sentit un sabre lui entailler le cou. Sans doute allait-il basculer dans le néant, mais il ne chercha pas à réagir, comment tuer l'homme qui l'avait libéré ? Dans son dos, la lame frappa à plusieurs reprises avant que sa tête ne se détache, le mort-éveillé s'écroula en libérant sa prise. C'était mieux ainsi.

– J'ai bien cru ne jamais réussir à l'achever !

Galia était une jeune fille plutôt frêle, Djorg s'étonna de la vigueur avec laquelle elle avait décapité Goreg.

– Pourquoi n'es-tu pas restée autour du feu comme l'avait signifié Jarod ? lui lança-t-il sèchement, encore troublé par ce qu'il venait de vivre.

– Parce que je suis venue te sauver la vie, riposta-t-elle. C'est une bonne raison, non ?

Frêle peut-être, mais déterminée surtout, elle ne laissa pas au gitan le temps de la remercier.

– Ne t'acharne pas à éliminer les morts-éveillés. Il est trop tard, trancha-t-elle. Videl a échoué. C'est un moroï maintenant.

Essoufflée, elle usait de phrases courtes, sans détour.

– Mais où sont Jarod, Ewan, Lazlo ? s'inquiéta le rescapé.

– Avec les autres. Suis-moi.

La gitane s'élança vers le tronc de l'arbre gigantesque dressé dans la lumière que la lune projetait au centre du dôme. Djorg pleurerait plus tard son ami.

Hors d'haleine, tous deux coururent sans réfléchir, des pas menaçants les poursuivaient déjà. Le gitan perçut la vibration avant même de quitter la pénombre, un grondement sourd qui vrombissait dans l'air, une mélopée plus forte à mesure qu'ils approchaient de l'arbre. Ils n'en étaient plus très loin lorsque Djorg distingua enfin les siens. Des plus jeunes aux plus vieux, tout le clan s'était réuni autour du géant. Agenouillés au sol et les mains jointes, ils encerclaient le tronc, en psalmodiant un impressionnant murmure. Une prière ! Ce n'était ni le lieu ni l'instant ! Qu'attendaient-ils pour se relever ? Les morts-éveillés les décimeraient tous s'ils restaient ainsi sans réagir ! Était-ce là ce que Jarod avait décidé pour son peuple, capituler, se soumettre aux démons ? Djorg refusait cette abomination. À ses côtés, visiblement épuisée, Galia ralentissait, il se retourna pour attraper son poignet et découvrit un étonnant spectacle : les moroïs avaient cessé de les talonner. Quelques longues foulées derrière eux, guettant leurs proies comme des prédateurs, ils s'agitaient, sans oser s'aventurer plus loin, à croire que la sourde litanie les maintenait à distance.

La jeune fille pressa Djorg de se joindre à l'assemblée. Les paupières fermées, les gitans marmonnaient tous les mêmes mots mystérieux. L'homme hésita avant d'entrer dans le cercle, il n'eut pourtant qu'à effleurer leurs doigts pour aussitôt psalmodier des phrases qu'il ne connaissait pas. Jamais si vive émotion ne l'avait submergé qu'à cet instant, lorsque l'alliance des gitans les confondit en une seule voix. Naïna les guidait sur les chemins de la magie blanche, c'était sa voix dont leurs lèvres se faisaient l'écho, sa force qu'ils décuplaient. Se livrant à l'invocation des pouvoirs anciens, la guérisseuse partageait sa vie pour protéger le sanctuaire. Soudain, l'écorce du géant se craquela.

De fines nervures incandescentes surgirent des racines pour sinuer sur le tronc du colosse et s'égailler dans les branches. Aux premiers tressaillements, son feuillage d'automne se teinta d'un or si lumineux que la nuée de corbeaux, brusquement dérangée dans son sommeil, quitta la ramure pour s'envoler comme un nuage de ténèbres. Bientôt, le sol se mit à trembler, le titan s'ébrouait, un ultime sursaut avant l'effondrement. Naïna le savait, ils le comprirent tous. En éveillant l'arbre fabuleux, la gitane l'avait condamné. Le géant entamait déjà sa lente agonie, sa dernière floraison avant de s'éteindre.

Les morts-éveillés qui les encerclaient avaient cessé leurs gesticulations. Bras ballants, le dos voûté devant le prodigieux colosse, ils dévoraient de leurs yeux exorbités ces proies que l'arbre protégeait désormais. Les mouches qui grouillaient sous leurs crânes ne tardèrent pas à leur boursoufler la peau, jusqu'à ce qu'elles jaillissent en éruptions furieuses pour s'élancer vers la percée ouverte dans la coupole de pierre. S'affaissant comme des sacs de grains qu'on aurait soudain éventrés d'un coup de sabre, les moroïs s'écroulèrent un à un.

Peu à peu, le murmure s'estompa, les mains se désunirent. L'arbre resplendissait après sa victoire sur les démons. Pour célébrer son triomphe, l'hiver sema ses premiers flocons par la trouée du dôme. Les gitans pouvaient pleurer leurs morts.

Chapitre 14

– Wil ?

Assise sur la pierre où le jeune gabier l'avait rencontrée pour la première fois dans cette rue d'Altamir, la vieille femme cessa de mâchonner la racine qu'elle s'était calée entre ses dents. Elle regardait Yann d'un air embarrassé.

– Comment veux-tu que je m'en souvienne ? lui avoua-t-elle. Crois-tu que je retienne les noms de tous ceux que je croise ? Je ne connais même pas le tien !

Le garçon dut admettre qu'il ne savait pareillement rien d'elle, ni du capitaine de *l'Esperanza* ou de tout l'équipage du navire. Comme si le passé n'avait en rien d'importance ici. Nulle emprise sur ce monde.

– Un long manteau de toile sombre à capuche et des bottes, dis-tu ? Pas très original au milieu de cette foule.

Autour d'eux, le flot de pèlerines grises des marcheurs encapuchonnés confirmait ses dires.

– Holà vous autres ! les apostropha-t-elle. Un gamin en manteau noir à capuche, des bottes aux pieds, est arrivé depuis peu, l'un de vous l'aurait-il remarqué ? Il s'appelle Wil !

Murmurant sans relâche, perdus dans leurs méditations, les arpenteurs ne firent même pas mine de s'intéresser à ses paroles.

– Naïve que je suis à toujours espérer qu'un jour l'un d'eux me répondra. Ces égoïstes ne se préoccupent que d'eux-mêmes. La vie ne leur a rien enseigné, et la mort, encore moins.

Irritée, elle grignota un tubercule de sa racine pour apaiser son agacement. Son visage se flétrissait davantage lorsqu'elle ronchonnait. Yann releva un regard contrarié vers la jeune femme qui se tenait soucieuse à ses côtés. Suivre la piste de son compagnon risquait de s'avérer plus compliqué qu'il ne l'avait d'abord envisagé.

Lorsque le capitaine lui avait présenté cette fascinante rescapée vêtue de noir sur le pont de *l'Esperanza*, le gabier était resté ébahi par sa requête. À peine arrivée sur le navire, elle semblait déjà prête à braver tous les tourments pour retrouver son ami. Bien qu'il jalouse le chanceux, Yann s'était aussitôt proposé d'accompagner l'inconnue à travers cette contrée dont elle n'avait jamais foulé le sol. Non qu'il en sache davantage qu'elle sur ce monde, mais parce qu'il éprouvait brusquement le besoin irrépressible de ne plus la quitter. Cette impression sourde que son existence, si palpitante soit-elle, n'aurait plus aucun goût si la mystérieuse intrépide s'éloignait de lui. Il avait suffi qu'elle surgisse sur le pont de la frégate pour que se révèle soudain l'évidence. Chacun de ses gestes accumulés, la moindre de ses décisions, et cette mort qu'il avait tant maudite l'avaient conduit ici, au milieu de l'océan, à bord de ce navire fabuleux pour la rencontrer, la guider dans l'Au-delà. Perchée sur ses rochers, la harpie ne divaguait point, il fallait du temps pour accepter ce trépas trop tôt survenu.

Le capitaine s'était pourtant efforcé de l'en dissuader, mais devant le visage extasié de son gabier, il avait rapidement compris que tout espoir de le convaincre était vain. Fataliste, il se résigna en pensant que de tous les naufragés que *l'Esperanza* repêchait, il en subsisterait bien un pour remplacer sa vigie. Les deux jeunes complices avaient ainsi quitté le navire immaculé sans un regard en arrière, traversant le quai pour rejoindre les populeuses ruelles de la ville d'un pas enthousiaste.

La vieille femme se gratta la tête à travers son foulard rouge.

– Es-tu sûr qu'il est bien parvenu jusqu'à nos lointaines contrées ?

– Oui, intervint Faustine, il était avec moi.

– Dans l'océan des Trépassés ?

– Nous étions ensemble sur le même radeau.

– Et il a disparu.

– Il faisait nuit lorsque nous sommes arrivés, j'ai dû m'endormir. Au matin, quand *l'Esperanza* est venu nous secourir, Wil n'était déjà plus là.

– Savait-il nager au moins ?

– Je ne sais pas, s'inquiéta la rescapée. Mais jamais il ne m'aurait abandonnée ainsi seule au milieu des flots, enchaîna-t-elle aussitôt.

– Peut-être pour chercher secours. L'océan peut se montrer cruel envers qui le brave.

– On ne peut pourtant mourir deux fois ! s'insurgea Faustine.

– C'est un peu plus compliqué. Il a pu être retardé.

– Retardé ?

Se reprocha-t-elle d'en avoir trop dit ? La bavarde rechigna soudain à deviser davantage. Portant à ses lèvres la racine qu'elle se remit à mâchouiller, elle regardait droit devant elle d'un air absent. Pour un peu, son visage apathique aurait pu se fondre dans la foule qui l'entourait. Elle se reprit pourtant.

– Allez voir le vieux Rakou, leur indiqua-t-elle. Il habite dans les terres, sur l'immense plateau qui s'étend vers l'est depuis la côte, dans une vieille tour branlante dressée au cœur d'un village abandonné, la seule si haute à des lieux à la ronde, vous ne pourrez pas la rater. Il a toujours vécu là, poursuivit-elle, pensive. Bien avant que les premiers naufragés ne parcourent les plaines. Personne ne sait vraiment quand il est arrivé, c'est le grand régisseur, la mémoire de ce monde, il vous dira si votre ami a rejoint notre royaume.

Après un instant de silence, elle posa enfin sur Yann son regard malicieux.

– Je ne vous accompagne pas, mes pauvres jambes ne le supporteraient guère, se justifia-t-elle. Tu connais le chemin pour sortir de la ville, mon garçon. À l'arche de pierre, il vous faudra prendre le sentier qui s'enfonce droit dans les terres, il vous conduira à ce village désert. Ne traînez pas, la nuit tombe vite par là-bas. Je n'aime pas les adieux, tu le sais bien, ajouta-t-elle. Hâtez-vous de partir !

Les yeux aussitôt baissés, elle se pencha pour ramasser un caillou teinté de turquoise qu'elle ausculta comme s'il se révélait soudain exceptionnel. Elle les avait déjà quittés.

Le gabier entraîna Faustine parmi le labyrinthe des ruelles encombrées de marcheurs, jusqu'à l'aiguille creuse. Toujours vertigineuse, l'ascension ne lui sembla pourtant pas aussi éprouvante qu'à sa première escalade. Sur la volute opposée, des grappes de chuchoteurs en pèlerine descendaient les marches au rythme de leur habituelle indolence.

– Peut-être qu'un jour nous leur ressemblerons, se désespéra la grimpeuse.

– Crois-tu qu'à trop taire leur nom ils l'oublient ?

– Faustine, déclara-t-elle simplement.

Le garçon avait les lèvres rieuses lorsqu'il se retourna.

– Yann. Mon père aurait préféré Galizar, mais ma mère est parvenue à le convaincre. Heureusement.

Le visage de la rescapée s'égaya d'un sourire. Le premier depuis sa traversée.

Au débouché de l'interminable escalier, un ciel de cendre les accueillit. Plus lumineux sur la côte, il noircissait vers l'océan. La vision spectaculaire que la terrasse du piton offrait d'Altamir subjugua la jeune femme. Dans l'écrin sombre du port, *l'Esperanza* resplendissant paraissait attendre sa vigie. Sans plus d'émotion à la vue de ce navire qu'il abandonnait pourtant, le marin ne tarda pas à conduire Faustine à travers l'écheveau des ponts de corde jusqu'à rejoindre les portes de la ville. D'un pas résolu, ils atteignirent bientôt la majestueuse arche de pierre. Élancée vers les cieux, l'arcade s'ouvrait sur l'immense plaine d'herbe blonde battue par le vent qu'il leur fallait parcourir. Au-dessus d'eux, les nuages commençaient à s'effilocher. Pleins d'espoir, ils entamèrent leur marche vers l'est sur le sentier qui fendait la lande. Peut-être la pluie les épargnerait-elle.

Chapitre 15

Le soir tomba sans que Faustine et Yann distinguent la moindre tour sur l'horizon. Les marcheurs qu'ils croisaient en cohortes se montraient plus taciturnes encore que ceux d'Altamir. Nulle réponse à leurs questions, ni signe ni regard. Transparents, les deux compagnons n'auraient pas suscité moins d'attention.

Longtemps ils marchèrent dans la brume nocturne qui montait lentement du sol avant d'apercevoir les premiers scintillements. Flottant dans l'air comme autant de feux follets sur un étang, des guirlandes de lampions dorés émergeaient peu à peu du brouillard. Ce n'est qu'en quittant le chemin pour s'approcher des falots qu'ils discernèrent les silhouettes de cabanes illuminées. De Bayence à Locmarch, les souvenirs de ces fêtes que les forains savaient rendre si merveilleuses les submergèrent aussitôt. Au milieu de ce calme feutré, un piano à peine audible commença à égrener des notes dans la nuit. Les deux visiteurs se glissèrent entre les bicoques pour découvrir d'où provenait cette douce musique. Noyées d'un voile nébuleux, les allées désertes qui séparaient les constructions de bois resplendissaient sous les chapelets de lumière. Sans doute étaient-elles animées en leur temps, mais la foule s'en était allée se divertir ailleurs. De ces échoppes alignées et autres manèges ne subsistaient que rideaux en loques et volets délabrés. Pourtant, le piano continuait de distiller ses subtiles harmonies, accompagné d'un violoncelle maintenant. Déambulant parmi les lanternes étincelantes, les deux ombres grises suivirent la mélodie pour enfin parvenir au pied d'une tour de pierre pareillement illuminée, dont les hauteurs se perdaient dans la brume. Yann s'apprêtait à frapper quelques coups sur le battant de l'imposante porte en ogive lorsque le timbre velouté d'une flûte se joignit au duo. À l'évidence, le vieux Rakou appréciait la musique.

Rakou

Le heurtoir ébranla la porte sans que quiconque vienne l'ouvrir, il fallut cogner fort à maintes reprises pour que les musiciens taisent soudain leur opus. Le vantail pivota aussitôt sur ses gonds révélant un large vestibule noyé de pénombre. Plus loin, il s'évasait sur une immense pièce circulaire illuminée de la même lumière d'ambre qui baignait les allées désertes. Personne pour les accueillir, juste une voix qui semblait surgir des murs.

– Bien tard se fait-il pour me déranger ainsi. Ne traînez point à franchir le seuil, l'humidité du soir m'exècre.

Où qu'il soit réfugié dans sa tour, le patriarche solitaire s'exprimait étrangement. Sans doute manœuvrée par quelque mécanisme, la porte se referma derrière les deux visiteurs dès qu'ils furent entrés.

– S'il vous agrée de gagner la rotonde, poursuivit la voix, je vous y rejoins dans l'instant.

Accoutumée aux inventions d'Ézéchiel, Faustine discerna rapidement les petits pavillons de cuivre logés à l'angle du plafond qui diffusaient les paroles de leur hôte. Un astucieux réseau de tubes devait acheminer les sons d'une pièce à l'autre. Pour Yann, ce mystère relevait davantage de la sorcellerie que d'une ingénieuse installation, toutefois, il ne s'en étonna pas à outrance. Plus intrigués qu'inquiets, ils s'avancèrent d'un pas tranquille vers la vaste salle. Habillée de bois, son aspect chaleureux tranchait radicalement avec l'apparence lugubre de la tour. Des balcons la cerclaient de métal sur plusieurs étages jusqu'à une impressionnante verrière en dôme, coulée d'une seule pièce, qui coiffait son sommet comme une immense bulle de savon. Outre un sinistre camouflage, la cime édentée du donjon de pierre bâti tout autour la protégeait vraisemblablement des tempêtes balayant régulièrement la plaine. Ni piano ni violoncelle ni musiciens, la mélodie provenait d'ailleurs à l'évidence. En découvrant l'endroit encombré d'une multitude d'objets disparates, Faustine sentit son estomac se nouer, et sans qu'elle puisse l'empêcher, ses yeux s'embuèrent. Ce hall montrait tant de similitudes avec le laboratoire de l'alchimiste qu'elle ne reverrait jamais. L'Ermitage, Ézéchiel, Giuseppe, tous ces souvenirs appartenaient à un temps révolu, à un monde désormais impénétrable. Bien sûr, elle n'ignorait pas que la mort est irréversible, mais depuis son arrivée elle n'avait eu de pensée que pour Wil. Cette pièce lui rappelait brusquement sa vie passée, ses amis perdus, son unique rencontre avec Morgan qu'elle ne parvenait pourtant pas à oublier. Feignant d'être éblouie par la lumière, Faustine sécha ses larmes juste comme leur hôte surgissait.

– À cette heure tardive, vous me surprenez en habits de nuit.

Les deux compagnons sursautèrent. Leurs paupières écarquillées, ils n'osaient plus faire un seul geste. L'escrimeuse cherchait à sa ceinture son épée disparue, pendant que Yann balayait des yeux le désordre ambiant dans l'espoir d'y trouver une lame. Babouches aux pieds, vêtu d'une longue veste de soie brodée ceinte à la taille, le vieux Rakou exhibait un visage mécanique tout en rouages à ressorts et biellettes articulées où s'activaient, au creux de coques métalliques, deux billes de verre à l'iris particulièrement raffiné. Tendu de câbles rivetés du haut du crâne jusqu'au menton, chaque mouvement de sa bouche cernée de lèvres cuivrées s'accompagnait d'un cliquetis au tintement cristallin. Les attractions des forains présentaient parfois sur les foires de ces étonnants automates rivés à leurs sièges, qui singeaient leurs inventeurs dans des attitudes grotesques, mais jamais avec une si parfaite gestuelle humaine. Consciente de l'effroi qu'elle provoquait, la créature attrapa une cagoule qu'elle passa promptement sur sa tête. Le masque épousa minutieusement son visage de métal donnant soudain vie au vieil homme avec une telle perfection qu'il était impossible de deviner les engrenages qui s'imbriquaient sous la peau contrefaite. Ainsi travesti, il les avisa de son fascinant regard doré.

– De mon apparence aurais-je peut-être dû vous avertir. Mais cela fait si longtemps que les visites se sont taries. L'habitude de cacher ma nature s'est éteinte avec elles.

Les deux importuns n'avaient nullement bougé depuis l'irruption de leur hôte. Devant leur silence pétrifié, l'automate poursuivit.

– Quelle intention vous conduit ainsi devant ma porte à la nuit pleine ? N'auriez-vous pu attendre le lever du jour pour vous en venir me perturber ?

Encore troublée par l'apparition, Faustine se décida pourtant à exposer sa requête. Ne s'étaient-ils pas rendus auprès du grand régisseur pour trouver des réponses ? Certes, les traits étaient mécaniques. Était-ce, toutefois, si dérangeant, si rebutant qu'elle puisse en oublier son ami Wil ? Elle s'approcha du vieil homme.

– Bonsoir, Vieux Rakou.

– Il serait plus gracieux d'omettre le vieux.

– Bonsoir, Rakou, rectifia-t-elle. Je suis arrivée il y a peu sur l'océan des Trépassés.

– Faustine de Castillac, si ma mémoire est encore vive.

Sans s'étonner davantage de son omniscience, elle corrigea après une légère hésitation.

– Castellac.

– Pinailleuse es-tu.

La jeune femme faillit sourire à cette remarque, Giuseppe aurait assurément pu faire la même réflexion. À l'évidence, ces deux-là seraient devenus de merveilleux complices. Ce personnage lui plaisait bien.

– Yann était en vigie sur *l'Esperanza*, reprit-elle en désignant son compagnon. Il a aperçu notre radeau, mais l'ami qui naviguait avec moi avait déjà disparu. Je suis à sa recherche.

– Veux-tu bien me révéler son nom ?

– Wil.

– Frêle indice, n'est-il pas ? médita l'homme mécanique. Néanmoins suffisant peut-être. Allons nous en assurer, conclut-il en les incitant à le suivre.

D'une démarche très alerte, le maître des lieux entraîna ses invités par des escaliers de métal ouvragé, jusqu'au dernier palier. La brume évanouie, le ciel au-dessus d'eux déployait ses myriades d'étoiles. S'avançant dans le vide pour traverser le dôme, le vieux Rakou poursuivit pourtant son chemin sans chuter. Si délicate qu'on ne pouvait la deviner, une ultime plateforme s'étendait devant eux et son immense dalle de verre couvrait toute la surface de l'étage. Lorsqu'elle s'y engagea, suivie du jeune marin, Faustine se remémora le bassin aux silures du palais princier, mais, sans les géants des eaux et leur gueule fabuleuse pour l'inquiéter, le vertige se montrait moins prégnant. Ils s'installèrent face à un pupitre dont les commandes semblables à de petits champignons dorés se comptaient par centaines. L'étonnant personnage ôta ses gants pour laisser danser sur les touches ses agiles doigts mécaniques. Aussitôt, des milliers de rais lumineux, effilés comme des aiguilles, surgirent du rempart de pierre qui cerclait la coupole et piquetèrent le verre de points étincelants. Dans un vrombissement sourd, la voûte se fit soudain plus éblouissante qu'un soleil. Il était impossible de ne point plisser les paupières devant une telle luminosité, pourtant, cette aveuglante clarté n'incommodait pas le grand régisseur. D'un regard circulaire, il repéra précisément l'endroit qu'il cherchait et s'en approcha vivement pour l'examiner. Puis revenu à son pupitre, il pianota quelques enchaînements de touches avant de saisir un levier qui, sitôt basculé, commanda l'extinction progressive des rayons. Peu à peu, le bourdonnement s'atténua jusqu'à rendre au dôme son habituelle quiétude.

– Non, déclara-t-il avec une souveraine assurance, ton ami sur nos terres n'a jamais mis le pied.

– En êtes-vous persuadé ? s'enhardit Faustine.

Encore perturbée par cette déconcertante expérience, elle demeurait étonnée devant l'apparente simplicité de la recherche. S'il se sentit offensé, le vieux Rakou n'en fit pas aveu. Reprenant ses gants, il s'abstint toutefois de tout commentaire.

– Je ne saurais que trop vous conseiller de rester ici jusqu'au prochain matin, suggéra-t-il alors qu'il se dirigeait résolument vers les marches métalliques. Fraîche est la plaine, sous les étoiles.

Cette invitation tombait à point nommé, Faustine avait tant de questions qui se pressaient à son esprit. Un nouveau jour dans cette tour lui permettrait assurément d'assouvir sa curiosité.

– Nous vous remercions de votre hospitalité, répliqua-t-elle aussitôt en lançant à Yann un regard de connivence.

Au moins avaient-ils trouvé un abri pour la nuit.

– Installez-vous comme il vous plaira, leur déclara l'homme-machine qui disparaissait déjà par un autre escalier. Fauteuils et canapés n'attendent que repos vous offrir.

Exténués par leur journée de marche, les deux complices ne furent pas longs à se lover parmi les coussins douillets qui tapissaient les divans de la rotonde. Le sommeil les gagnait lorsque leur hôte réapparut soudain au milieu du désordre qui encombrait la salle.

– Cette fleur de lys embossée sur le cuir noir qui couvre ta poitrine, déclara-t-il en s'avançant vers son invitée d'un air préoccupé. Du fond de ma mémoire, elle m'en évoquait une autre aperçue naguère. Brusquement a ressurgi la vision. Cheveux d'argent en broussaille, la mine sombre et le verbe taiseux, il l'arborait aussi, brodée sur son torse. De tes amis, peut-être ?

– Mon père ! s'écria Faustine. Vous rappelez-vous son nom ? demanda-t-elle avide d'en apprendre davantage.

– De ça, le souvenir s'est enfui. Sans doute me reviendra-t-il. Demain peut-être.

– N'était-ce point Armand ?

– De ça, le souvenir s'est enfui. Sans doute me reviendra-t-il. Demain peut-être.

La jeune femme regarda Yann d'un air abasourdi. L'homme mécanique montrait-il quelques défaillances ? La révélation l'avait bouleversée, pourtant, face à l'étrange comportement du régisseur, elle n'osa insister.

– Je vous croyais la mémoire de ce monde, maugréa-t-elle, dépitée.

Sans prendre ombrage de ses paroles amères, le vieux Rakou s'éloigna en murmurant, toujours absorbé dans ses pensées.

– Bien loin d'être celui que tous prétendent connaître.

Chapitre 16

Fier du sifflement qu'il maîtrisait parfaitement, le garçon décocha un sourire réjoui à l'homme en noir. Le regard que Monzag lui adressa en retour se montra davantage énigmatique. Derrière son foulard, feindre un rictus pour l'apprivoiser aurait été vain, il n'en avait d'ailleurs pas la moindre envie. Le gamin venait manifestement d'avertir ses complices et ce fâcheux contretemps le contrariait particulièrement. Que signifiait ce signal lancé vers les décombres ? Camarades détrousseurs ou compagnons d'infortune, le marquis n'avait nullement prévu de revenir au laboratoire encombré d'une volée d'enfants braillards, même s'ils n'étaient guère destinés à le rester bien longtemps. Un seul suffisait, deux peut-être. Il allait devoir les abandonner ou pire encore. Quel gâchis ! Le temps lui manquait. D'un geste impatient, il tapota son manchon de cuir à défaut de soupirer, la mystérieuse troupe tardait à se montrer. Ravi de devoir réitérer son appel, le jeune garçon siffla de nouveau, au plus grand déplaisir de Monzag excédé par cette attente qui n'avait que trop duré. La stridulation suraiguë eut soudain raison de son indulgence. Il s'apprêtait à lui saisir le bras pour l'emporter malgré les cris, lorsqu'ils surgirent des ruines. L'empressé en compta six, avant qu'un septième n'apparaisse, méfiant, derrière ses congénères. Ils avaient le regard suspicieux de ceux qui guettent, et des crocs de combattants. Des loups ! Tous de belle taille. Des bêtes sauvages, aguerries, le muscle ferme et l'œil vif. Quitte à capturer d'autres proies, le marquis aurait préféré des enfants, plus aisés à maîtriser. Encore fallait-il qu'ils soient moins jeunes que celui-ci, les hurlements des plus petits l'insupportaient, leurs larmes trop faciles et cette fontaine qui leur coulait du nez à la moindre contrariété attisaient son exaspération. Mais des loups ! Les carnassiers se révèleraient vite terriblement encombrants. Sans doute aurait-il pu s'en débarrasser sur-le-champ – malgré leur mâchoire fort impressionnante – toutefois, il ne voulait pas risquer que le garçon s'échappe. Étouffant sa rogne, Monzag prit un air détaché.

– Ils sont avec toi ?

La question s'annonçait inutile. Pourquoi auraient-ils répondu à son signal s'ils ne l'avaient pas accompagné ?

– Depuis peu.

Le marquis jouait de malchance, ce soir. Il se retint une nouvelle fois de réagir pendant que le gamin poursuivait.

– Je les ai trouvés affamés aux portes de Bayence. Ils auraient pu me dévorer, mais ils ne l'ont pas fait. Partout où je vais, ils me suivent. Je crois qu'ils me protègent.

Le dernier des loups s'approcha de Monzag, en grognant, les babines retroussées. De son regard implacable, il jaugeait l'individu. Bien que sur ses gardes, le marquis s'abstint de manifester quelques signes d'hostilité, mieux valait-il les séduire eux aussi. Son antre se révélerait plus propice à les éliminer.

Hormis quelques hurlements épars, le quartier des collèges demeurait étrangement calme à cette heure avancée de la nuit. Les morts-éveillés n'osaient-ils affronter la meute qui les suivait à distance dans les rues blêmes de lune ? Décidément, ces démons se montraient fort décevants, mais il en serait bientôt tout autrement, se rassura Monzag.

Passé le pont qui enjambait la Volène, le marquis se dirigea vers le repaire des miséreux.

– Le Lys Noir habite la Souille ? s'étonna le gamin.

Son guide faillit aussitôt riposter qu'il n'en savait rien avant de se rappeler le rôle du justicier qu'il avait endossé.

– Mon refuge compte bien des entrées, mon garçon, dont une dans les bas-fonds de cette cité.

– On dit qu'ils sont infestés de fouisseurs.

– De bien piètres adversaires à vrai dire.

À l'égal des rues qui s'étendaient de l'autre côté du fleuve, le labyrinthe des venelles crasseuses se vida à l'approche des grognements assurément dissuasifs qui résonnaient derrière eux. Pas une tenture qui ne s'abaissa sur leur passage, les conversations devenaient soudain murmures, les pleurs s'étouffaient. On avait rarement vu de telles bêtes à Bayence, moins encore au cœur de la cité.

Toujours en retrait, les loups hésitèrent à s'aventurer dans le tunnel où s'enfonçait l'homme en noir, mais leur protégé l'avait pourtant suivi sans réticence. Ils ébauchèrent quelques pas indécis, humèrent des relents de menace puis finirent par se résoudre à les pister.

Le dédale de la Souille devint dérisoire en regard de l'enchevêtrement de galeries qui conduisait au repaire du marquis. De jonctions en croisées, les deux ombres avançaient à la lueur d'une torche décrochée des ruelles de la cité. Impossible de retrouver son chemin sans connaître précisément les repères, sauf à posséder un flair de loup. Leur marche semblait devoir ne jamais s'arrêter lorsqu'un dernier détour révéla enfin, au bout du tunnel, la clarté que le garçon attendait. Sans un mot, il tourna un visage radieux vers son sauveur. Monzag devina son regard, mais n'y prêta nulle attention, car d'autres pensées l'accaparaient.

Le gamin déchanta dès qu'ils eurent franchi le seuil du laboratoire. Lugubre, encombré de sinistres appareillages dont il préférait ignorer l'usage, l'innocent regretta aussitôt son excès de confiance. Il aurait dû se montrer plus attentif à la vigilance de ses loups. Debout face à eux, deux hommes à la mine inquiétante attendaient le retour du justicier masqué. Vêtus d'une cape noire, un sabre au côté, il aurait été aisé de les confondre avec des égorgeurs. L'antre du Lys Noir n'inspirait maintenant au garçon que crainte et dégoût. Il n'eut guère le choix d'hésiter davantage quand, d'un geste brusque, le marquis l'attrapa par le bras pour le traîner vers une cage dont le quadrillage interdisait tout espoir d'évasion. Poussant sa proie à l'intérieur, il verrouilla la porte sur ses cris.

– Inutile de hurler plus encore, maugréa son geôlier, à l'évidence tes compagnons t'ont déjà entendu.

Aux premiers éclats de voix, les fauves s'étaient élancés à son secours, emplissant le tunnel de grognements féroces. Hérissé par les lamentations du gamin, Monzag ôta sa cape et déroula de son visage le foulard qui le gênait. Ses mouvements nerveux trahissaient une humeur que les deux fouisseurs ne s'avisaient nullement de perturber, tout comme ils ne lui demanderaient jamais ce qu'était devenu leur compère. Le marquis se dirigea vers un levier émergeant d'une plaque de métal rivetée sur le dallage, non loin du souterrain. Le bras de fonte déclenchait le mécanisme d'une trappe qui n'avait jusqu'à présent piégé que rôdeurs présomptueux et visiteurs indésirables. Jamais encore de bêtes sauvages n'étaient mortes de faim au fond de ce trou. La clameur de la meute approchait.

– Des loups, annonça brièvement le marquis à ses deux gaillards. Une meute qui nous suit depuis les collèges. Lance une torche dans le tunnel, ordonna-t-il au plus costaud. Poste-toi devant et préviens-moi dès que tu les apercevras.

S'il eut une hésitation, l'homme se garda d'en faire état. Son maître abhorrait que l'on discute ses ordres. Il catapulta le flambeau au plus loin qu'il put et se campa à l'entrée de la galerie.

Les mains crispées sur le fer rouillé des barreaux, le captif s'était tu. Ses amis s'apprêtaient à le sauver et, malgré la barbarie de ses geôliers, il s'obstinait à ne point douter de leur succès. En habiles chasseurs, les carnassiers avaient cessé de grogner, seule leur cavalcade feutrée rebondissait dans les ténèbres.

Genoux fléchis, paupières plissées, le fouisseur surveillait attentivement l'embouchure, prêt à s'esquiver pour éviter la bascule de la trappe. S'appuyant d'un pied sur l'autre, il se dandinait comme un chat, les muscles bandés à en devenir douloureux. Les loups se montraient d'une stupéfiante rapidité, il le savait. À l'instant où il apercevrait leurs ombres, il lui faudrait bondir de côté en hurlant pour alerter son maître.

Les premières bêtes jaillirent plus fulgurantes encore que des morts-éveillés. Ébloui par la torche, le guetteur ne distingua que trop tard leurs yeux mi-clos. Il détendait à peine ses jambes lorsque leurs pattes musculeuses percutèrent son torse, le plaquant au sol dans un cri étouffé. Déchaînés, leurs congénères se ruèrent à leur tour sur le malheureux, mais l'homme était costaud, malgré les crocs, il se débattait. Le dernier loup surgissait du tunnel quand le marquis actionna la barre de fonte qui bascula la trappe. Dans un ultime réflexe, l'animal s'agrippa au bord de la fosse pendant que le reste de la meute entraînait le fouisseur vers les profondeurs du cachot. Ses griffes écorchaient frénétiquement la pierre, si furieusement qu'un instant Monzag crut que la bête parviendrait à s'échapper. D'un geste prompt, il releva le levier, refermant le battant pour écraser l'enragé. Acharné à survivre, le loup s'accrocha aussitôt aux montants de bois avant que le marquis relâche le vantail, le précipitant au fond de l'oubliette.

Pourtant noyés dans la rage du combat, les hurlements du sacrifié s'élevaient insoutenables, le bougre résistait avec vigueur. Monzag devait se hâter afin de profiter de ce supplice pour l'éveil. Celui qui viendrait serait insatiable.

– Apporte-moi le coffret, ordonna-t-il à l'homme qui avait assisté sans réagir à la disparition de son acolyte.

Nulle solidarité chez les fouisseurs, le gaillard se félicitait simplement de n'avoir pas été désigné pour guetter la meute.

Pressé d'invoquer le démon, le marquis pénétra dans la cage pour en extirper le gamin qui gémissait, recroquevillé au fond de sa geôle. Le captif se mit aussitôt à se débattre en sanglotant, avant de pousser des cris violents. Dès que l'homme avait ôté son foulard, il l'avait reconnu, on racontait les pires horreurs sur le charognard. Terrorisé à l'idée des souffrances à venir, l'enfant redoutait maintenant la cruauté de cet abominable personnage. D'ordinaire moins brutal pour éviter d'abîmer les chairs, Monzag le traîna jusqu'à la table haute sans ménagement, impatient que son fouisseur ait resserré sur lui les sangles de cuir pour lui entailler le poignet. Cette précipitation le désolait, il aurait tant aimé jouir de cet effroi qu'il sentait suinter du jeune corps, mais il fallait renoncer au plaisir, le démon n'était pas de ceux que l'on fait attendre. Le sang du garçon coula rouge dans la coupelle de cuivre que le marquis enfiévré versa au centre du pentacle avant de déposer délicatement le cristal dans cette petite mare sombre.

Au fond de son cachot, le fouisseur sacrifié s'époumonait toujours en hurlements déchirants pendant que, sanglé sur la table de bois, le gamin crachait sa terreur douloureuse. Une terrible souffrance baignait l'antre de Monzag. Sans même qu'il eut besoin de torturer l'enfant davantage, de ténébreuses volutes s'échappèrent bientôt de la flaque palpitante pour danser sous la voûte. Bien qu'inhabituelle, l'invocation ne s'en montrait pas moins efficace, le marquis éprouvait cependant la déception de ces moments tant espérés qui finissent par se charger d'amertume. La main plaquée contre la poitrine du jeune supplicié, il se pencha sur lui pour plonger le regard dans ses yeux rougis de larmes. Nul délice ne l'étreignit lorsqu'il piqua lentement sa lame au creux du petit cœur fragile. D'abord agitée de tremblements, la victime s'arc-bouta lorsque sa vie s'échappa sans un cri. Monzag se redressa, désabusé, il n'avait ressenti aucune ivresse à sacrifier l'enfant : la mort devenait ennuyeuse. Sans ferveur, le nécromant entama sa supplique en un cortège monotone de paroles qui vibraient peu à peu dans l'air lourd. Soudain, sa voix s'étouffa sous le choc de l'éveil. Un coup assourdissant retentit brutalement au cœur du laboratoire, une secousse si violente qu'elle avait peut-être ébranlé le palais tout entier. Pétrifiés par la puissance du séisme, les loups s'étaient tus. Du fouisseur, on ne percevait plus aucun gémissement, il avait succombé à leurs crocs. Après le tumulte, un silence oppressant submergeait la salle souterraine. Comme Melgoth avant lui, le démon passa la porte, autrement redoutable. Il promettait le chaos sur Bayence. En grand maître de cérémonie, le marquis l'interpella.

– Votre Excellence ?

La traversée des mondes ne s'effectuait pas sans peine, le mutisme de l'ange de la mort n'inquiétait en rien Monzag. Il attendait avec patience que son invité se manifeste, mais il sursauta quand une voix au seuil de son laboratoire s'exclama :

– Vous m'étonnerez toujours, cher marquis !

Chapitre 17

Étendue sur les coussins qu'il avait pris soin de disposer en corolle autour d'elle, Faustine semblait dormir profondément. Dans cette pièce baignée de lumière tamisée, les boucles noires de ses cheveux ceignaient son visage d'une sombre auréole, dévoilant une peau si pâle qu'on l'aurait crue lumineuse. Un triste sourire restait figé sur les lèvres de la jeune femme, immobile depuis trop longtemps maintenant. Il aurait tant aimé entendre son rire délicieux résonner sous la voûte, s'émerveiller devant l'éclat de ses yeux moqueurs, mais elle s'entêtait à se taire.

De cinglantes étincelles zébrèrent à nouveau la pénombre en crépitements féroces. Malgré leur impressionnant vrombissement, les deux bobines à pulsion se révélaient inutiles, elle ne s'éveilla pas davantage, insensible aux éclairs. D'un geste las, Ézéchiel abaissa le levier sans que son corps inerte témoigne du moindre relâchement. Il était pourtant persuadé qu'elle avait tressailli lorsque les galets d'ambre s'étaient agités dans leurs cylindres translucides en vue de sa renaissance.

Comment pouvait-il demeurer impuissant à ce point ? Que manquait-il à son raisonnement pour se montrer efficace ? Une fois encore, il vérifia le mécanisme qui régénérait le sang de la jeune femme. Fort justement cadencé par un engrenage à contrepoids, le triangle rotatif pinçait un étonnant tube de verre malléable qui se gorgeait à intervalle régulier. Découvert par hasard alors que ses binocules lui échappaient dans un bain d'algues brunes en ébullition, ce cristal souple merveilleusement étanche prévenait tout risque d'infection. Il inspecta l'intégrité du circuit, tout fonctionnait parfaitement. La lymphe vermeille traversait en enfilade deux filtres imbibés d'une décoction d'orties bleues étendue d'aubépine, pour être ensuite réinjectée dans les veines anémiques au moyen de fines aiguilles de métal. En combinaison savamment dosée, les stimulants devaient permettre au cœur de garder son rythme après l'impulsion que l'ambre lui avait insufflée. Cependant, ni l'humeur analeptique ni l'énergie étincelante ne suffisaient à éveiller Faustine. La vie l'avait quittée et son ami ne parvenait pas à la ressusciter. Il détacha les bracelets de cuivre qui finissaient par brûler les poignets délicats, avant d'ôter une à une les électrodes piquées sur sa poitrine, ses bras, ses jambes.

Depuis plusieurs jours déjà le vieil homme ne dormait plus, à peine s'assoupissait-il quelques instants sur sa chaise lorsque la fatigue pesait exagérément. Il avait trop à faire pour penser au sommeil. S'acharner à vaincre la mort, découvrir cette étincelle qui lui manquait tant. Ne rejoignant la cuisine de l'Ermitage que pour dîner avec Giuseppe, il s'était bien gardé de lui avouer ses rêves de résurrection. Inutile d'évoquer un quelconque espoir alors qu'il ne savait nullement comment réitérer un tel prodige. Comme pour étouffer ses craintes, le moineau juché sur le globe qui lui servait de perchoir piailla vigoureusement.

– J'ai pourtant aisément réussi avec toi, marmonna l'alchimiste. Pourquoi est-ce si insurmontable de ranimer Faustine ?

Deux jours plus tôt, il s'était empressé de recueillir l'oiseau frigorifié dans l'épaisse couverture de neige qui avait blanchi le jardin durant la nuit. Le petit corps ne respirait plus, la mort s'en était emparée. Il l'avait alors placé sur sa paillasse et s'était appliqué à déposer quelques gouttes de son remède au fond du bec, puis il avait activé les cylindres où les galets d'ambre s'étaient mis à tourbillonner pour libérer le précieux éclair habilement ajusté. Après deux ou trois battements d'ailes incontrôlés, le volatile s'était envolé sous la voûte sans même s'apercevoir que son cœur avait cessé de battre pendant de longues heures. Depuis, il voletait à travers le laboratoire, picorant les grains de millet qu'Ézéchiel lui avait versés dans une coupelle, avant d'effrontément lâcher ses fientes où bon lui semblait. Le vieil homme lui aurait bien rendu sa liberté, mais si le moineau succombait encore au froid, il craignait de ne savoir le ranimer cette fois.

Pourquoi ne parvenait-il pas à ressusciter son amie ?

La justicière à peine inhumée dans la sépulture familiale, l'alchimiste s'était empressé de la rejoindre à la nuit tombée. Face aux assauts répétés que les morts-éveillés lançaient contre l'Ermitage dès que le jour s'achevait, Ézéchiel avait préféré ne pas traverser les jardins pour atteindre la crypte, il connaissait un autre accès qu'il lui permettrait de s'y rendre plus aisément. Dans le repaire du Lys Noir, l'immense salle souterraine comptait nombre de passages secrets dont certains n'avaient jamais servi. Discrètement occulté par une armoire pivotante encombrée de plans et autres documents poussiéreux, l'un d'eux menait au caveau. Le vieil homme se souvenait du jour où Armand lui avait révélé l'existence de cette galerie inusitée. À l'époque, il n'y avait trouvé aucun intérêt, mais son indifférence s'était teintée d'attrait lorsqu'il avait décidé de transporter le corps de la jeune femme dans son laboratoire. Quoi qu'il lui en coûte, il ramènerait Faustine à la vie. Son impuissance à sauver sa mère lors de l'attaque des tueurs du Pentacle hantait encore ses nuits, aussi cette fois, s'était-il promis de vaincre la mort. Toutes ses années d'expérimentation l'aideraient dans ses recherches, elles lui apporteraient les éléments qui lui avaient tant manqué pour Éloïse.

L'inventeur avait déjà élaboré l'enchaînement précis des différentes étapes qu'il devrait accomplir. Il fallait avant toute chose trouver le remède qui réactiverait le cœur de la défunte. Grâce à la chimie des plantes, Ézéchiel fluidifierait d'abord son sang avec le distillat fermenté d'une reine des bois auquel il associerait quelques injections d'un composé d'algues bleues qui lui permettrait d'accroître son taux d'oxygénation. Il avait ensuite prévu d'adjoindre à ce traitement une macération de gantelées additionnées de feuilles d'épine-blanche afin de tonifier les pulsations cardiaques. Les galets d'ambre n'auraient plus alors qu'à s'agiter dans leur cylindre de verre pour que l'énergie générée provoque l'impulsion nécessaire au battement initial. Sans doute laisserait-il ces arcs étincelants parcourir les spirales des inducteurs de cuivre pendant quelques minutes avant de les interrompre, mais une fois relancé, le myocarde poursuivrait son rythme sans plus de soutien. Les circonvolutions du cerveau ainsi irriguées ne tarderaient guère à reprendre le contrôle du corps et, pour peu qu'il n'ait rien perdu de sa souplesse, Faustine se redresserait en adressant son plus charmant sourire au vieil homme. Ses yeux scintilleraient de cette belle transparence cristalline, ses oreilles entendraient les sons qu'elles n'attendaient plus, son rire merveilleux emplirait la maison. La jeune femme n'avait que vingt et un ans et encore tant de choses à découvrir. Qu'importe si elle devait réapprendre à parler, ou s'exercer à la marche comme une enfant, seule sa renaissance comptait. Faustine serait de nouveau à leurs côtés, elle se plairait à respirer l'air de l'Ermitage, à goûter des recettes insolites ou s'émerveillerait devant de fabuleuses inventions. Ils retrouveraient leur amie, plus vivante que jamais.

Six jours s'étaient écoulés depuis qu'Ézéchiel avait transporté Faustine sur la table haute de son laboratoire. Six jours et six nuits à tenter de la ressusciter. L'alchimiste commençait à désespérer. Pourtant, le sang circulait rouge vif à travers la pompe, la peau avait recouvré l'éclat qu'il lui connaissait, même le cœur tressautait, jusqu'à enchaîner plusieurs battements fébriles lorsque les éclairs cinglaient la pièce, mais les palpitations finissaient invariablement par s'éteindre sans jamais parvenir à soulever une seule fois sa poitrine. Le vieil homme avait usé de tout son savoir pour amorcer sa résurrection, le corps de son amie gisait toujours inerte sur sa couche.

Dehors, la fin du jour était proche. Émanant de la voûte rocailleuse, la lumière des quartz géants faiblit peu à peu. Comme à l'habitude, depuis l'apparition des premiers flocons, l'obscurité du soir ne se révélait guère pesante. Dans les jardins où émergeaient les gigantesques cristaux, la neige qui tapissait le sol rendait les nuits plus claires. Les démons ne s'en montraient pas moins agressifs, seuls les volets de métal et le vif-argent pétrifié de la verrière permettaient à l'Ermitage de résister à leurs virulentes attaques nocturnes, aussi fallait-il cuirasser chaque ouverture dès l'approche du crépuscule. Ce que Giuseppe omettait parfois de faire. Tourmenté par le souvenir de son dernier combat, l'alchimiste décida de vérifier que tout était en ordre dans la maison, car il n'avait nulle envie d'affronter la hargne d'un mort-éveillé ce soir. Avant de quitter Faustine, il vérifia cependant que l'huile de pyrèthre ne manquait pas dans les lampes qui brûlaient

Nova Vitam Incipit
Phase phytomédicinale

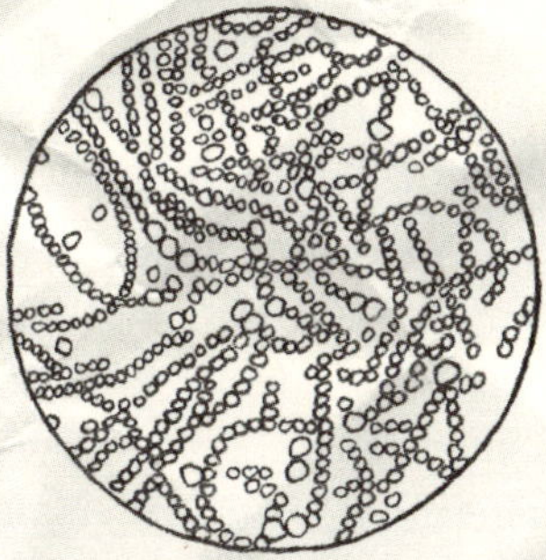

Algues bleues

Photosynthèse oxygénique

Reine des bois

Fluidification des humeurs sanguines

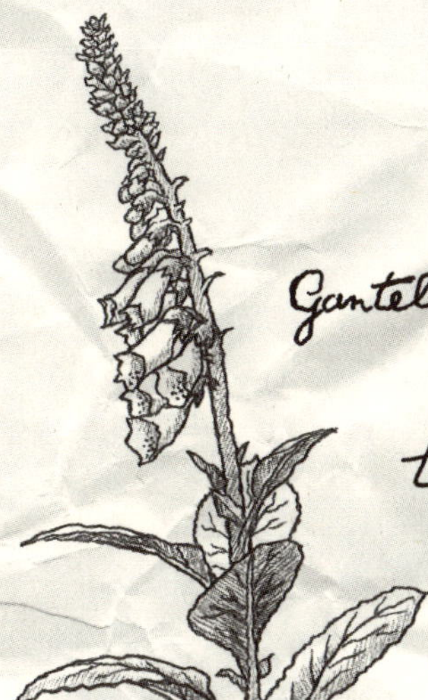

Gantelée

tonicité cardiaque

Épine blanche

Ezéchiel Nahmias

Hzq - 117 - (JD 942)

à l'entrée du laboratoire. Les insectes ne résistaient guère longtemps à l'emprise de ce chrysanthème d'orient. Dès qu'ils l'approchaient, leur vol devenait brusquement désordonné, puis ils tombaient sur le sol en grésillant jusqu'à la paralysie fatale. Même s'il était impensable que les démons ailés parviennent à descendre jusqu'à son laboratoire, mieux valait s'assurer qu'ils ne puissent pas attaquer la jeune défunte.

La lourde porte en fonte de la salle d'expérimentation soigneusement refermée après son passage, Ézéchiel traversa le repaire du Lys Noir pour remonter l'escalier qui conduisait à la serre. Une légère appréhension lui nouait l'estomac lorsque ses pas résonnèrent sur les ultimes marches dissimulées derrière la cascade. Inutile anxiété puisque le maître d'armes avait déjà lancé le mécanisme qui obturait les doubles parois des arcades de verre. Suspendues sous la voûte de métal en chapelets de lumière, les lampes à naphte illuminaient les majestueux palmiers de leur lueur ambrée. Toujours à l'affût d'insectes charnus, les petites cailles d'orient se faufilèrent sous les fougères à l'approche du vieil homme. Une appétissante odeur de légumes sautés montait de la cuisine.

– Fricassée de panais ! risqua l'alchimiste en entrant dans la pièce. Agrémentée d'une pointe d'oignon, ajouta-t-il.

Même s'il n'avait guère le cœur à l'insouciance, Ézéchiel se devait d'afficher une humeur légère. Il fallait bien continuer de vivre. Giuseppe se montrait suffisamment taciturne pour ne pas lui avouer son propre désespoir. Au reste, son ami ignorait que depuis plusieurs jours il s'épuisait à ranimer Faustine.

– Croquante de vitelotte râpée au haché d'oignon, riposta le maître d'armes en saisissant la poêle pour retourner la préparation d'un agile mouvement de poignet.

– Ce repas ne mériterait-il point une carafe de tokay ?

– Merveilleuse idée, vieux sacripant ! s'exclama Giuseppe en forçant lui aussi l'enthousiasme.

Liquoreux à souhait, le nectar accompagna les galettes mieux encore qu'ils ne l'avaient imaginé. Les deux compères séchèrent le carafon avant même que la vitelotte ne disparaisse des assiettes. Malgré l'entrain timide, le dîner les régala. Les fourchettes cliquetaient toujours dans les plats lorsque le volet métallique de la cuisine résonna brutalement de coups enragés. Pour précipitée qu'elle fût, l'offensive ne dura qu'un instant. Crissements stridents des griffures et grognements féroces s'éteignirent bien vite. Passé le premier tressaut de surprise, les deux convives poursuivirent leur repas sans autre tracas, ils avaient fini par s'y habituer. Chaque soir depuis leur dernière attaque nocturne, des morts-éveillés les tourmentaient comme pour leur rappeler l'agonie de Bayence.

– As-tu trouvé une nouvelle arme pour exterminer ces démons ? demanda Giuseppe dont le tokay avait délié la langue.

Pris de court, l'alchimiste ne lui répondit qu'une phrase insipide.

– J'y travaille, mon ami.

Sans doute le maître d'armes perçut-il la détresse de sa voix. Après un silence mesuré, il enchaîna :

– Je sais combien Faustine nous manque à tous les deux. Ne serait-ce point lui rendre hommage, pour anéantir ces créatures, que d'exploiter la puissance du joyau qu'elle avait subtilisé au marquis ? Peut-être réussirais-tu à inverser son pouvoir ?

Giuseppe n'avait guère coutume de donner des conseils au vieux savant, surtout lorsqu'il s'agissait de ses inventions. Il n'avait jamais rien compris à ses expériences et, s'il s'émerveillait des fabuleuses trouvailles de son ami, ses recherches ne l'intéressaient nullement. Pourtant, les quelques mots qu'il venait de prononcer bousculèrent les convictions d'Ézéchiel. Bien sûr l'alchimiste n'était pas en mesure de transmuter le mal en bien, la science avait ses limites. En revanche, la magie noire de Monzag en était assurément capable : elle reculait les limites du possible. Le marquis ne consentirait jamais à exterminer ses morts-éveillés, il ne détruirait pas ses propres créations, il possédait sans nul doute le pouvoir de ranimer Faustine. Pourquoi Ézéchiel n'en avait-il pas pris conscience plus tôt ? Si ce nécromant avait su convoquer des démons, il pourrait aisément ressusciter un ange.

– Je ne suis pas sûr d'y parvenir, déclara le savant d'un air pensif, mais il serait impardonnable de ne pas tenter l'expérience.

Absorbé par ses réflexions, l'alchimiste se leva de table pour aussitôt quitter la cuisine sans autre parole. Le couloir, la serre, l'escalier, les lieux lui paraissaient brumeux tant le devenir de Faustine le préoccupait. Convaincre Monzag ne se montrerait pas chose facile, raviver ses propres souvenirs ne le serait guère davantage. Ce temps où son père, gardien de la Marche-frontière, comptait parmi les membres du Pentacle demeurait révolu. Hormis Éloïse qui connaissait tout de lui, Ézéchiel n'avait jamais révélé à quiconque cette part d'ombre. Le moment était venu de réveiller les anciennes alliances. Protéger un empire ne méritait pas qu'on y sacrifie les siens, Giuseppe avait raison, le Lys Noir n'avait que trop décimé ses proches, peut-être le marquis les sauverait-il, l'alchimiste était prêt à lui vendre son âme. Que n'aurait-il pas accompli pour que Faustine leur revienne ? Il persuaderait le nécromant de ressusciter la jeune femme, au nom de la vieille amitié qui le liait à son père. Le joyau dérobé qu'il allait lui rendre l'y inciterait. Ce monde pouvait aller au diable, Ézéchiel s'en moquait bien.

Chapitre 18

Les paroles qui résonnaient dans la salle souterraine n'émanaient pas d'un démon, le marquis connaissait bien celle qui les avait prononcées. Que faisait-elle ici et comment avait-elle percé l'entrée de son repaire ? C'était à l'évidence une fâcheuse découverte. Un instant perturbé par les conséquences de son indiscrétion, Monzag se ressaisit aussitôt. Ne lui offrait-elle pas là l'occasion qu'il attendait tant ? Prenant une lente inspiration, il se retourna pour l'accueillir d'un ton serein.

– Votre Altesse, que me vaut l'honneur de cette visite ?

– La courtoisie, mon cher. Et une pointe de curiosité, je me dois de vous l'avouer.

Une main encore posée sur la rampe de l'escalier qui descendait du sinistre cabinet, l'impératrice promenait un œil intrigué sur la salle voûtée. Elle s'attarda particulièrement à détailler le pentacle tracé au centre de la pièce.

– Ainsi vous portez de l'intérêt à la magie noire, déclara-t-elle comme si la nécromancie s'apparentait à la peinture ou au jardinage. Vous m'aviez caché cela, marquis. J'ai moi-même lu quelques ouvrages sur ce sujet. Fort passionnants. Saviez-vous que l'on peut convier une âme démoniaque à investir la dépouille d'un enfant ?

Dommage que le démon n'ait pas encore pris corps, Monzag aurait pu de la sorte lui en faire la démonstration.

– Vous semblez particulièrement bien connaître le grand art, Majesté. Ne sont-ce que des livres qui vous l'ont enseigné ?

– Mon ange gardien a parachevé ma connaissance.

Depuis leur entrevue privée dans la salle de l'aurore, le marquis n'avait plus conversé avec Yliana, l'esprit dérangé.

– À quel ange gardien faites-vous allusion, Votre Altesse ? se permit-il de lui demander.

– Manqué-je à ce point d'à-propos pour ne pas vous avoir présentés.

La souveraine pivota en étendant sa main vers l'alcôve obscure qui voisinait les premières marches. Impassible, Monzag plissa pourtant les paupières pour y déceler une présence. Il tressaillit lorsque la silhouette plutôt menue quitta l'ombre pour s'avancer dans la lumière. L'apparition bouleversait toutes ses certitudes, les révélations s'enchaînèrent brusquement dans son esprit bouillonnant. L'incroyable résurrection de l'empereur, le massacre organisé de la confrérie, cette surprenante visite, les événements prenaient soudain une autre apparence. Rien d'irrémédiable, il était encore temps pour le marquis de satisfaire ses ambitions de pouvoir, car le démon qu'il attendait n'aurait guère pu s'éveiller en un plus propice instant. Il lui fallait toutefois faire vite s'il voulait déconfire ses ennemis.

– Eh bien, Léna, asséna-t-il sans perdre sa prestance, aurais-tu changé de maître ?

– Je pensais être la seule que tu protégeais, signifia l'impératrice à la jeune fille d'un air offensé.

– Votre ange gardien est un démon, Majesté, se plut à révéler Monzag pendant qu'il positionnait la sphère de métal au-dessus de l'innocent cadavre. Au royaume des enfers, on le nomme Melgoth et son armée de mouches s'est emparée de Bayence.

– Ange ou démon, où est la différence ? déclara Yliana sur le ton de l'insouciance. Cette enfant a ressuscité Harold et fait de moi le nouveau guide de l'empire, n'est-ce pas là marque de bienveillance ?

– Que lui avez-vous offert en retour ?

– Bien peu de choses à vrai dire. Mon âme peut-être, mais pour ce qu'elle vaut.

– Tu as eu tort de m'abandonner, Melgoth, cracha le marquis. Nous aurions pu accomplir de si grandes œuvres ensemble. Celui qui vient m'obéira.

Le regard froid, il abaissa les deux leviers du mécanisme l'un après l'autre et dans un déluge d'étincelles, la salle voûtée s'illumina d'une lueur violacée. Tourbillonnant dans leurs cylindres translucides, les galets d'ambre allumaient comme à l'habitude des arcs aveuglants qui serpentaient sur les isolateurs, puis des flammèches s'échappèrent en cascades incandescentes pour parcourir les spirales des inducteurs de cuivre. Dans l'air pesant, la tresse centrale se contractait en violentes contorsions. Rivetée sur sa colonne articulée, la sphère crépita bientôt d'un halo de lumière jusqu'à ce qu'un claquement retentissant libère l'éclair qui ranima le corps où le démon avait pris place. Dominant son exaltation, le marquis détacha les liens qui immobilisaient le garçon avant de s'adresser à lui.

– Votre Excellence ?

Après quelques instants de silence, il ferma les yeux dans une longue exhalaison. Le passage s'avérait-il si tortueux qu'il nécessite tant de mystère ? Un murmure qui vibrait dans l'air l'alerta aussitôt.

– Samaël ? s'empressa-t-il de demander.

Visiblement désorienté par sa traversée, le garçon se redressa en mouvements mesurés pour s'asseoir au bord de la table haute, sans prêter attention au marquis. D'un bond, il sauta à pieds joints à même le sol avant de se retourner face au nécromant. Tête haute, regard menaçant, il le scrutait sans mot dire.

– Samaël, se décida-t-il à répéter d'une voix grondante qui dissonait avec son âge. Pourquoi pas Satan en personne ! Crois-tu pouvoir invoquer les enfers comme il te chante ? Asservir la magie noire à ton orgueil ? Pour qui te prends-tu ?

Un rictus déforma le visage du gamin juste avant qu'il ne se dissipe en d'épaisses volutes écarlates. Les lèvres pincées, Monzag aurait pu trembler devant cette menace cinglante, mais il lui en fallait bien davantage pour l'impressionner. Sans se départir de son calme, il rabroua le démon.

– Celui que j'attends n'a guère besoin du fiel des mots pour s'imposer. Laissez-moi donc vous renvoyer dans vos lointaines contrées.

– Me renvoyer ! Entends-tu ça Melgoth ? explosa la nuée sanguine qui planait maintenant au-dessus d'eux. Le petit marquis voudrait m'éconduire !

– Tu l'as vexé, Baelith ! ironisa le maître des mouches. Il faut dire que tu manques de finesse dans tes reproches.

Abandonnant son corps de jeune fille, le démon se décida enfin à dévoiler sa puissance. Une colonne de fumée ténébreuse s'éleva jusqu'à la voûte.

– Je m'étais habitué à son outrecuidance, j'étais même parvenu à ce qu'il en invoque d'autres que moi. Tant pis, le chaos se fera sans toi, Monzag. Il est temps de tirer ta révérence.

– L'avantage du nombre, je reconnais bien là le courage des faibles, riposta le marquis.

Le nécromant entama la litanie des limbes en même temps qu'il dégaina son sabre.

– Quelque fabuleux bretteur que tu sois, petit marquis, rengaine ton arme, elle ne te sera d'aucune utilité contre nous.

Le démon de sang fusa sur son adversaire tel un aigle qui terrasse sa proie. Brandie bien haut, la lame opalescente qu'il venait de railler dut l'entailler profondément à en croire le hurlement qu'il poussa. Des lambeaux de brume sanguinolente s'éparpillèrent sur le dallage.

– Quelle est cette sorcellerie ? rugit-il. Dans quel enfer m'as-tu conduit, Melgoth ?

– Je t'ai sous-estimé, Monzag, reconnut le souverain des mouches sidéré. Ce sabre n'a pas été forgé dans ce monde, n'est-ce pas ? Voilà pourquoi tu t'estimes si puissant, mais n'espère pas nous vaincre pour autant. Rappelle-toi : les hommes sont si prévisibles.

Le marquis demeurait sourd à ce verbiage, nulle question de se perdre en vaines paroles. À débiter ses suppliques sans répit, il affaiblissait peu à peu ses ennemis, les exilant au plus profond des limbes. Leurs formes nébuleuses s'effilochaient lentement à chaque mot qu'il murmurait, comme le vent emporte les feuilles à l'automne.

Tétanisée au bas de l'escalier, l'impératrice observait l'affrontement avec fascination. Convaincus de leur suprématie, les démons arrogants déclinaient pourtant. Traçant de frénétiques arabesques, le sabre leur arrachait chaque fois de nouveaux haillons de voile, mais le nécromant s'épuisait lui aussi. Brusquement, rouge et noir mêlés, les deux nuées l'attaquèrent de concert. Le choc qui l'atteignit en plein torse, le frappa si fort qu'il percuta le brasier rougeoyant dont son poignet tranché gardait encore le souvenir, lui infligeant sur le dos de cuisantes brûlures agglutinées d'étoffe calcinée.

La peur du fouisseur rescapé, terré dans un coin, décupla soudain devant le déferlement de violence. Terrorisé, il jaillit à travers la salle pour rejoindre le souterrain, mais la trappe toujours béante piégeait son échappée. Il prit son élan et bondit juste avant la fosse. Sans doute avait-il surestimé son envolée, car sa poitrine heurta brutalement le bord du gouffre. Bras tendus, il tenta bien de se rattraper aux pierres, mais ne fit que s'y écorcher les mains. Plus bas, le regard avide, la meute l'attendait, elle accueillit sa chute avec force grognements jusqu'à ce qu'il cesse de hurler. Personne ne s'en préoccupa, mourir par les démons ou sous les crocs des loups, quelle importance.

Meurtri de blessures, le marquis en transe titubait à chaque nouvelle attaque. Des démons, il ne restait plus que quelques écharpes de brume. Le combat semblait ne jamais devoir s'achever lorsque la lame d'un poignard s'enfonça profondément dans son dos et lui perça le cœur. Terrassé par la douleur, Monzag tomba à genoux sur le sol froid sans avoir la force de se retourner.

– Navrée, mon cher marquis, lui murmura Yliana à l'oreille. Je ne pouvais décemment pas vous autoriser à massacrer mon ange gardien. Il est des batailles qu'il ne faudrait jamais livrer.

Le goût du sang lui inonda la bouche. Cruel tourment que de finir ainsi. À trop souvent côtoyer la mort, il s'était cru invulnérable, une simple dague bien plantée l'avait détrompé. Son sabre échappa à sa main, heurtant la pierre dans un tintement cristallin. Dernier souvenir de ce monde frémissant. La vie n'était qu'une illusion, Monzag sombra dans les ténèbres.

Chapitre 19

Le jour était levé lorsque Faustine s'éveilla. Éblouie par la luminosité de la salle, elle plissa aussitôt les paupières avant de peu à peu les rouvrir. Là-haut, le dôme se coiffait d'un voile cotonneux tout blanc qui diffusait une clarté diaphane. Il avait neigé durant la nuit. La jeune femme, engourdie, s'assit au bord du divan envahi de coussins, s'enveloppa de la courtepointe dont on l'avait revêtue pendant son sommeil et s'élança, pieds nus, vers l'escalier métallique qui menait au premier étage de la tour. Malgré son pas léger, les marches résonnèrent sous sa foulée et la fraîcheur saisissante de l'acier contrastait avec le plancher presque tiède qui couvrait le sol de l'étonnante bâtisse. La lumière qui filtrait à travers les quelques ouvertures percées dans le mur de pierre s'avérait plus éclatante encore que celle qui tombait de la coupole. Faustine se précipita face à la plus proche pour coller son nez sur la paroi vitrée. Devant elle, par-delà les cabanes blanchies aux lampions éteints, un resplendissant tapis s'étalait sur l'immense plaine parsemée d'arbres décharnés. Chenilles grisâtres glissant sur le fil d'un invisible horizon, des groupes de marcheurs vagabondaient déjà dans le lointain, imperturbables. La lueur uniforme qui délavait les nuages se mêlait au paysage à ce point qu'on ne distinguait plus la terre du ciel. Sous la neige, tout se révélait plus beau. Le moindre chaos rocheux prenait des allures de créature fantastique. L'arbre mort s'enchevêtrait en lignes sinueuses d'une rare élégance. Même le vol des sinistres oiseaux noirs se faisait soudain plus léger. La jeune femme se surprit à sourire devant ce paysage merveilleux.

– Magnifique, n'est-il pas ?

Faustine n'avait pas remarqué l'automate assis dans un fauteuil un peu plus loin, elle ne sursauta pas, pourtant, la voix de Rakou s'avérait d'une douceur si mélodieuse. Le regard rivé sur la plaine immaculée, il portait son masque de vieil homme.

– J'ai toujours été fascinée par le spectacle qu'offrait l'hiver, lui avoua-t-elle. Même si ce n'est qu'un peu de blancheur sur le quotidien.

– Le pouvoir enchanteur de la neige. Extasié je reste aussi.

Des notes cristallines s'insinuèrent imperceptiblement dans la pièce, telles les premières gouttes d'une pluie lointaine qui s'approche. Le piano de la veille les berçait à nouveau, sous les mêmes doigts agiles sans doute. Pareil à ces grands maîtres qui dirigeaient parfois les musiciens du palais, l'homme-machine fit ondoyer ses mains au rythme des modulations et, lorsqu'il les abaissa, la mélodie s'adoucit. Intriguée par tous les secrets que recelait l'étrange personnage, la jeune femme réfrénait sa curiosité.

– Quel virtuose ! murmura-t-elle dans l'espoir qu'il lui en révèle davantage.

– Du temps m'a-t-il fallu pour qu'il apprenne. Bientôt, il s'approchera de la perfection.

Devant le regard insistant de son invitée, Rakou se leva pour rejoindre les marches. Le sourire qu'il lui adressa en se retournant la conviait à le suivre. Passé l'étage où Yann dormait encore, ils continuèrent à descendre jusqu'à une salle souterraine aussi imposante que celle qu'ils avaient quittée. Habillée de bois, de métal et de verre comme le reste de la demeure, elle tirait sa clarté d'une multitude de puits de lumière répartis au plafond. Sans doute devaient-ils émerger au milieu du désordre qui encombrait la pièce supérieure, mais Faustine n'en avait entrevu aucun.

La musique qui baignait la tour provenait de cet auditorium. Trônant sur une estrade, un magnifique piano à queue égrenait ses notes, dépourvu de musicien. Dans le coffre ouvert, les marteaux de feutre frappaient les cordes en cascade. Noires ou blanches, les touches du clavier s'enfonçaient en suivant la mélodie sans personne pour les presser. Une ingénieuse invention qu'Ézéchiel aurait pu concevoir. S'approchant de l'instrument, la jeune femme remarqua la baguette à cliquet qui pivotait afin de tourner les feuilles de la partition posée sur le pupitre, la mécanique avait besoin de cette portée musicale pour fonctionner. Le violoncelle qui s'anima soudain à ses côtés impressionna davantage la curieuse. Sur le manche, des articulations de cuivre à l'extrémité nacrée dansaient en appuyant les cordes contre la touche, pendant qu'un bras fait de tiges coulissantes et de poulies câblées entraînait l'archer dans d'élégants va-et-vient. Faustine retrouva le son chaud et voluptueux de la veille pendant qu'ils cheminaient parmi les échoppes abandonnées et emmitouflées de brouillard, mais le soufflet en cuir de la flûte qui les avait enchantés restait immobile pour le moment. Plus loin, d'autres mécanismes semblaient ébauchés, comme les expériences inachevées de l'alchimiste. Mailloches de xylophone emmêlées dans leurs fils d'argent, tentacules métalliques enroulés sur la console d'une harpe.

– Quelques détails à régler, il me faut encore, déclara-t-il en voyant son regard s'attarder sur ses projets.

Curieusement, l'homme-machine ne paraissait pas tirer de fierté démesurée de ses inventions.

– Blottie bien au chaud par ce beau matin d'hiver, un petit-déjeuner vous ravirait sans doute ? enchaîna-t-il aussitôt.

Il ne pouvait mieux proposer.

– Je l'accueillerais avec un immense plaisir, Rakou !

– Voilà qui me réjouit, chère demoiselle.

– Il serait plus gracieux de m'appeler Faustine, lui lança-t-elle avec un sourire malicieux.

– Je saurai m'en souvenir, répondit-il avant de remonter les marches.

– Voulez-vous que je vienne vous aider à la cuisine ?

– Point n'ai-je besoin de renfort pour cette mission. Éveiller votre ronfleur qui là-haut prolonge un peu trop son sommeil me satisferait davantage.

Lorsque Faustine émergea dans la pièce principale, le soleil avait chassé le voile blanchâtre des nuages qui masquaient le ciel à son réveil. Par les fenêtres du mur de pierre, des traits éblouissants projetaient leurs taches de lumière sur le plancher de bois. La coupole saupoudrée de neige resplendissait sous les rayons.

Pourtant habitué au roulis des navires, Yann s'était endormi sans peine sur le divan de l'automate. Si profondément même, que son amie éprouva quelques difficultés à l'éveiller. D'abord surpris d'entrevoir le visage de Faustine penché sur lui, il s'étonna plus encore en découvrant le décor qui l'entourait. Nul hamac à ses côtés, pas plus que de cordages dans sa cabine. Le gabier resta pantois quelques instants avant de se rappeler les lampions en guirlandes, la tour, le vieux Rakou et cette salle fabuleuse où il s'était assoupi.

– Aurais-tu fait quelque songe étrange ? s'amusa son amie d'un air taquin en le voyant ainsi perturbé.

– Je ne parviens jamais à m'en souvenir, répliqua-t-il engourdi. Et toi, te reviennent-ils en mémoire ?

– Toujours le même. Une pièce immaculée, coiffée d'un dôme lumineux aux murs mollets.

– Hivernal petit-déjeuner ! annonça l'automate en arrivant avec un plateau chargé de tout ce dont rêvaient ses invités.

La jeune femme se demanda comment leur hôte avait pu se montrer si prompt à préparer cet appétissant repas. Mais c'était un homme-machine après tout, peut-être ne fallait-il s'étonner de rien. D'une main, il releva le divan de Faustine puis le fit basculer pour révéler une table accueillante. Tels des compas de carte marine, les pieds de métal riveté s'entrecroisèrent aussitôt et déployèrent de chaque côté deux bancs à l'assise moelleuse. Le geste toujours précis, il déposa son plat avant de présenter à chacun un bol de thé brûlant dont l'arôme de bergamote se répandait dans la pièce depuis son arrivée.

Le pain frais craqua sous les couteaux. Les tartines au beurre de noisette étendues de miel étaient délicieuses, et Yann n'avait plus goûté de myrtilles en confiture depuis son enfance. Malgré ses yeux encore emplis de sommeil, il savourait ce petit-déjeuner avec un incroyable appétit. Pourtant, il n'avait pas faim, mais les anciennes habitudes perduraient si aisément. Dans l'auditorium, les instruments prolongeaient leur duo. Aux accents parfois mélancoliques du violoncelle, le piano apportait ses touches célestes, comme des cristaux de neige sur une vallée brumeuse. De temps à autre, les notes d'un carillon venaient illuminer la mélodie de leurs étincelles. Rakou ferma les yeux. Il aimait ces moments de douceur plus que tout. Reprenant bientôt ses esprits, l'homme-machine découpa délicatement un abricot en tranches fines avant d'en déguster un à un chaque morceau. Faustine s'étonna d'ailleurs de le voir manger ces fruits avec tant de plaisir, elle n'imaginait pas qu'il puisse s'alimenter ainsi. En les regardant tous trois attablés, nul n'aurait soupçonné un seul instant que les deux amis partageaient ce repas avec un automate. Décidément, ce personnage énigmatique la fascinait.

Difficile de briser de tels moments de quiétude, pourtant elle brûlait d'envie d'en apprendre davantage sur ce Lys Noir que Rakou avait évoqué la veille. Elle attendait que la musique s'achève lorsque l'homme-mécanique la devança.

– Guère plus avancé ne suis-je sur le nom de cet homme au lys, leur confia-t-il d'un air songeur. Ma mémoire se délite. En revanche, dans la nuit m'est apparu le théâtre de cette entrevue.

Haussant les sourcils, Faustine fixa l'automate de ses yeux écarquillés.

– La vallée du Guet, révéla-t-il.

– Est-ce loin d'ici ? demanda Yann qui tartinait de miel une nouvelle tranche de pain.

– Une journée de marche vers l'est, tout au plus. Lointains sont les jours où régulièrement m'y rendais-je. De revenir, je tentais de persuader les arpenteurs à l'époque. Le temps s'est écoulé depuis, mais toujours là-bas sont-ils restés.

– Ils habitent si près, murmura la jeune femme émue à l'idée de retrouver ses parents.

– « Ils attendent », serait plus exact, reprit Rakou d'un air désabusé. Passer veulent-ils tous. Peu y parviennent.

– Passer ? s'étonna le marin.

– La Porte. Suivre la foule. Sans savoir où elle conduit. Ténacité vous faudra-t-il pour les trouver.

– Ils sont si nombreux ?

– Davantage que les cristaux de neige sur ce dôme, soupira l'homme-machine en avisant la coupole.

Chapitre 20

Dehors, le froid ne se montrait pas aussi vif que Faustine se l'était imaginé. Le paysage d'hiver découvert à son réveil par la fenêtre de la tour lui semblait pourtant glacial. Il faut dire que pour leur périple, l'homme-machine avait pris soin de les vêtir d'une chaude pèlerine identique à celle que les arpenteurs portaient pour sillonner la plaine. Quelque peu attristés de quitter leur hôte, les deux amis l'avaient chaleureusement remercié avant de s'engouffrer sans tarder dans le couloir qui menait au vestibule. Comme à leur arrivée, la lourde porte se referma sur leur passage avec un claquement sonore, les laissant seuls au milieu des échoppes abandonnées. Devant eux, l'ombre massive de la tour s'étirait loin par-delà les baraques en bois. D'un regard en arrière, Yann contempla le donjon. Débarrassé de son manteau de brume, l'édifice s'élevait encore plus impressionnant.

– Bien longtemps que n'ai-je ressenti cet air vivifiant ! s'exclama Rakou en apparaissant soudain sur le seuil.

Habillé de la même pèlerine à capuche que ses visiteurs, il ajusta la sangle de la besace qu'il portait à l'épaule.

– Grand bien me fera ce périple, ai-je finalement estimé. D'autant que jamais sans moi vous ne sauriez atteindre ces sauvages contrées ! ajouta-t-il dans un grand éclat de rire pour le moins surprenant.

Un merveilleux sourire illumina le visage des deux amis. Sans y prendre garde, ils s'étaient étrangement pris d'affection pour ce délicieux personnage, Rakou ne pouvait guère les ravir davantage en se joignant à leur quête. À l'évidence, l'automate appréciait pareillement leur compagnie. Ils s'élancèrent tous trois par les allées bordées de cabanes aux toits blanchis de neige.

Le chemin qui menait vers l'est traçait une ligne plus droite que l'horizon. Sous le soleil éclatant dans le ciel d'azur, le froid s'attendrit jusqu'à devenir tiède lorsque la brise s'apaisait. Quand, en imitant ses deux compagnons, Faustine releva sa capuche, les boucles de ses cheveux dénoués retombèrent en cascade sur ses épaules. Comment Yann avait-il pu la confondre avec un homme ? Le garçon s'en étonnait encore. Dans les champs d'herbe haute qui bordaient le sentier, le tapis blanc commença à fondre, parsemant le paysage de sombres accrocs.

Le dos voûté, l'allure morose, les cohortes de marcheurs traversaient la plaine en tous sens. Pas de route pour ces infatigables voyageurs. D'une humeur toujours maussade, ils traçaient leur propre voie, entrelaçant derrière eux d'innombrables sillons, sans autre égard pour le reste du monde. Toutefois, la jeune femme en remarqua certains qui relevaient les yeux à leur approche, pour saluer d'un bref hochement de tête la déambulation de l'automate. Bienveillant, l'homme-machine leur rendait aussitôt ce signe de reconnaissance. Ils furent bientôt de plus en plus nombreux à croiser son regard jusqu'à ce que l'un d'eux le hélât de loin.

– Ravi de vous revoir ici, vieux Rakou !

Cette fois, leur guide leva la main en guise de réponse.

– Agréable est-il que de moi ils gardent souvenir, murmura l'automate. Mais ce titre de vieux ils pourraient oublier, ajouta-t-il dans un soupir agacé. Que n'ai-je choisi un masque moins ridé pour éviter ce vocable.

– Personne ne connaît votre véritable visage ? lui demanda Yann.

– Effrayés comme vous le fûtes seraient-ils.

– Vous pourriez en changer, proposa Faustine. Brusquement rajeunir.

– Me reconnaître j'ai besoin qu'ils puissent, pour retrouver l'homme au lys.

– Vont-ils nous aider à le chercher ?

– Trop vaste est la foule pour espérer seuls y parvenir.

Ainsi Rakou les avait accompagnés avec la ferme intention de leur prêter main-forte. Pour un peu, la jeune femme l'aurait embrassé tant elle avait le sentiment de percevoir en lui la tendresse de Giuseppe. Cette impression de connaître l'homme-machine depuis bien plus longtemps que la nuit passée en sa demeure ne la quittait pas, comme par les liens invisibles qu'on imagine tissés entre les êtres.

De neige, il ne resta bientôt plus trace. Le froid s'était lentement retiré pour laisser place à une tiédeur moite qui rendait la pèlerine lourde à porter. Peu à peu voilé de filets nébuleux, le soleil avait fini par s'évanouir. Un brouillard jaunâtre noyait désormais la vaste plaine. Chargée d'une terne apparence, la lueur qui persistait à éclairer le jour semblait venir de partout à la fois. Les arbres, si élégants dans leur manteau blanc, se distordaient maintenant en contractions difformes. Branches racornies et troncs tourmentés singeaient d'inquiétantes créatures.

Soudain, l'horizon s'effaça. Devant eux, la brume ambrée s'épaississait. Le sentier se mit à grimper, puis il s'encombra de pierres avant de disparaître au milieu d'un chaos rocheux. En entamant l'escalade, Faustine remarqua qu'ils n'étaient plus seuls, à quelque distance, des arpenteurs les avaient rejoints. Sans doute cherchaient-ils la vallée du Guet eux aussi. Leur cortège s'étirait jusqu'à se perdre derrière le voile ocre.

L'ascension devint épuisante. Les blocs s'étageaient plus imposants à mesure qu'ils progressaient et leurs pieds dérapaient sur la pierre tandis que le brouillard menaçait, à chaque instant, de les égarer. Exténués, ils finirent pourtant par gravir le dernier rocher. Une plateforme s'étendait tout en haut, couverte de cendre. Une odeur âcre poissait leurs narines quand soudain, un souffle plus nauséabond encore s'en vint fouetter leur visage. Soulevant des colonnes de poussière noire, les rafales obscurcissaient la clarté du jour déjà ténue. Puis, aussi brusquement qu'elle s'était levée, la bourrasque se dissipa emportant avec elle les ultimes écharpes de brume.

Le matin même, lorsque l'automate avait évoqué la Porte, Faustine s'était aussitôt représenté une assemblée de marcheurs agglutinés devant de gigantesques battants. Elle ne put pourtant pas réprimer les frissons qui lui parcoururent le dos à la minute où elle découvrit le spectacle qui se jouait à ses pieds. Debout au bord de l'escarpement qui encerclait la vallée, les trois grimpeurs dominaient la masse grouillante d'une foule innombrable. Elle tapissait l'immense ravin comme un essaim d'insectes au fond d'un trou sombre et humide. Baignée de sa pâle lueur ambrée, la combe ressemblait au cratère de ces colossaux volcans éteints dont Faustine avait jadis contemplé les gravures dans les encyclopédies de l'Ermitage.

Après leur longue errance dans la plaine, les arpenteurs finissaient tous par rejoindre la vallée. Femmes, hommes et enfants venaient ici attendre l'ouverture du passage, en une telle abondance par endroits, qu'ils remontaient sur les flancs pentus jusqu'à en atteindre l'arête. Certains demeuraient là depuis si longtemps que leur peau se faisait laiteuse et les yeux des plus anciens se voilaient de nacre. Pourtant aucun ne perdait espoir.

Au centre de cette multitude fluctuante s'ouvrait un trou béant, si noir qu'il semblait dévorer la lumière. Sans doute recelait-il quelque horreur indicible, car chacun prenait soin de s'en tenir éloigné. Parfois envoûtés par ces fascinantes ténèbres, des guetteurs s'en approchaient en vagues hésitantes avant d'aussitôt reculer comme le ressac sur la grève. Encapuchonnés de leur pèlerine grise, ils n'en finissaient pas d'espérer. Un jour le gouffre s'éclairerait à nouveau, alors ils s'y précipiteraient.

– Est-ce la Porte ? s'inquiéta Yann.

– Leur obsession à tous, soupira l'homme-machine.

De sa vie, Faustine n'avait assisté à un rassemblement si impressionnant.

– Jamais je ne retrouverai mes parents.

Elle avait prononcé ces paroles à voix haute, comme pour se parler à elle-même, sans imaginer qu'elle vexerait l'automate. D'une volte-face inattendue, l'homme-machine se retourna pour redescendre les rochers. L'air contrit et ignorant comment réagir, la jeune femme regarda Yann. Avant qu'elle décide enfin de le rattraper, Rakou remontait, accompagné par la horde de marcheurs qui les avait suivis dans leur escalade. Lorsqu'au bord du cratère, ils furent tous réunis autour de lui, il leur confia sa requête.

– Un homme je recherche, mes amis, commença-t-il. Depuis longtemps dans la vallée il guette. Cheveux d'argent, fort peu loquace et plutôt rogneux. Bien trop commun dans nos contrées me direz-vous,

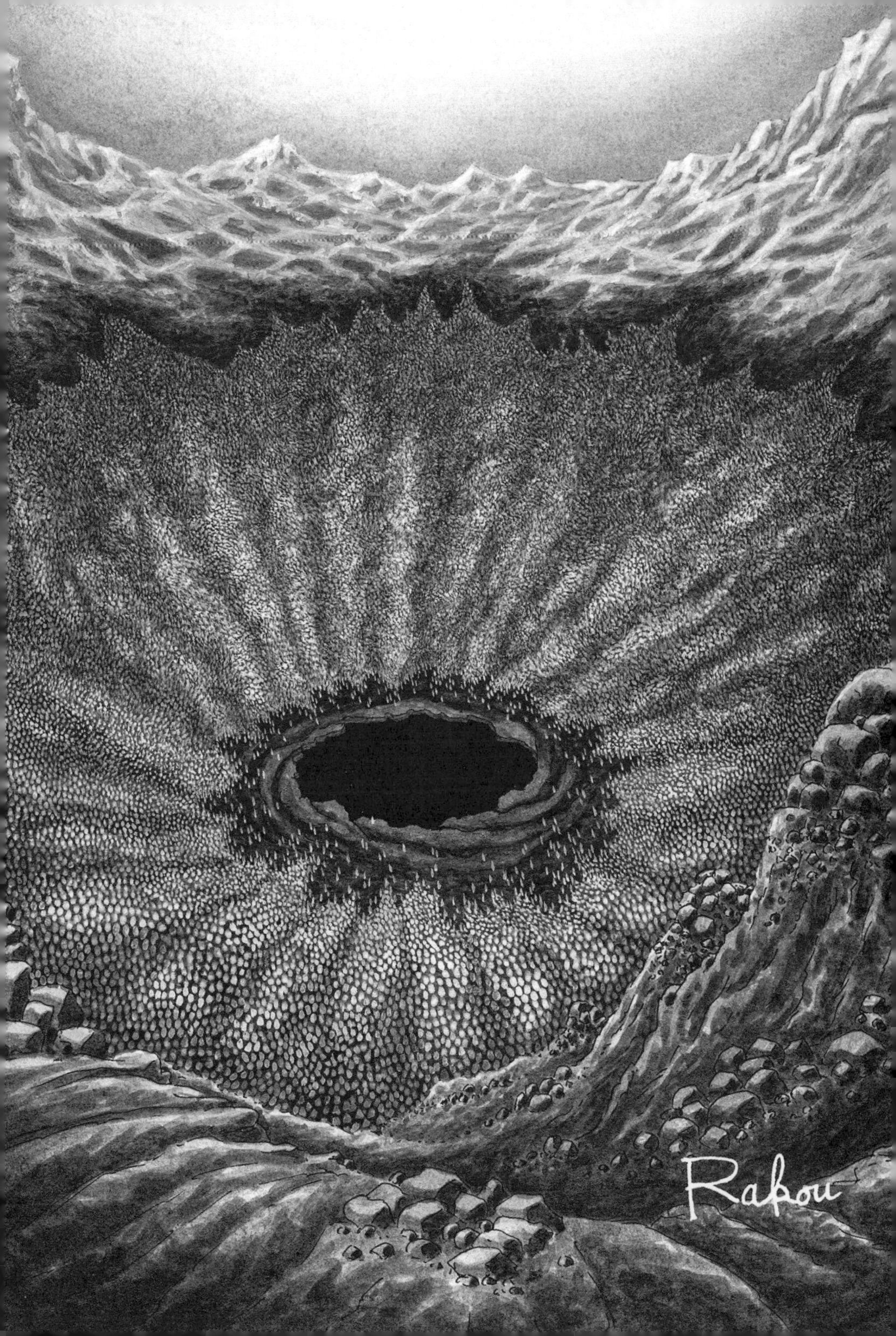
Rakou

mais sur le torse, le bougon porte brodée une fleur noire pareille à celle-ci, poursuivit-il en désignant le lys gravé sur la poitrine de Faustine. Grande reconnaissance je vous devrai si ces mots vous acceptez de disséminer dans la multitude qui en bas attend.

Sans plus de réponse, quelques arpenteurs s'élancèrent aussitôt dans le ravin.

– Notre plaisir est immense de vous aider, vieux Rakou. Nous retrouverons cet homme ! déclara une femme encapuchonnée avant de suivre ses compagnons à grandes enjambées.

Les uns après les autres, les marcheurs dévalèrent la pente pour rejoindre la foule.

Des propos de l'automate ne subsistaient que quelques paroles, mais elles se répandirent de bouche en bouche à la vitesse du vent. Fasciné, Yann contemplait les capuches des pèlerines qui ondoyaient comme des vaguelettes sur l'océan. La houle ricochait de corps en corps sans jamais dépérir, des attroupements naissaient pour peu à peu s'étendre, puis brusquement s'éparpillaient en convulsions hâtives. Devant ces étonnants remous, Faustine songea aux étranges créatures qu'elle aimait observer par l'œilleton des microscopes de la Faculté. Comme elles, la multitude se contractait en mouvements indolents, étirait des bras tentaculaires, ou frémissait de fièvre. Sous ses yeux, la foule ne formait plus qu'un seul individu animé par l'unique désir de retrouver l'homme au lys.

Brutalement, l'agitation cessa.

Fixant l'assemblée de ses impressionnantes prunelles dorées, Rakou s'était redressé au bord de l'escarpement. Tout en bas, un personnage aux cheveux d'argent plissait les paupières. Le lys noir qui ornait son torse aurait fort bien pu être celui que l'automate recherchait.

La main calée sur le front pour atténuer cette clarté qu'il n'avait plus regardée depuis longtemps, l'homme au plastron fleuri tentait de distinguer les minuscules silhouettes alignées sur la crête. Même s'il était impossible de reconnaître ces ombres dans leurs pèlerines grises, il ne put s'empêcher de tressaillir à l'idée d'y découvrir l'un des siens. Devant lui, la foule se fendit peu à peu en une voie vers les hauteurs, jusqu'à tracer ce chemin qu'il redoutait de parcourir.

Chapitre 21

– Inutile de poursuivre plus loin, le palais est fermé ! cria le garde en voyant les deux silhouettes s'engager dans l'allée couverte de neige.

Pourtant à l'abri derrière les grilles de l'enceinte, les deux sentinelles ne se montraient guère rassurées. Si les morts-éveillés parvenaient à franchir les remparts, ce n'était pas quelques barreaux de fer forgé qui les arrêteraient. Néanmoins, malgré les nuées de mouches qui obscurcissaient toujours le ciel, il faisait jour et les démons n'attaquaient le plus souvent qu'à la nuit tombée. Dans l'ombre de son capuchon, l'homme continua d'avancer d'une démarche sereine. La femme qui l'accompagnait, parée d'une élégante robe immaculée, semblait flotter au-dessus du tapis blanc tant son pas se faisait léger. Sans doute n'était-ce qu'un de ces couples de noblaillons qui demandaient asile.

– Holà, vous avez entendu ! Rebroussez chemin et rentrez chez vous, ces grilles resteront closes !

Sans se départir de son calme, l'homme garda la même allure, sa longue cape noire ondulant au rythme de ses foulées. À ses côtés, son épouse l'imitait d'un air hautain. L'un des gardes encocha sa flèche.

– Si vous refusez d'écouter les ordres sans doute nos arcs sauront-ils vous faire entendre raison !

– Depuis quand l'entrée du palais m'est-elle interdite ?

– Depuis que Monzag nous en a donné l'ordre ! répliqua la sentinelle d'un ton péremptoire.

– Le marquis ! rectifia l'homme en dévoilant son visage. Ne vous a-t-on jamais appris le respect ?

Soudain désemparé, le soldat se mit à bredouiller.

– Veuillez pardonner mon impudence, Monsieur le Marquis. Je ne vous avais pas reconnu.

– Ouvrez cette grille au lieu de débiter votre pitoyable dérobade.

– Immédiatement, Monsieur.

Encore tremblant, le garde attrapa la précieuse clé pendue à sa ceinture et la glissa dans la serrure d'un geste maladroit avant de débloquer la clenche. Dérapant sur le sol gelé, les sentinelles ne furent pas trop de deux pour tirer le lourd battant de métal ouvragé.

– Toutes nos excuses, Madame, renouvela le soldat au passage de l'élégante qui continua de l'ignorer.

D'une même démarche dédaigneuse, le couple s'éloigna par la voie bordée d'arbres noirs qui menait à la cour impériale.

– Quelle prétentieuse ! murmura le garde lorsqu'ils furent à quelque distance.

– N'as-tu pas remarqué l'étrange voix de Monzag ? lui signala son compère en avisant les deux silhouettes.

– Ma tête est toujours sur mes épaules. En ces temps de terreur, c'est tout ce qui m'importe, répliqua-t-il.

Plus loin dans l'allée, Ézéchiel rabattit la capuche sur son crâne. Visiblement, le masque de cire paré de cheveux bruns qui le travestissait avait parfaitement trompé les sentinelles. Il aurait toutefois été imprudent de trop s'exposer, sa voix contrefaite risquait déjà amplement de le trahir. Peut-être aurait-il dû choisir un personnage plus insignifiant, mais il fallait faire vite et le portrait du marquis qu'il détenait dans son laboratoire l'avait aidé à déguiser son apparence. Ce visage représentait surtout le meilleur moyen d'éviter les questions embarrassantes. Tout le palais tremblait devant Monzag, il lui suffisait d'ordonner et chacun obéissait. L'attitude des deux gardes avait prouvé à l'instant la crainte démesurée que cet homme suscitait.

D'un regard inquiet, l'alchimiste s'enquit de Faustine. Le corset de cuir ajusté qui la maintenait droite sous sa capeline blanche lui donnait une allure arrogante qu'elle aurait détestée. C'était pourtant l'unique artifice qu'il avait trouvé pour offrir un semblant de vie à son amie. En touches subtiles, le maquillage conférait à la peau de son visage cette fraîcheur qui lui manquait tant. Même ses yeux brillaient sous leurs lentilles cristallines, mais la main glacée blottie dans la sienne révélait aussitôt son trépas. Tout cela n'était qu'imposture, Ézéchiel le savait bien. La jeune femme restait figée, les prunelles fixes, sans un battement de paupière, la bouche close et les narines savamment operculées de cire. Un parfum de chrysanthème d'orient flottait autour d'elle afin d'empêcher les démons ailés de l'éveiller. Ce sinistre simulacre l'écœura tout à coup. Comment avait-il pu ainsi la transformer en marionnette ? Le vieil homme se sentit défaillir. Il devait se reprendre au plus vite, ne penser qu'à la seule raison de ses actes : le marquis redonnerait la vie à Faustine.

S'avançant d'un pas mesuré sur les pavés glissants, l'alchimiste la guida au milieu de la voie blanchie de neige. L'imposante robe qu'elle portait cachait, sous son armature en treillis de bois, un ingénieux système qui permettait de la maintenir en lévitation. Dans sa cage elliptique, le gyroscope central transmettait son énergie à une série de générateurs rotatifs disposés en étoile à l'intérieur de la crinoline. Ils développaient un champ de force suffisamment puissant pour contrecarrer la gravité. Hormis le vrombissement à peine perceptible qui bruissait sous l'enveloppe de tissu, l'ensemble du dispositif restait silencieux. Ézéchiel avait calculé l'exacte intensité nécessaire ajustée au poids de Faustine pour créer cette impression de mobilité. Équipée de sa robe, elle flottait, plus légère qu'une plume. Il aurait pu y adjoindre un mécanisme reproduisant la trace de ses pas dans la neige, mais le temps lui avait manqué. Le liseré de dentelle qui balayait le sol saurait bien dissimuler cette imperfection. D'une main attentive, il entraîna la marionnette à sa suite pour traverser la cour du palais.

Depuis que les démons avaient envahi Bayence, la ville dépérissait, mais le spectacle que l'alchimiste découvrit dans l'enceinte impériale s'apparentait davantage à ce qu'il imaginait des enfers. L'odeur âcre qui lui piquait les narines s'accentua soudain, insoutenable. Entravés sur des gibets en croix, les cadavres calcinés qui fumaient encore répandaient leurs abominables relents pendant que des charognards s'acharnaient sur les restes pourrissants de quelques corps atrocement mutilés. Souillée de cendre et de sang, ne subsistait de la neige qu'une boue rougeâtre dont la blancheur n'était plus qu'un pâle souvenir. Le long des remparts, les dépouilles s'entassaient en bûchers crépitants sous le regard horrifié des suppliciés dans l'attente de la mort, enfermés dans leurs cages de fer. Persuadés de leur innocence lorsqu'ils obéissaient aux ordres, les hommes de la garde impériale massacraient leurs semblables sans aucun tourment. Les réticents qui s'égaraient dans leurs rangs ne survivaient guère longtemps. Ézéchiel se félicita que Faustine n'assiste point à cette horreur, jamais elle n'aurait supporté, impassible, une telle cruauté. L'alchimiste se savait beaucoup moins courageux. S'efforçant d'ignorer les atrocités, il serra le bras de son amie pour la guider vers la porte vitrée du grand hall. Concentrés sur leurs monstrueuses exécutions, les soldats ne se préoccupèrent guère des deux nobliaux. Depuis l'invasion des morts-éveillés, le palais accueillait nombre de réfugiés parmi la noblesse. Tout au plus remarquèrent-ils l'air méprisant de la femme au si joli visage.

– Ils ont décimé la moitié de l'assemblée. Aucun Réformateur n'a survécu.

– Est-ce à dire qu'il y avait encore des traîtres parmi les Grands ? Ils n'en finiront donc jamais avec leurs massacres !

– Bayence ne sera bientôt plus qu'un champ de ruines et ils persistent à s'entretuer. Comme s'ils n'avaient que faire des morts-éveillés qui ravagent la ville.

Dans la salle des gardes, la discussion se faisait animée. Les soldats de l'Empire venaient d'apprendre l'hécatombe perpétrée lors du dernier conseil par les archers en cuissardes violine.

– Qui aurait pu supposer que ces pantins d'apparat savaient viser ? J'ai toujours cru qu'ils ne servaient qu'à faire les beaux pour les cérémonies officielles.

– C'est ce que nous pensions tous. L'empereur a fort bien caché son jeu.

– Allons, c'est impossible que notre souverain ait ordonné un tel carnage !

– C'est pourtant ce qu'on raconte.

– Et Monzag ?

– Épargné, visiblement. Mais jusqu'à quand ?

– Que nous chantes-tu là ? N'est-ce pas plutôt lui qui a ourdi ce traquenard ?

– Il est vrai qu'on pourrait le penser. Cependant, rien n'est plus pareil depuis que l'impératrice a quitté sa tour Follet.

– Notre marquis serait-il tombé en disgrâce ?

Les bavardages cessèrent brusquement à l'arrivée de Morgan. Même s'il n'en faisait jamais état, leur capitaine n'en demeurait pas moins le fils de Monzag, disait-on. Inutile de risquer l'échafaud pour quelques mots imprudents.

Aux nuits de combat passées à défendre le palais, succédaient d'interminables journées de cauchemar pour le jeune homme. Toujours en lutte contre le sommeil, il s'était résolu à rejoindre les sentinelles de quart. Dans leur loge, la conversation semblait agitée. De quelle disgrâce parlaient-ils ? Quel était ce revers de fortune qui frappait le marquis ? Au visage soudain fermé de ses soldats, Morgan comprit qu'ils ne lui en révéleraient pas davantage. Il ne lui restait plus qu'à s'en remettre à Monzag.

Le désordre qui régnait au palais servait la mission d'Ézéchiel. Leur discrète déambulation passait inaperçue au milieu de la nervosité ambiante. Si la pèlerine à capuche du vieil homme pouvait paraître suspecte, l'attitude austère de Faustine dissuadait les éventuels suspicieux de les apostropher.

Parvenu au centre du hall, l'alchimiste entraîna la jeune femme par une porte à l'écart du passage, car il était impensable d'emprunter l'escalier principal pour rejoindre le cabinet du marquis. Flottant au-dessus des marches, Faustine aurait aussitôt été accusée de diablerie et les bûchers s'impatientaient déjà dans la cour. D'une allure toujours déterminée, ils se dirigèrent vers les cuisines. À cette heure, les marmitons s'affairaient aux fourneaux, il fallait bien nourrir les survivants de la noblesse réfugiée. Comme l'avait présumé Ézéchiel, ils traversèrent l'office sans éveiller le moindre regard. Dans cette ambiance surchauffée, le vieil homme aurait volontiers ôté son capuchon tant la chaleur se faisait irrespirable. Il se garda pourtant de narguer le destin, mieux valait-il rester anonyme.

L'escalier de service en colimaçon débouchait sur la galerie qui menait au repère de Monzag, dernier couloir avant l'irréversible tractation. Il était trop tard pour faire demi-tour désormais, l'alchimiste ne put s'empêcher de frissonner à l'idée de pactiser avec cet homme qu'il avait tant combattu. À travers le cuir de la bourse pendue à sa ceinture, il triturait la bague du marquis. Ce joyau scellerait le sort de Bayence, mais la vie de Faustine en dépendait. D'une main délicate, il guida la jeune femme vers sa résurrection.

Le corridor était désert. Plus qu'une quinzaine de pas et ils atteindraient ce maudit cabinet. Soudain, le vieil homme sursauta : la porte de Monzag venait de s'ouvrir, révélant une silhouette par trop reconnaissable. Accompagnée de deux enfants, l'impératrice se dirigeait vers eux d'un pas décidé. Que faisait-elle ici en toute liberté ? N'était-elle pas censée soigner sa folie meurtrière cloîtrée derrière les murs de la tour Follet ? Tambourinant au creux de sa cage thoracique, le cœur de l'alchimiste s'affola. Impossible de croiser la souveraine sans ôter sa capuche, la bienséance l'exigeait. Yliana qui venait à l'évidence de quitter le marquis devinerait immédiatement l'imposture sous le masque de cire. D'un geste qu'il espérait naturel, Ézéchiel poussa la première porte découpée dans une alcôve de la galerie avant d'inviter son amie à en franchir le seuil. Par chance, la pièce se révéla vide. Le battant aussitôt refermé derrière lui, il se retrancha à l'abri des tentures qui encadraient l'huisserie, entraînant Faustine dans son sillage. Les pas de l'autre côté du vantail résonnèrent, progressivement plus distincts. L'alchimiste tremblait à l'idée de les entendre s'arrêter devant le seuil. Pourtant, l'inquiétant martèlement s'estompa peu à peu, les trois personnages s'éloignaient.

– Qui vous a permis d'entrer ?

Ézéchiel se retourna d'un bond pour découvrir la femme qui les interpellait. Le sourcil froncé, les mains sur les hanches, elle toisait les deux intrus d'un air hargneux. Devant leur mutisme, elle insista.

– Ce sont des appartements privés, martela-t-elle de ses lèvres pincées. L'impératrice en personne nous y accueille par ces temps calamiteux. Cela vous siérait-il que je m'introduise dans les vôtres pour vous espionner ? Peut-être n'en disposez-vous point, d'ailleurs. Seules les grandes familles jouissent de ce privilège. De quel droit rôdez-vous au palais ? Il ne me semble pas vous avoir déjà vus lors de nos dîners ni aux collations. Assurément, les gardes pourraient-ils m'en conter davantage à votre sujet.

Elle avait débité sa tirade sans même reprendre son souffle. D'abord surpris, l'alchimiste attendit qu'elle cesse son verbiage pour lui servir une réponse. Faustine l'aurait assommée dès ses premières répliques, mais le vieil homme savait se montrer plus patient. Il se réjouissait surtout à l'idée de la stupeur qu'il provoquerait en lui dévoilant l'apparence du marquis. Choisissant finalement de rester silencieux, Ézéchiel rabattit la capuche sur ses épaules sans prononcer un mot. La femme perdit sa suffisance puis un tremblement irrépressible s'empara d'elle. De sa bouche, qu'elle ne parvenait plus à refermer, s'échappa brusquement un cri suraigu comparable aux miaulements d'une horde de chats affamés. L'alchimiste eut l'impression que son hurlement ne cesserait jamais jusqu'à ce qu'elle s'écroule mollement sur le parquet. Bien sûr, Monzag suscitait crainte et soumission, mais la terreur qu'il avait lue dans le regard de cette femme ressemblait davantage à celle qui hante les cauchemars. Perplexe, il se retourna lentement avant de tressaillir à son tour. Dans l'encadrement doré d'un passage qui perçait le pan de mur derrière lui se dressait la créature qui venait de terrasser l'aristocrate.

Chapitre 22

– Monsieur le marquis n'est pas dans ses appartements, fut la brève réponse, presque vindicative.

À en croire les commissures tombantes de ses lèvres, le valet n'appréciait guère Morgan. Personne n'avait oublié la soirée sanglante où le jeune enragé s'était introduit au palais, le sabre à la main, pour assassiner Monzag. Non qu'il soit impardonnable de vouloir occire le conseiller de l'empereur, ils en rêvaient tous, mais pour le rang que le gitan avait acquis après ce coup d'éclat. Il suffisait donc de pourfendre quelques soldats et de s'inventer une filiation pour soudain passer du caniveau au banc de la noblesse. La jalousie se lisait dans les regards.

– Peut-être pourriez-vous me dire où le trouver ?

– Sans doute devriez-vous le savoir mieux que moi. N'êtes-vous pas son fils ?

L'homme se montrait bien audacieux pour un domestique du marquis. Avait-il eu vent des dernières rumeurs qui diffamaient son maître pour se permettre pareille riposte ? Une cinglante réprimande aurait nourri son hostilité, Morgan préféra lui tenir des propos plus aimables. Il voulait en apprendre davantage, s'en faire un ennemi n'aurait servi à rien.

– Son fils depuis peu, répliqua-t-il. Il est fort probable qu'il vous confie plus de secrets qu'à moi.

– Monsieur le Marquis se montre discret lorsque l'envie lui vient.

Il y avait soudain moins d'amertume dans les paroles du serviteur. Une seule phrase et la conversation avait changé de ton.

– À ce point qu'il passe inaperçu ? suggéra le capitaine.

– Pour qui ne connaît pas ses refuges, certes.

Même si ses mots restaient encore nébuleux, le domestique avait consenti à livrer quelques indices.

– Je saurai me souvenir de votre aide, lui déclara Morgan avec un léger hochement de tête avant de faire demi-tour.

Surpris par la bienveillance du gitan, l'homme demeura un instant pensif. Il n'avait pas l'habitude qu'on le traite avec tant de considération. Le regard songeur, il suivit des yeux ce déroutant personnage qui quittait le vestibule pour rejoindre le couloir.

Si le serviteur avait dit vrai, Morgan trouverait le marquis à son cabinet. Peut-être même était-il descendu dans son laboratoire souterrain pour y pratiquer quelque rite nécromant. D'un pas ferme, il se dirigea vers l'escalier central. En chemin, l'appétissant fumet qui montait des cuisines tempéra pourtant son empressement : un détour par l'office afin de grappiller ces feuilletés de volaille croustillants ne le retarderait guère. Le dernier repas pris la veille au soir semblait bien loin et son estomac commençait à s'en plaindre. Morgan s'apprêtait à bifurquer, mais préoccupé par les bavardages surpris dans la salle des gardes, il décida finalement de n'en rien faire. De l'avenir de Monzag dépendait assurément le sien, mais surtout celui des gitans. Les paroles que Léna s'était plu à lui murmurer au temple, lorsqu'il y avait retrouvé Jarod, résonnaient encore à ses oreilles. « Ce sera notre petit secret », lui avait-elle confié d'un sourire enjôleur en apprenant le départ de son clan vers le sud. Il ignorait alors que l'innocente fillette dissimulait un démon autrement plus impitoyable que son maître. Ainsi, depuis l'assassinat de Faustine, le jeune homme tremblait en songeant au peuple du voyage. S'il prenait l'envie à cette abominable créature de massacrer ses amis, rien ne saurait l'arrêter, hormis la magie noire du marquis. Encore fallait-il que celui-ci consente à les épargner.

Parvenu à l'étage, le capitaine se dirigea vers la galerie qui menait au cabinet de Monzag. L'éclatante luminosité des baies vitrées situées de part et d'autre du grand escalier ne pénétrait que très peu par la porte à double battant. Ébloui, il se crut environné de pénombre pendant quelques secondes avant que ses pupilles ne s'habituent à la lueur tamisée des lanternes à naphte suspendues de place en place au plafond du corridor. Il venait juste de franchir le seuil quand il entendit des pas résonner dans le long couloir. Plus loin, trois silhouettes marchaient vers lui. Dès que ses yeux se furent acclimatés, il reconnut l'impératrice. Depuis qu'il l'avait libérée de la tour Follet, Sa Majesté n'en finissait pas d'arpenter les salles du palais. Cette fois, elle traînait deux enfants dans son sillage. L'estomac déjà vide du jeune homme se resserra davantage lorsqu'il distingua le visage de l'un d'eux. Un sourire carnassier plaqué sur les lèvres, Léna le dévisageait. Malgré son trouble, le capitaine inclina la tête au passage de la souveraine.

– Votre Altesse, la salua-t-il pendant que l'air glacial, elle l'ignorait.

La reconnaissance n'était visiblement pas une qualité de la noblesse, mais Morgan en avait pris l'habitude. D'un œil discret, il observa le dernier gamin qui marchait en retrait. Avec ses guenilles, on aurait pu le croire tout droit sorti de la Souille. Que faisait-il en si noble compagnie ? Les trois visiteurs s'éloignaient déjà lorsque l'impératrice se retourna.

– Capitaine !

– Votre Majesté, répondit le jeune homme en voltant aussitôt.

– Inutile de chercher Monzag, il n'est pas dans son cabinet.

– Je me rendais aux cuisines, Votre Altesse, répliqua le capitaine qui s'étonna lui-même de sa soudaine aptitude au mensonge.

– Parfait, mon brave, poursuivez donc votre chemin, conclut-elle en reprenant sa démarche altière vers le grand escalier.

La tête toujours inclinée de respect, Morgan attendit qu'ils disparaissent dans l'éclatante lumière du palier avant de repartir à la recherche du marquis.

Désormais seul dans la galerie, il avisa brièvement l'escalier en hélice qui descendait aux cuisines et le dépassa sans ralentir son allure. L'impératrice ne reviendrait certes pas constater la véracité de ses dires, il jeta néanmoins un coup d'œil par-dessus son épaule afin de vérifier que Léna ne l'espionnait pas. Rassuré à la vue du couloir désert, le jeune homme poursuivit sa déambulation. Il s'approchait du cabinet de Monzag lorsqu'un interminable cri suraigu retentit. Hésitant à l'ignorer, Morgan fit pourtant volte-face pour se précipiter vers ce hurlement qui provenait d'une porte dont il distinguait le chambranle à quelques foulées.

L'effroyable visage aux contours difformes, qu'Ézéchiel avait brusquement découvert dans l'encadrement doré du passage, l'aurait à coup sûr poussé à s'enfuir vers le couloir avec Faustine s'il n'avait subitement reconnu, sur les épaules de l'énergumène, la pèlerine qu'il portait. Un geste de la main, aussitôt singé par la silhouette, lui confirma sa méprise. Un miroir reflétait son monstrueux portrait. Qu'était-il arrivé à son masque pour devenir si hideux ? Le vieil homme s'approcha de la glace pour en détailler les traits. La peau de son front plissé se massait en bourrelets disgracieux au-dessus de ses sourcils, éparpillant quelques mèches de cheveux disparates dans les replis gluants, pendant que sur ses joues émaciées suintaient de répugnantes excroissances mêlées aux poils noirs de sa barbe pelée. D'un doigt hésitant, il palpa la protubérance flasque qui pendait à son nez. La cire du maquillage avait probablement fondu lors de leur passage dans la touffeur des cuisines. Sans prendre le temps d'ôter cette bouillie informe qui le défigurait, l'alchimiste attrapa la main de son amie pour la guider précipitamment à travers la pièce, vers la porte empruntée par la femme qui les avait surpris quelques instants plus tôt. Alertés par ses cris éraillés, les gardes ne tarderaient guère à surgir, il restait à espérer qu'une autre sortie permettrait aux deux fugitifs de s'échapper.

La salle attenante, les rideaux tirés, plongée dans le demi-jour, débordait d'un désordre inattendu. Cette négligence tranchait radicalement avec le décor apprêté de la pièce qu'ils quittaient. Hormis le lit étriqué qui épanchait ses draps jusqu'au sol, tout ici évoquait un grenier abandonné. Un silence lugubre planait sur la pénombre, à croire que cette femme vivait seule dans son appartement. De l'autre côté du débarras, le vieil homme repéra aussitôt la porte qui les libérerait. Saisissant la main de Faustine, il se fraya un chemin parmi les malles éparpillées qui dégorgeaient leur contenu de robes froissées et de vaisselle dépareillée sur le tapis décati. Sa longue cape rabattue sur le dos, l'alchimiste se faufilait entre deux fauteuils lorsque la porte du salon contigu grinça sur ses gonds. N'osant plus avancer, de peur qu'un bruit révèle leur présence, il se contenta de guider Faustine par-dessus les sièges. Toujours aussi légère, elle survola l'obstacle comme un élégant nuage poussé par une brise délicate.

Morgan avait brusquement surgi dans la pièce la lame à la main. Une femme gisait de tout son long sur le parquet. D'un regard circulaire, il vérifia que la salle était vide, puis rengaina son arme avant de s'agenouiller auprès de la victime. Inutile de palper les battements de son cœur, sa poitrine se soulevait à intervalles réguliers. La morte n'était qu'inconsciente, un masque de frayeur figé sur son visage. Quelle vision d'horreur avait bien pu l'épouvanter au point de la pétrifier ainsi ? Trop préoccupé par le devenir du marquis, le jeune homme ne prit guère le temps de s'en inquiéter. Il aurait bien tenté de la ranimer, mais sans un flacon de ces abominables sels d'ammonium, toute tentative se révélerait vaine. L'odeur particulièrement intolérable de ces cristaux n'avait pas son pareil pour provoquer le réveil brutal des évanouis. Les yeux écarquillés, ils cherchaient aussitôt à inspirer cet air frais qui chasserait enfin l'immonde effluve.

Il devait vraisemblablement rester un apothicaire à quérir au palais pour soigner une pâmoison, pourtant le capitaine hésita à avertir les soldats en faction sur le palier du grand escalier. À en juger par le calme qui régnait toujours dans la galerie, personne n'avait entendu la plainte stridente qui l'avait alerté. Il n'ameuterait tout de même pas la garde pour un malaise dans la résidence impériale déjà suffisamment tourmentée, nul besoin de la perturber davantage. D'autant que cet incident n'aurait pas manqué d'attirer l'attention de l'impératrice sur ses agissements et il n'en avait guère l'envie. Cette femme avait simplement perdu connaissance et n'était pas en danger, grâce à lui, elle échapperait aux épouvantables émanations que les médicastres se seraient acharnés à lui faire inhaler. Il valait mieux qu'elle recouvre tranquillement ses esprits d'elle-même. La prenant délicatement dans ses bras, Morgan se dirigea vers la porte qui s'ouvrait au fond de la pièce. Dans la chambre de l'appartement, il la déposerait dans un divan.

Chapitre 23

Serrée tout contre son père, Faustine sanglotait. Les heureuses retrouvailles qu'elle avait imaginées la bouleversaient. Tremblante d'émotion, elle ne parvenait plus à endiguer ce flot de larmes qui la submergeait soudain. La jeune justicière invulnérable n'était plus qu'une petite fille incapable de retenir ses pleurs. Il y avait si longtemps qu'elle n'avait pas senti la chaleur de son réconfort. Toujours parti en mission, Armand de Castellac en oubliait souvent la tendresse. Ainsi avait-elle passé son enfance à attendre impatiemment ses trop rares retours pour courir se blottir dans ses bras. Les années n'avaient fait qu'étioler l'affection de son père que le temps rendait chaque jour plus distant. Aujourd'hui, le visage enfoui dans la chaude fourrure de son manteau, elle profitait de ce moment de bonheur qu'elle pensait à jamais perdu. Elle aurait voulu qu'il dure éternellement.

– Comme tu as grandi ma chérie !

Les yeux toujours noyés d'émoi, la jeune femme sentit une oppression l'étreindre davantage en entendant cette douce voix qui résonnait dans sa mémoire. Son cœur palpita plus fort encore quand elle se retourna pour découvrir sa mère qui les rejoignait, magnifique, telle qu'en son plus beau souvenir. Sous la sombre pèlerine, Faustine entrevit l'élégante robe rouge qu'elle portait lors de ses funérailles. L'enfant n'avait que six ans ce jour-là, mais l'image de sa mère étendue dans son cercueil, paupières closes et mains croisées sur la poitrine, l'avait marquée à jamais. Elle ne pouvait pas mourir, c'était impossible, seules les vieilles personnes fatiguées s'endormaient pour toujours. Ils se trompaient tous, elle se réveillerait bientôt. Ainsi, la fillette attendit son retour, persuadée chaque matin que la porte s'ouvrirait sur son merveilleux sourire. Et puis les jours avaient passé, les semaines et les mois, sans qu'elle revienne, elle se résolut à admettre qu'ils disaient peut-être vrai. Dans sa longue cape noire, la mort frappait au hasard, jeunes ou vieux, affectueux ou malfaisants, sans raison, comme la foudre martèle les soirs d'orage, aveugle, sans pitié ni remords. Mais tout cela n'avait plus guère d'importance maintenant qu'elle avait retrouvé ses parents. Elle s'avança vers sa mère.

– Il y a tant d'années, hoqueta-t-elle en se pelotonnant contre le cœur maternel.

Longtemps elles restèrent enlacées, jusqu'à ce que Faustine parvienne à sécher ses pleurs. Au moins la mort pouvait lui promettre de ne plus les séparer.

– Comment es-tu arrivée ici ? s'étonna soudain son père. Comment nous as-tu rejoints si vite ? J'ai mis tant de temps à retrouver Éloïse.

Il n'avait guère changé. Toujours le même regard perçant, les mêmes boucles argentées, pas la moindre ride inhabituelle. Il en était ainsi chez les trépassés, figés dans leur dernier instant de vie. Pourtant, la jeune femme eut la sensation qu'il était moins alerte qu'avant, plus fatigué. Sans doute n'était-ce qu'une impression, les souvenirs embellissent souvent le passé.

– Rakou nous a conduits à travers la plaine, dévoila-t-elle en désignant l'homme-machine.

– Ravi de vous revoir vieux Rakou ! s'inclina brièvement Armand qui semblait ne pas l'avoir remarqué depuis son arrivée.

– D'assister à vos retrouvailles, il m'est une joie tout autant délicieuse, répondit l'automate dans un large sourire.

– Yann m'accompagne depuis Altamir, ajouta Faustine, fière de leur présenter son ami. Il était vigie sur *l'Esperanza*, c'est lui qui a repéré mon radeau.

– Parfait, déclara son père d'un ton expéditif.

Le Grand Argonaute ne s'était jamais montré très affable avec les inconnus, mais le marin avait quand même sauvé sa fille d'une pénible errance sur l'océan des Trépassés, il aurait pu se montrer plus aimable. Embarrassée par l'indélicatesse de son époux, Éloïse enchaîna.

– Ainsi est-ce grâce à vous que les naufragés trouvent refuge sur ce fabuleux voilier.

– Il s'agit simplement d'observer l'horizon, précisa humblement le gabier.

D'un regard mouvant, sans cesse posé sur le lointain, Armand se désintéressait de leurs échanges.

– Une sentinelle en quelque sorte, intervint-il d'un air absent.

– Encore faut-il s'avérer attentif, insista Faustine que l'attitude de son père surprenait.

Ils n'étaient réunis que depuis si peu de temps, comment pouvait-il déjà afficher cette indifférence. Percevant la contrariété de la jeune femme, l'homme-machine s'employa à détendre la conversation.

– De toute cette poussière noire, notre gorge s'assèche. Un thé ne viendrait-il point nous désaltérer fort opportunément ? J'ai dans ma sacoche plus que boire vous ne pourriez jamais.

– Excellente idée, vieux Rakou ! se réjouit Éloïse devant cette diversion providentielle.

Soucieux de rendre le sourire à tous, l'automate dégrafa le rabat de sa besace pour en sortir un cylindre de cuivre dont il déverrouilla les deux extrémités. Le tube s'étira aussitôt vers le sol en de multiples sections coulissantes avant de déployer un trépied qui se stabilisa bientôt sur la terre de cendre. À l'opposé, une série de tiges métalliques articulèrent leurs croisillons rayonnants telles les ombrelles des belles de la cour, pendant qu'un fuseau émergeait lentement au milieu de la corolle pour venir s'épanouir sur la fine ossature en y étalant des écailles iridescentes. Dans une cascade de cliquetis, le disque se lissa peu à peu pour composer le plateau d'un magnifique guéridon. Toujours aussi admirative, Faustine contemplait l'élégante table haute d'un air émerveillé. L'homme-machine s'empressa d'y disposer les gobelets qui s'empilaient au fond de sa sacoche puis il en sortit une minuscule théière dont on avait peine à imaginer qu'elle puisse remplir une quelconque tasse. Il s'appliqua pourtant à servir le liquide ambré qui coula sans discontinuer dans chacune des timbales. À croire qu'il ne tarirait jamais !

Aussi délicieux que fût son thé, il n'eut pas l'effet désiré. Un silence oppressant continua d'étouffer la petite assemblée installée au bord du cratère. Décontenancée par le comportement incompréhensible de son père, Faustine n'avait plus l'envie de conter la moindre de ses aventures. Même sa mère ne paraissait guère se soucier de connaître les événements qui l'avaient conduite à échouer ainsi sur ces terres. Comment était-elle morte, pourquoi, qu'advenait-il d'Ézéchiel et de Giuseppe, toutes ces questions ne les tourmentaient aucunement. De son côté, Yann tentait de demeurer le plus discret possible tant l'attitude insensible de Castellac lui rappelait l'austérité de son propre père. Seul Rakou ne s'étonnait qu'à peine de cette indifférence, il connaissait si bien les arpenteurs.

– Et Bayence, que devient-elle ?

Faustine sursauta en entendant ces mots. Sans doute mal à l'aise, Éloïse s'était enfin décidée à rompre le calme pesant. Pourtant, même cette phrase s'avérait sans passion. La réponse l'intéressait-elle vraiment ? La jeune femme s'efforça cependant de lui conter le drame que vivait la ville.

– C'est horrible, attesta-t-elle, Monzag a pris le pouvoir.

– Depuis bien longtemps déjà, maugréa Armand, le regard toujours porté au loin.

– Il a fait assassiner le Dauphin.

– Les loups se dévorent entre eux maintenant, continua-t-il de grogner.

– Armand !

Même si le sort du prince lui importait peu désormais, Éloïse détestait lorsque son époux s'abandonnait à de telles sentences. Elle en connaissait la provocation et n'approuvait nullement ce genre de réflexion cynique.

– Comment peux-tu être aussi impitoyable, protesta la justicière en se rappelant les derniers moments passés auprès d'Anton. Tu ne sais même pas quel homme il était.

– Le connaîtrais-tu mieux que moi ?

– Assurément !

– Pourquoi ne l'as-tu pas sauvé alors ?

Difficile de résister à l'émotion en pareil instant, Faustine jugea cependant qu'elle avait suffisamment versé de larmes, il n'était pas question qu'elle s'effondre à nouveau pour quelques mots.

– J'ai tout essayé pour vaincre le marquis, s'époumona-t-elle, que t'imagines-tu ! Ce monstre a pactisé avec les forces du mal ! La ville est à feu et à sang ! Pour quelle raison ai-je débarqué dans ce monde, d'après toi ?

Abasourdis devant cette brusque colère, ils restèrent tous muets avant qu'Armand poursuive d'un ton plus serein.

– Sans doute tes derniers jours à Bayence ont-ils été pénibles, mais je ne t'ai jamais dit qu'il serait aisé d'endosser le costume du Lys Noir. La justice est le sacrifice de toute une vie, tu le savais en prenant le sabre.

– N'était-ce pas l'avenir que tu me préparais depuis toujours ? riposta sa fille. L'héritage de notre famille ?

– À quoi bon tout cet ergotage, éluda son père. Rien de tout cela n'a plus d'importance ici.

Peut-être Faustine s'était-elle énervée au-delà de la raison, toutefois l'attitude de son père demeurait inexplicable.

– Pourquoi soudain plus rien ne compte à vos yeux ? s'enquit-elle enfin. Tout ce qui avait fait votre vie n'est-il plus digne d'intérêt ? Vous semblez vous moquer éperdument de ce que devient l'empire. Pas une seule question sur Ézéchiel ni Giuseppe ! N'ont-ils point toujours été là quand vous aviez besoin d'eux ? Je ne reconnais plus les parents qui m'ont élevée dans la tolérance et la compassion. Leur amour s'est envolé.

– Tout est différent ici, intervint Éloïse. Ton père n'a jamais montré de délicatesse dans ses remarques, mais il te faut comprendre que nous sommes morts. Quoi que nous puissions penser ou faire ne changera rien au sort de Bayence. À quoi sert de se morfondre, de s'inquiéter pour les vivants, un jour ils nous rejoindront, voilà tout.

– C'est horrible ce que tu dis.

– Si tu avais arpenté la plaine plus longtemps, assurément aurais-tu appris de tes méditations. Tu serais alors plus sereine. Délaisser la vie peu à peu, il n'existe pas d'autre vérité. Tu devras l'accepter.

– Il n'en est pas question ! Je refuse d'oublier ceux que j'ai aimés ! Qu'ai-je à faire d'être sereine si je dois renier ce que je suis ! Vous voudriez me voir molle et sans volonté juste pour la paix de mon âme ?

– Il est temps pour nous de regagner la Porte, l'interrompit froidement son père que cette discussion lassait.

– Ne désires-tu pas nous suivre dans la vallée ? demanda Éloïse.

– J'ai mieux à faire que d'attendre l'ouverture d'une trappe !

– Rejoins-nous quand tu en éprouveras l'envie, lui signifia-t-elle sans plus d'insistance.

D'un signe de la main, ils les saluèrent tous trois, puis Armand prit le bras de son épouse avant d'entamer leur descente vers la multitude ondoyante, sans un regard en arrière.

C'était donc ça la mort ? Une quête absurde, l'attente d'une porte qui s'ouvre quand bon lui sied ?

Lorsque Yann acheva d'aider l'automate à replier son guéridon, Faustine escaladait déjà les premiers rochers. Le retour ne serait certes pas bavard.

Sitôt franchi le brouillard ambré, les trois amis ne tardèrent pas à fouler la neige. Elle était de nouveau tombée dans l'après-midi et recouvrait maintenant les traces de leur passage. Toutefois moins nombreuses qu'au matin, les troupes de marcheurs poursuivaient leur inlassable cheminement, marquant le tapis blanc de frais sillons entrecroisés. En cette fin de journée, le froid piquait plus vif, la pèlerine que Faustine et Yann supportaient difficilement en lisière du cratère les protégea de la bise qui commençait à se lever. La jeune femme rabattit la capuche sur sa tête en frissonnant. Muette depuis qu'ils avaient quitté les bords du ravin, elle ne reteint plus sa rogne.

– Tous les morts deviennent-ils aussi égoïstes ? pesta-t-elle soudain.

– De juger trop vite devrais-tu t'abstenir, lui murmura délicatement l'homme-machine. Il n'est pas d'attitude que l'on puisse condamner sans savoir ce qui l'a provoquée.

– Et puis je suis mort, moi aussi ! lança Yann en espérant dérider son amie.

Devant le mutisme revenu, le garçon refoula bien vite le sourire réjoui qu'il affichait. D'un regard complice, Rakou lui signifia son soutien. Sans doute faudrait-il du temps à Faustine avant d'accepter la décision de ses parents.

Le crépuscule enflammait l'horizon quand ils aperçurent enfin le donjon de pierre qui dressait sa silhouette noire sur la plaine. Griffant le ciel, des filets de nuages déchiquetaient un gigantesque soleil rouge. Les derniers feux du jour déclinèrent peu à peu. Dans le sillage de l'automate, les deux amis emmitouflés au creux de leur pèlerine grelottaient maintenant.

– Un bon repas sous peu de ce froid saura nous réchauffer, les rassura-t-il. Proche est la tour.

Derrière eux, la lune se leva, elle teintait la neige de ce gris bleuté qui peint les nuits d'hiver moins sombres. Bientôt, les guirlandes de lampions scintillèrent sous les étoiles, l'homme-machine n'avait guère l'habitude de les contempler d'aussi loin. Suspendues dans l'ombre des cabanes, les lanternes flottaient dans l'air, pas un bruit ne troublait la quiétude des lieux. Il n'en avait pourtant pas été toujours ainsi. En approchant du village, Rakou se rappela les fêtes joyeuses qu'on y donnait autrefois à la tombée du jour. Devant les échoppes bariolées de couleurs où les promeneurs tentaient leur chance, les allées s'animaient de paroles et de rires. De longues files d'enfants impatients attendaient leur tour au pied des manèges. Rissolant au fond des poêles, les crêpes n'en finissaient pas de sauter pour atterrir dans les mains des plus gourmands. Puis les automates entraient en scène, essaimant leur musique jusque tard dans la nuit. Les marcheurs s'égrenaient ensuite peu à peu, dispersant leurs insouciantes processions de flambeaux vers la vallée. L'homme-machine n'avait que de merveilleux souvenirs de ce temps-là.

Mais rien n'était plus comme avant depuis que les rapaces avaient envahi le ciel. Les arpenteurs délaissaient le village, les fêtes s'étaient éteintes. La peur avait gagné la plaine, elle étouffait ce monde.

Rakou tenta de rassembler ses esprits en arrivant près de sa tour. Refoulant sa morosité, il ouvrit la porte de son refuge à ses invités. Au moins l'endroit recelait-il encore un peu de bien-être.

Épuisée par l'éprouvante journée, Faustine traversa le vestibule d'un pas lourd avant d'aussitôt rejoindre son divan sous la rotonde pour s'écrouler parmi les coussins moelleux.

– Désolée de vous abandonner mes amis, marmonna-t-elle d'un ton morne, je suis trop fatiguée pour partager un dîner avec vous ce soir.

Elle plongeait déjà dans un demi-sommeil lorsque leurs voix lui parvinrent, lointaines.

– À réparer les accrocs du jour, le repos s'attelle.

– Bonne nuit, Faustine.

L'automate conduisit Yann jusqu'à la cuisine. Ses souvenirs de fêtes l'avaient mis en appétit et il lui revenait en mémoire une délicieuse recette, une tresse feuilletée aux pleurotes en croûte de sel qui ne manquerait pas de ravir le garçon.

Sous la coupole tapissée de neige, leur amie dormait déjà. Peut-être ses rêves l'apaiseraient-ils.

Chapitre 24

Dans la pénombre du débarras, l'alchimiste était enfin parvenu à conduire Faustine jusqu'à une porte repérée par-delà les malles dispersées, elle leur permettrait d'accéder au corridor. Le silence qu'il percevait de l'autre côté du battant ne promettait qu'un répit de courte durée, il leur faudrait gagner au plus vite le refuge de Monzag avant que la garde impériale survienne. Là-bas, Ézéchiel devrait encore convaincre l'ancien compagnon de son père de pratiquer la résurrection, mais au moins demeureraient-ils sous la protection de ce puissant personnage, hors d'atteinte des soldats de l'empire.

Du plus discrètement qu'il put, le vieil homme pivota la clé dans la serrure, puis il entrouvrit le vantail afin de s'assurer d'un regard furtif que personne n'arpentait le couloir. La voie était libre, il s'élança à travers la galerie pour se précipiter vers le repaire du marquis en serrant dans sa main celle de Faustine. Drapée dans sa robe éblouissante, elle ondoyait à ses côtés comme un cerf-volant. Lorsqu'ils parvinrent à destination, l'alchimiste se hâta de tourner la poignée sans même songer à frapper et ils s'engouffrèrent aussitôt dans le sinistre cabinet.

L'antre de Monzag était vide. Ézéchiel referma le battant avec précaution, inutile d'y attirer les soldats de la garde. Cerné de ses murs de pierre grisâtre, l'endroit n'avait rien perdu de son austérité, le seul cadre qui décorait la pièce représentait son père. L'artiste avait su retranscrire à la perfection la personnalité du gardien de la Marche-frontière. Un subtil mélange de menace et de lourds secrets transparaissait dans les traits d'encre noire qui dessinaient son regard. La présence du tableau en ce lieu révélait la puissance

SAUL NAHMIAS – GARDIEN DE LA MARCHE-FRONTIÈRE

du lien qui l'unissait au marquis. Il restait à espérer que les années n'avaient pas émoussé le souvenir de leur amitié.

Devant les hautes vitrines ornées de ces outils de chirurgie tant appréciés de Monzag, le vieil homme eut soudain la sensation de revoir l'eïkotype que la justicière avait rapporté de sa mission le jour du Grand Bal de l'Équinoxe. C'était tout juste s'il ne percevait pas l'odeur du tabac de Giuseppe qui flottait dans le salon ce soir-là. Les images que projetait son appareil émerveillaient toujours Faustine, il avait parfois l'impression d'entendre encore son rire. Ces derniers mois avaient passé si vite. S'attardant sur le visage figé de sa protégée, le regard de l'alchimiste s'embua. Pour éviter de sombrer davantage dans la mélancolie, il vérifia sans délai la fermeture des rideaux de velours cramoisi. Tirés devant les hautes fenêtres, les épais tissus empêchaient les rayons du soleil de filtrer dans la pièce. Lorsqu'il releva les yeux vers la lanterne à combinaison de miroirs qui capturaient la lumière de l'astre, Ézéchiel s'aperçut qu'elle était différente. Peut-être le marquis l'avait-il brisée et remplacée par une autre. Le vieil homme s'assura qu'elle fonctionnait correctement, il la connaissait bien, c'était l'une de ses premières inventions, à l'origine de la cape qu'il portait sur le dos aujourd'hui. Dégrafant le fermoir qui la maintenait sur ses épaules, il s'approcha de Faustine. Le moment était venu d'éprouver l'efficacité de son tissu.

Il y avait toujours une part de hasard dans les découvertes. Celle-ci n'aurait certes jamais eu lieu si un enchaînement d'événements singulièrement improbables ne s'était déroulé sous les yeux ébahis de l'alchimiste. Installé devant la paillasse de son laboratoire, Ézéchiel tentait d'équilibrer le composé luminescent des cartouches de verre qu'ils utilisaient parfois pour remplacer les torches lors de leurs expéditions nocturnes. Ces cylindres présentaient l'avantage de garder leur éclat sous la pluie, par grand vent ou même sous l'eau. En revanche, ils s'enflammaient souvent sans raison jusqu'à faire fondre l'ampoule et provoquer de graves blessures, une anomalie à remédier en urgence.

Le vieil homme était sur le point d'achever l'expérience. Quelques paillettes de cupricine et le gel étincelant deviendrait inoffensif. Il était parvenu à stabiliser le mélange, qui bouillonnait dans son creuset posé sur un brûleur à naphte, lorsqu'une mouche particulièrement agaçante tournoya autour de lui. Comment l'insecte avait surgi restait une énigme. Se gardant de tout mouvement brusque, il roula un morceau de parchemin pour s'en débarrasser. À n'en point douter, le diptère avait développé un sens aigu de la survie, car dès cet instant, il s'agrippa au plus haut de la coupole rocailleuse et n'en bougea plus. D'un geste exaspéré, l'alchimiste relâcha l'assommoir qui se déploya aussitôt et s'enflamma sur l'installation. En quelques secondes toutes ses notes sur l'expérience en cours furent réduites en cendres.

La mésaventure aurait pu s'arrêter là si la feuille en brûlant n'avait à son tour transmis sa flambée au composé en ébullition. Déconcerté, Ézéchiel attrapa le premier flacon d'eau à portée de main et le jeta sur le foyer. Une épaisse nuée blanchâtre s'éleva vers la voûte, enfumant l'insecte facétieux. La vapeur se révéla cuisante, car la mouche retomba subitement en tourbillonnant si près la fournaise qu'elle disparut d'un coup dans une étincelle. Il n'en fallut pas davantage pour réactiver la combustion. L'expérience prit une tournure calamiteuse quand la coupelle rougeoyante commença à se déformer sous la chaleur. La bouche à demi ouverte, l'alchimiste vit sa préparation devenir résineuse puis s'amalgamer au creuset pour ne plus former qu'un agglomérat incandescent qui continuait de grésiller sur le brûleur. Immobile, il attendit quelques instants avant de s'approcher du désastre. La concrétion se solidifiait peu à peu en un gros caillou charbonneux aux reflets de geai. Saisissant une pince à long bec, le vieil homme s'empara de la pierre pour l'observer. L'étrange cristal changeait étonnamment de couleur à chaque mouvement, passant du noir le plus profond à une transparence quasi parfaite. Le plus surprenant demeurait sans nul doute cette incroyable capacité à moduler sa structure en permanence, comme s'il n'avait pas de forme déterminée.

Ézéchiel aurait pu reléguer ce résidu dans l'un des nombreux flacons qui envahissaient ses étagères en l'étiquetant « satanée mouche », mais le souvenir de ses lampes à conjonction de miroirs lui revint soudain en mémoire. Subtil équilibre entre la limpidité du quartz et le reflet de la pyrite, les prismes de ces luminaires présentaient quelques similitudes avec le mystérieux minéral. La cascade de coïncidences était-elle parvenue à reproduire ce qu'il avait mis si longtemps à élaborer ? Il n'y avait qu'une méthode pour le vérifier. S'avançant vers le pupitre de commande, il enclencha la manette qui régulait sa lanterne à vapeur d'azote. La lumière éclatante du réflecteur ne révéla guère d'autres particularités sur cette pierre, hormis le rayon lumineux qui semblait se courber à son approche, comme un ruisseau esquive le rocher avant de poursuivre son cours. Est-ce ce constat troublant qui incita l'alchimiste à tourner son regard vers le sombre contour qui se dessinait au mur ? Un soubresaut le fit tressaillir lorsqu'il découvrit l'inconcevable réalité : sur la paroi du laboratoire, un espace vide séparait les deux becs de la silhouette de la pince. Au risque de se brûler, il saisit la pierre entre ses doigts afin de s'assurer que ses sens ne le trompaient pas. Bien réel, le caillou ne projetait aucune ombre contre la voûte.

Ce qu'il constata ensuite s'annonça plus impressionnant encore. Selon la position qu'on lui donnait, le minéral modifiait la perception visuelle. Placé au creux de sa main, l'étonnant cristal rendit brusquement sa paume transparente. Enfiévré par cette découverte, Ézéchiel se risqua à broyer l'agglomérat dans un pilon jusqu'à obtenir une poudre plus fine que la farine de Giuseppe. Lorsqu'il en saupoudra ses doigts, ils disparurent entièrement. Il mêla ensuite une résine cristalline pour l'appliquer sur un large tissu qu'il replia en deux afin de confectionner la pèlerine aujourd'hui sur ses épaules. Déployée, l'étoffe fabuleuse empêchait quiconque de détecter ce qu'elle recouvrait. Sous ce camouflage, on demeurait invisible. Toutefois la cape à cache, comme il l'avait surnommée, ne se montrait réellement efficiente que sous la lumière d'une unique lanterne. À la moindre interférence lumineuse transparaissaient de légères variations visuelles qui risquaient de dévoiler sa présence. Impossible de l'utiliser dans la clarté trop diffuse du jour, la multiplicité des reflets l'aurait trahie.

D'un geste ample, l'alchimiste déplia le voile d'une extrême légèreté, à la souplesse presque onctueuse, il devait se hâter avant le retour de Monzag. Après quelques ajustements, Faustine fut bien tôt recouverte dans son entier par la prodigieuse étoffe. Le vieil homme recula de quelques pas pour s'assurer qu'elle était parfaitement invisible. Où qu'il soit dans la pièce, nulle parcelle de son corps ne révélait son existence. Cette cape stupéfiante, sans la moindre distorsion d'image devant le mur du cabinet, masquait avec elle la jeune femme dans sa robe immaculée.

Des coups résonnèrent soudain contre la porte du marquis. Bien qu'il se soit préparé à cette éventualité, Ézéchiel ne put réfréner un sursaut. Les soldats, après leur découverte de la harpie évanouie dans son appartement, en avertissaient Monzag. Il restait à espérer que ces sentinelles ne manifestent point trop d'obstination à accomplir leur devoir, le mutisme du despote viendrait à bout de leur patience. Sur le battant, les coups récidivèrent, plus fermes. Perplexe, l'alchimiste se résolut à la prudence, il rejoignit en silence son amie pour se dissimuler sous sa cape. Grand bien lui en prit, à peine avait-il rabattu les pans de l'étoffe qu'un garde entra. Refermant la porte sitôt qu'il l'eut franchie, l'homme se dirigea d'un pas assuré derrière le bureau. Nulle inquiétude ne semblait le tourmenter à l'idée que le marquis puisse surgir à tout instant, la terreur que Monzag inspirait ne paraissait pas l'atteindre. Déplaçant les quelques documents qui s'étalaient devant lui, l'intrus en compulsa certains avant de lentement relever les yeux vers Ézéchiel. De son regard bleu métallique, il fixait l'alchimiste. C'était impossible qu'il puisse le voir ! L'avait-il entendu respirer ?

Dans sa poitrine, le cœur du vieil homme accéléra la cadence. Difficile de l'en empêcher pourtant, l'afflux sanguin exigeait davantage d'oxygène, obligeant les poumons à ventiler plus que de raison. Son souffle s'intensifierait, puis des frissons parcourraient sa peau jusqu'à provoquer d'irrépressibles tremblements et ainsi augmenter les risques que le garde le découvre. Ce mécanisme de la peur, Ézéchiel le connaissait bien pour l'avoir longtemps étudié, il suffisait de contraindre ses pensées pour y échapper, encore fallait-il y parvenir.

Il n'eut guère le temps d'en faire l'expérience, après ces quelques hésitations, l'importun se pencha sur le fauteuil du marquis pour saisir l'accoudoir qu'il fit basculer. Sidéré, l'alchimiste aperçut les lattes du parquet pivoter derrière le siège pour ouvrir une sombre trouée à même le sol. Le garde s'élança alors d'un pas déterminé dans l'escalier en colimaçon qui s'enfonçait vers les profondeurs du palais. Sitôt l'homme disparu, le passage secret se referma rendant au cabinet son lugubre silence.

Chapitre 25

– N'était-ce point ton rêve le plus cher lors de notre première rencontre ?

– Nous vivions un autre temps.

– Tu m'aurais pourfendu sans remords ce soir-là.

– Tout semblait plus simple alors.

– Tant de sang sur tes mains, désormais, à quoi bon hésiter. Tranche ! Ne me fais pas languir davantage.

Entravé dans son antre sur ces pieux en croix où il avait si souvent torturé ses victimes, Monzag grimaçait de douleur. La tête ballante, des filets de bave sanguinolente lui coulaient de la bouche lorsqu'il ânonnait ses mots. Sa dignité s'était envolée avec son âme. Profondément enfoncée dans son torse, la lame opalescente de son sabre l'embrochait sur les poteaux comme ces insectes qu'il aimait transpercer d'aiguilles quand il était enfant, pour les regarder succomber lentement, alignés dans des bocaux de verre.

– Je ne suis pas venu pour vous tuer.

En arrivant dans le laboratoire souterrain, Morgan avait découvert le marquis agonisant sur sa croix. C'est du moins ce qu'il avait cru avant que le crucifié lui révèle son combat contre les démons et la félonie de l'impératrice.

– N'as-tu rien compris ? Je suis déjà mort. Si Melgoth et Baelith me tiennent en éveil, ce n'est que pour invoquer leurs créatures infernales. Ce corps qui s'agite devant toi est plus froid que celui d'un cadavre. Mon cœur a cessé de pulser le sang qui coagule au creux de mes veines. Dans mon crâne, la masse gluante de mon cerveau se dessèche peu à peu, pourtant la douleur me ronge comme des milliers de dents lacérant ma peau. Je ne peux même plus espérer le trépas pour apaiser ma souffrance.

Jamais le jeune homme n'aurait imaginé voir un jour Monzag hoqueter de la sorte. Il suffoquait à la moindre parole. Du ténébreux marquis ne subsistait qu'un corps ensanglanté, un misérable supplicié qui n'en finissait pas de s'épancher pour exorciser son désespoir, lequel reprit sa litanie d'une voix éraillée.

– Je ne suis plus qu'une porte ouverte sur l'enfer, une bouche vomissant d'effroyables abominations qui se plaisent à déchirer mes viscères pour jaillir de ma gorge. Chacune de ces créatures enfle dans mes entrailles avant de déchiqueter l'intérieur de mon corps pour se frayer un chemin vers ce monde. Je devrais être déjà mort cent fois sous cette épouvantable torture, mais ce semblant de vie dont ils m'ont affublé ne s'achèvera jamais. Mon immortalité ne sera que détresse et hurlements. Il n'y a que toi qui puisses soulager mon martyre, Morgan. Extirpe ce sabre de ma poitrine et tranche ma tête ! L'errance éternelle des limbes se montrera toujours moins cruelle que cette souffrance qui me guette sans cesse, tapie dans l'ombre.

Comme à son habitude, Monzag n'avait que faire du reste du monde. Seul son destin lui importait.

– Qu'adviendra-t-il de l'empire lorsque vous aurez disparu ? s'inquiéta Morgan

– Que me parles-tu d'empire ! Je me moque de ces pantins en chiffon qui se regardent gesticuler en croyant vivre. Ces noblaillons ne sont qu'un ramassis de pleutres guidé par des fourbes. Qu'ils s'entretuent donc entre eux pour tous aller au diable, les mouches de Melgoth se chargeront des rescapés !

– L'enfer a déjà gagné le palais. Mais que faites-vous de tous ceux qui tentent de survivre hors les murs, à Bayence ou plus loin encore ?

La tête toujours pendante, le marquis resta un instant silencieux.

– Les gitans, murmura-t-il enfin. Tu n'es pas venu pour me sauver, c'est le sort des tiens qui te préoccupe.

Mortifié par cette pensée, il poursuivit pourtant.

– Je ne te demandais pas de m'aimer comme un père, Morgan, un peu de ton attention m'aurait suffi. Que tu t'inquiètes parfois, comme on le fait pour un ami. Mais tu n'as jamais aimé qu'eux. Ces bohémiens ont pris toute la place dans ton cœur. J'aurais pu rebâtir le monde pour toi, cela n'aurait rien changé, ils se seraient toujours dressés entre nous. Dès le premier jour, je t'avais déjà perdu. J'aurais certes dû m'en apercevoir plus tôt, mais je refusais l'évidence.

Était-ce la douleur, la terreur de toute la souffrance à venir peut-être, qui faisait se répandre Monzag en un flot de paroles étranglées ?

– Tu ne t'es plié à mes ordres que pour les protéger. Vivre à mes côtés dans l'unique intention de connaître la moindre de mes décisions. Être la main qui tue, afin de pouvoir épargner ceux que tu voulais sauver. Un bien noble sacrifice, inutile aujourd'hui quand la vie m'a abandonné. Avec elle mon pouvoir s'éteint et tu trembles pour eux, bien plus que tu ne pleures ma mort. Quand bien même il me prendrait l'envie de leur venir en aide, sache que la magie noire ne m'obéit plus. Les puissances infernales se moquent des cadavres. Tes amis ont quitté le Saut du Loup, m'ont dit mes limiers, puisse leur cachette demeurer introuvable s'ils désirent survivre aux démons. Melgoth est redoutable, et à trop le côtoyer dans son corps de fillette j'en ai oublié le monstre qui l'animait. Méfie-toi aussi du garçon diabolique qui l'accompagne désormais, Baelith est particulièrement cruel.

Ses propos devenaient à peine audibles. Épuisé, il reprit pourtant dans un souffle ténu.

– Je ne sais trop quelle forme ont adoptée les créatures qui ont ravagé mes entrailles. Montre-toi toujours vigilant, même face à la plus innocente rencontre.

L'avalanche de ces révélations pétrifia Morgan.

– Libère-moi maintenant, réitéra le marquis d'une voix rauque. Ôte la lame de mon torse et tranche cette tête qui me fait tant souffrir. Ainsi, ces monstres ne pourront plus répandre leurs effroyables abominations sur l'empire.

Avant d'aussitôt ajouter :

– Mon sabre te sera utile pour défendre les tiens contre les hordes de l'enfer.

– Crois-tu pouvoir t'en tirer de la sorte ? Avec de belles paroles ?

Le capitaine des gardes se ressaisit promptement et dégaina son arme. D'une volte-face, il se précipita vers l'intrus qui venait de prononcer ces mots au bas de l'escalier. À ses côtés, vêtue d'une robe blanche, se tenait une jeune femme à l'allure apprêtée.

– Qui es-tu pour te permettre pareille audace ? cracha le marquis en relevant péniblement la tête.

– Après toutes ces années, l'empire que tu abandonnes derrière toi n'est qu'une vaste désolation, poursuivit l'homme hors de lui en s'avançant vers Monzag. Tu as ravagé Bayence, et tu voudrais qu'on ait pitié de ta pauvre petite personne ?

Si tant de hargne avait d'abord stupéfié Morgan, il avait très vite reconnu Faustine. Que faisait-elle ici, figée comme une poupée de porcelaine ? Morte depuis bien des jours, elle aurait dû être enterrée dans un caveau. Il s'approcha d'elle pendant que l'énergumène au visage défiguré s'acharnait à accabler le marquis.

– Combien de vies as-tu volées ? Combien de trahisons, de complots, de supplices ? Qui peut se vanter de t'avoir vu sauver une seule existence ? N'as-tu même jamais fait preuve d'humanité ?

– Ta voix ne m'est pas inconnue, constata le marquis sans attacher la moindre importance aux propos de l'enragé. Elle me rappelle un vieil ami depuis longtemps disparu.

– Saul Nahmias, répliqua froidement le furieux, gardien de la Marche-frontière. C'était mon père.

– Ézéchiel, c'est bien cela ? marmonna Monzag après un temps de réflexion. Je n'avais pas souvenir que tu portais figure si laide.

Trop préoccupé par sa mission, l'alchimiste en avait oublié le masque qui gangrenait ses traits. Saisissant un linge sur la table haute du marquis, il ôta d'un geste le surplus de cire pour dévoiler son visage. Morgan reconnut aussitôt le compagnon de Faustine qu'il avait sauvé du pervers en habit fleuri lors de cette soirée d'automne, lors de leur première rencontre.

– Le temps ne t'a pas épargné, lui asséna le supplicié d'un ton acerbe. Quel singulier événement de te voir ici, enchaîna-t-il, nous n'avons jamais été très proches tous les deux.

– Je détestais ta perfide malveillance, riposta l'alchimiste qui tentait de calmer sa rage.

Malgré sa détermination à faire fi des rancœurs, Ézéchiel n'avait pu réprimer sa colère en entendant le marquis insinuer qu'il protégerait Bayence des ravages de l'enfer au sacrifice de sa vie. Comment cet odieux personnage osait-il tenir pareils propos. Monzag avait passé son existence à répandre le mal autour de lui et au seuil de sa mort il réclamait l'indulgence. La damnation éternelle que lui réservaient ses démons ne rendait que justice à toutes ses victimes. Toutefois, le vieil homme s'était promis de contenir son animosité pour sauver Faustine, il s'était rendu au palais dans l'espoir d'obtenir l'aide du nécromant, mieux valait-il donc tempérer ses paroles.

– De bien grands mots que ceux-là, rétorqua le marquis d'un ton méprisant. Je crois surtout que tu étais jaloux de l'affection que me portait ton père.

– Tu as toujours fait montre d'une belle habileté à détourner les conversations, lui asséna l'alchimiste. Entraîner ton adversaire sur le terrain de la haine te sied si bien.

– Dis plutôt que tu détestes parler de cette époque où Saul te délaissait pour m'apprendre l'art de l'escrime. Tu n'avais aucun goût pour les armes. Cette connivence avec lui te manquait tant. Peut-être est-ce pour cela que tu n'as jamais voulu faire partie de la confrérie ?

– Qu'est-il arrivé à Faustine ?

Longtemps égaré dans ses pensées, Morgan venait d'interrompre cette stérile querelle.

– Tu connais cette engourdie ? railla Monzag.

– J'ai rapporté son corps à l'Ermitage lorsque Melgoth l'a assassinée.

Ézéchiel ne gardait aucun souvenir de la soirée où leur protégée avait perdu la vie. Sérieusement blessé lors de leur combat contre les morts-éveillés, il était resté inconscient durant plusieurs heures dans sa chambre, allongé sur son lit. Peut-être Giuseppe aurait-il reconnu l'individu qui avait ramené la jeune femme chez elle, mais l'alchimiste n'avait encore jamais vu son visage.

De son côté, le marquis ne chercha aucunement à comprendre le sens de cette phrase. Seule sa décapitation l'obsédait. Par pitié, haine ou grandeur d'âme, peu lui importait la raison, il voulait simplement qu'on lui tranche la tête avec son sabre et il allait s'y employer.

– Ainsi ton amie est-elle morte, Ézéchiel. Quel parfait artifice, on la croirait vivante dans sa robe immaculée ! Aurais-tu émis l'espoir que ma magie noire puisse lui redonner vie ? Bien sûr, sinon pour quoi te serais-tu risqué à venir jusqu'au palais avec elle ? Tu as bien changé, mon cher ennemi. Il fut un temps où même mon nom te révulsait.

– En avez-vous toujours le pouvoir ? s'enquit Morgan.

– Tu sembles t'intéresser de près à cette jeune beauté, persifla Monzag. Y aurait-il eu quelque idylle entre vous ?

– Peut-être ceci pourrait-il t'y aider ? interrompit l'alchimiste

Sortant le poing fermé de la bourse en cuir accrochée à sa ceinture, il écarta les doigts devant les yeux intrigués du marquis. Le visage du supplicié, pourtant ravagé par la douleur, s'éclaira lorsqu'il découvrit le bijou. Sa souffrance allait prendre fin.

Chapitre 26

– Comment cette bague peut-elle être en ta possession ? demanda Monzag.

Malgré l'horrible martyre que le marquis endurait, la vue du bijou le subjugua, mais qu'il soit déjà mort ou presque n'y changeait rien, Ézéchiel se refusait à lui révéler le secret du Lys Noir. Faustine avait subtilisé ce joyau sans même soupçonner ce qu'il représentait, à quoi aurait servi de lui conter pareille histoire.

– Les caprices du destin sont parfois surprenants, devisa-t-il.

– La pierre qu'elle recèle possède un pouvoir que tu ne peux imaginer.

– Peut-elle vaincre la mort ?

– Une vie contre une vie.

– Qu'est-ce à dire ?

– Je puis ressusciter ton amie avec ce joyau, mais il n'est point de renaissance sans sacrifice. Morgan devra me trancher la tête pour que cette jeune femme s'éveille dans l'instant.

Monzag parvenait à ses fins. L'alchimiste aurait dû refuser ce pacte, il n'hésita pourtant guère longtemps.

– Que faut-il mettre en œuvre pour le cérémonial ? déclara-t-il sans ambages.

– Tu trouveras une cassette de métal ciselé sur la table haute, prends la dague et le cristal bleuté qu'elle contient. Tu devras inciser le bras de ton amie.

Les deux hommes suivirent méticuleusement chacune des instructions de Monzag. Même s'il répugnait à le faire, Ézéchiel s'empara de la lame pour entailler délicatement le poignet de Faustine. Pendant qu'il recueillait son sang afin de le mêler à celui du marquis dans la coupelle de cuivre, Morgan, peu rassuré, transportait avec prudence la bonbonne d'eau régale remisée sous la console du générateur à cylindres. Parvenu près du supplicié, il versa soigneusement le liquide cristallin dans la cuve de verre placée sur le dallage. Cet acide plus cruel que le feu dévorait sans mal jusqu'aux aciers les plus durs.

L'alchimiste venait à peine de déposer les deux cristaux dans l'humeur qui rougeoyait au centre du pentagramme lorsque Monzag entonna ses lugubres incantations. Les paroles occultes qu'il proférait résonnèrent sous la voûte et emplirent le sinistre laboratoire de vibrations inquiétantes pendant que, dans leur suc vermeil, les joyaux crépitaient en lançant des gerbes d'étincelles. Le moment du dernier hurlement approchait. D'une poigne ferme, le jeune homme saisit le sabre à deux mains avant de s'arc-bouter pour l'extirper du corps entravé. Tout en poursuivant sa funeste mélopée, le marquis éructait d'épouvantables cris de douleur qui se mêlaient à ses mots. Retenu par les liens de cuir qui lui ligotaient bras et jambes, il se cambra jusqu'à brusquement s'affaisser quand la lame s'arracha. Le buste penché en avant, il ne bougeait plus, sa litanie s'était changée en un nébuleux murmure. Aussitôt, Morgan abattit l'arme d'un coup pour trancher net la nuque qui s'offrait à lui. Agité de quelques ultimes tremblements, le corps décapité se relâcha brutalement sans trop épancher de sang. Un silence pesant les étreignit soudain. Le gitan frémit lorsqu'il ramassa la tête qui gisait sur la pierre froide pour l'immerger avec précaution dans la cuve d'eau régale. Sans le moindre bouillonnement, le liquide se teinta rapidement de brun jusqu'à peu à peu devenir plus noir que le goudron des calfats qui étoupaient les coques des navires. Du crâne de Monzag, rongé par l'acide virulent, il ne resterait bientôt plus rien que cette redoutable liqueur sombre et visqueuse. L'odeur pestilentielle qui s'en dégageait continuerait longtemps d'empuantir l'abominable repaire.

À peine eut-il tranché le cou du marquis qu'une horrible appréhension s'empara de Morgan. Un frisson l'étreignait soudain à l'idée des conséquences de cet acte irréparable, car le marquis était bien mort cette fois, voué à l'errance éternelle des limbes. Jamais plus les démons ne pourraient disposer de son corps pour satisfaire leur œuvre infernale. Il leur échappait sans même avoir recours à ces sortilèges qu'il ne maîtrisait plus. Les puissantes invocations qui permettaient de traverser les mondes s'étaient montrées capables d'ébranler son laboratoire, elles avaient désormais perdu tous leurs pouvoirs. La magie noire avait abandonné Monzag et, obnubilés par la résurrection, ses sauveurs avaient négligé le détail. Les litanies du nécromant, persuasives, avaient convaincu le gitan de lui ôter la vie, le supplicié n'en désirait pas davantage. L'eau régale avait dissous son crâne dans le néant. Si son visage n'avait pas été liquéfié dans l'acide, il aurait adressé un sourire carnassier aux deux hommes, si faciles à manipuler : dommage pour la défunte beauté qui les accompagnait. Une dernière perfidie avant la fin.

Un froid glacial mordit la nuque de Morgan, sa respiration se fit plus courte, dans sa poitrine son cœur s'affolait. Il avait agi dans l'urgence, sans douter un seul instant des paroles de Monzag. L'homme semblait si terrorisé à la pensée de cette souffrance éternelle, il ne pouvait les avoir abusés à ce point bien que capable des pires abjections, il en avait maintes fois apporté la preuve. Submergé par une angoisse grandissante, le gitan regarda le crâne qui se délitait au fond de la cuve. Il était désormais trop tard pour changer le cours du destin. Dans sa robe blanche, au bas de l'escalier, la jeune femme ne montrait toujours aucune réaction. L'alchimiste avait entrepris de la libérer du corset qui l'emprisonnait et ne semblait guère s'inquiéter de sa léthargie. Prenant de larges inspirations, Morgan tenta de maîtriser la panique qui l'oppressait. Peut-être Ézéchiel avait-il raison de garder foi en l'obscure puissance qu'avait invoquée Monzag, il ne restait qu'à s'en persuader.

Les pressions dissimulées sous un rabat de tissu ne furent pas longues à dégrafer pour déverrouiller la robe. Dans un discret chuintement, elle s'ouvrit en deux comme ces coquillages nacrés des plages de l'ouest, révélant l'impressionnant dispositif sous la crinoline. Morgan ne parvenait pas à croire ce qu'il voyait. Bien sûr le vieil homme était un savant, mais ce que le gitan contemplait ressemblait davantage à l'œuvre d'un magicien qu'à celle d'un scientifique : ni Faustine ni sa robe ne touchait le sol. La lévitation lui rappela soudain une attraction fabuleuse à ses yeux émerveillés d'enfant lorsqu'au hasard des chemins, les gitans croisèrent un soir la route d'un spectacle forain.

Dans l'obscurité en demi-teinte d'une tente de toile usée, le rideau à liseré d'or s'était écarté sur une scène délicieusement inquiétante. L'enchanteur apparut au milieu d'une explosion de fumée et la féerie commença. Vêtu d'une toge satinée dont les manches couvraient ses poignets et la tête enturbannée, le mystérieux personnage déclamait des phrases agrémentées de grands gestes. Une belle fille drapée dans sa cape surgit ensuite des coulisses au son d'une flûte envoûtante, le magicien l'endormit d'un regard avant de lui relever lentement les jambes. Allongée dans les airs, elle plana ainsi étendue sous les acclamations de l'assistance ébahie. Aujourd'hui, l'enfant avait grandi, et si Morgan ne demeurait pas moins stupéfait devant ce spectacle, une sourde anxiété l'étreignait de nouveau à l'idée que Faustine ne s'éveille jamais.

Au milieu de l'enchevêtrement de câbles, d'arceaux et de connecteurs, l'aventurière tenait debout par le miracle de son corset. Le marquis errait dans les limbes à présent, mais malgré son trépas, Faustine restait pétrifiée. Ézéchiel éprouvait, lui aussi, un épouvantable pressentiment. Aveuglé par ses propres désirs, il avait négligé toute prudence. Le marquis fourbe, l'ignoble individu même en proie à une indicible souffrance, avait servi à l'alchimiste les mots qu'il souhaitait entendre pour qu'aussitôt le vieil homme en oublie tous ses crimes. Ézéchiel regrettait de s'être montré si inconséquent. Les yeux rivés sur Faustine, le jeune garde s'inquiétait lui aussi, même s'il tentait de masquer son angoisse. Maudit marquis ! Cette bague promettait tant d'espoir, en vain. Le regard figé, le corps ne montrait pas le moindre mouvement annonciateur de la résurrection prédite.

Ézéchiel s'ébroua, il leur fallait quitter ce sinistre repaire au plus vite. Retraverser le palais s'avérerait beaucoup trop risqué, quant aux galeries qui menaient à la Souille, impossible de s'y aventurer avec la robe encombrante. Il entreprit de libérer Faustine de son carcan.

La structure de bois désormais déployée, le vieil homme bascula une manette fixée sur l'ossature métallique du gyroscope afin d'interrompre la rotation des générateurs. Le champ de force, qui diminuait peu à peu, cessa de neutraliser la pesanteur du dispositif jusqu'à ce qu'il se pose sur le dallage de pierre avec un vrombissement sourd dont il ne resta bientôt plus que quelques vibrations à peine audibles. Lorsque l'appareillage se fut entièrement immobilisé, Ézéchiel délaça le gainage de cuir qui maintenait son amie pour enfin la délivrer de sa carapace. Le jeune homme, qui s'était approché d'eux afin d'aider l'alchimiste, prit Faustine dans ses bras et la déposa sur la table haute. La chevelure détachée s'étala en boucles brunes sur le plateau de bois, tranchant avec la chemise et le pantalon de toile blanche qu'elle avait si peu l'habitude de porter. Seules les bottes noires rappelaient sa tenue de justicière. Le sang s'était coagulé en une sombre cicatrice sur l'incision qui entaillait son poignet. Tout empreint de délicatesse, son vieil ami lui ôta les lentilles qui lui donnaient ce regard si brillant, pour enfin refermer ses paupières. Il avait cette horrible impression qu'elle ne les rouvrirait jamais.

Brusquement, Ézéchiel se souvint des deux pierres qu'il avait déposées dans la flaque écarlate au centre du pentagramme. Pour un peu, il les aurait oubliées là. Même si elles n'avaient rien révélé de leur puissance, il aurait été insensé de les abandonner aux démons. La bague de Monzag détenait un pouvoir prodigieux, il en avait été témoin dans sa salle d'expérimentation, et le cristal bleu devait être capable d'accomplir de semblables exploits. Agacé par sa propre négligence, l'alchimiste récupéra les joyaux qu'il essuya brièvement avant de les enfouir dans sa bourse de cuir.

Lorsqu'Ézéchiel revint auprès de Morgan, celui-ci avait pris Faustine dans ses bras. Le sabre du marquis glissé à la ceinture au côté du sien, il se tenait prêt à partir.

– Nous ne pouvons plus attendre davantage, déclara-t-il d'un air éploré, l'impératrice pourrait à tout instant surgir avec ses démons. Il nous faut fuir par les souterrains.

Sans un mot, le vieux savant s'approcha de la robe déployée dont il modifia le dispositif avant de le réenclencher. Le gyroscope entama une rotation chaotique dont l'énergie diffusait des étincelles crépitantes jusqu'aux générateurs. Agitée de brusques secousses, l'armature tressautait furieusement.

– Inutile de leur laisser des traces de notre passage, justifia-t-il en s'éloignant de son invention qu'il avait détraquée.

Les deux hommes s'apprêtaient à rejoindre l'obscure trouée qui conduisait à la cité des miséreux lorsque l'engin s'envola soudain dans un sifflement assourdissant. Secoué de soubresauts spectaculaires, il percuta violemment la voûte en crachant des gerbes incandescentes sur tout le laboratoire. L'alchimiste s'empressa de décrocher une torche du mur avant de s'élancer dans la galerie ténébreuse pour ouvrir le chemin au jeune garde chargé de Faustine. Illuminant brusquement le repaire secret, une fulgurante explosion tonna derrière eux, suivie d'une autre qui projeta des éclats de verre jusqu'aux abords du tunnel. Les nombreuses substances volatiles qui s'alignaient sur les étagères de la salle souterraine dévastaient par les flammes l'antre du marquis.

Il leur restait encore un long chemin à parcourir avant de rejoindre les bas-fonds de la Souille quand les premiers grognements retentirent. Nul besoin d'être fin limier pour reconnaître le cri guttural des morts-éveillés. Les créatures avaient flairé la présence des fugitifs dans le labyrinthe des galeries. Inutile de continuer à fuir, ces cadavres emplis de mouches se montraient trop rapides pour espérer les semer, mieux valait-il organiser la défense. Habitué à repousser leurs attaques au palais, Morgan ne les avait jamais combattus dans un espace si étriqué. L'obscurité qui régnait au-delà de leur flambeau rendait leurs cris terrifiants. À ses côtés, le vieil homme aurait bien déployé sa cape pour les dissimuler tous trois, mais il savait qu'elle ne tromperait en rien l'odorat des prédateurs. Une cavalcade hurlante résonna dans le tunnel. La horde sauvage surgirait bientôt de l'ombre.

Chapitre 27

La loge était vide. L'intendant avait dû partir en toute hâte, les restes moisis de son dernier repas jonchaient la table. Rien de bien appétissant, pourtant Wil se précipita sur un morceau de lard rance pour aussitôt l'ingurgiter. Toujours cette faim dévorante qui le rongeait. La couenne lui laissa un arrière-goût de poussière dans la bouche, mais le jeune mort-éveillé ne s'était nullement rendu à la faculté des Sciences pour s'y morfondre, des souvenirs enfouis l'avaient conduit jusqu'ici. Corps entassés sur une carriole à bras, couloirs sombres et fraîches alcôves, chaque jour sa mémoire s'éclaircissait. Il était parvenu à retrouver la rue ainsi que ce petit porche où il venait jadis tirer trois fois la cloche dans le silence du matin pour y apporter son sinistre chargement. Le vantail demeurait entrouvert, il le referma soigneusement derrière lui.

Après son incursion chez le gardien, le garçon traversa sans hésiter le tapis blanc qui recouvrait la cour pour atteindre la porte vers les chambres froides. Les pieds emmaillotés de chiffons afin d'éviter que des insectes nécrophages les lui grignotent, Wil s'appliquait à rester toujours discret. Depuis bien longtemps déjà il s'était débarrassé de ses bottes qui résonnaient si fort sur les pavés, car le sol glacial ne le tourmentait pas. À vrai dire, il ne ressentait rien d'autre que le crissement de ses pas dans la neige. Une grimace tordit ses lèvres lorsque le battant grinça sur ses gonds, le moindre bruit pouvait attirer l'attention des morts-éveillés et il se refusait à partager son butin. Prudent, il se faufila par l'ouverture sans plus toucher au vantail. L'obscurité qu'il croyait retrouver dans le corridor s'était changée en une étrange luminescence, semblable à celle qu'il avait découverte dans les galeries des carrières. Ses nuits ne seraient plus noires désormais, il lui faudrait s'y habituer.

La salle des réserves qui l'attendait au débouché du long couloir lui promettait un festin. À cette seule idée, la faim le tenailla plus encore, il accéléra son pas. Un sourire vorace illumina son visage lorsqu'il déboucha dans la pièce circulaire, jamais il n'avait éprouvé tant de plaisir à la vue de cadavres entreposés. Du plafond en ogive descendaient des arêtes de pierre qui délimitaient chacune des alcôves ventilées où les corps reposaient sur des chariots de métal. La première seule était vide, il avala le flot de salive qui lui inondait la bouche et se précipita vers la niche voisine. Sans doute les assistants du professeur d'anatomie préparaient-ils ces sujets en vue de leurs prochaines expériences, car le sang coulait encore rouge dans leurs veines et la chair se révélait fraîche comme s'ils venaient de mourir. Il leur manquait toutefois cette douce chaleur qu'exhalaient les dépouilles frémissantes, mais au moins le garçon n'aurait plus à disputer sa pitance avec des morts-éveillés autrement costauds que lui.

Rassasié, Wil quitta la réserve en prenant soin de refermer la porte avec minutie pour éviter qu'elle ne grince une nouvelle fois. Inutile d'attiser la convoitise des affamés. De même, il laissa le porche verrouillé, préférant parcourir toute la faculté afin de rejoindre les rues de Bayence situées à l'autre extrémité.

Jamais il n'avait ainsi arpenté les galeries désertes à la nuit tombée. Loin de l'effervescence estudiantine qu'il gardait en mémoire, la grande école révélait son abandon, comme le reste de la ville d'ailleurs, à cette différence que les lieux demeuraient intacts. Pas de portes fracassées ni de vitres brisées, aucun des amphithéâtres qu'il traversa n'avait été saccagé. Sur les paillasses de biologie, quelques coupelles débordaient de moisissures, pendant que des livres délaissés ouvraient leurs pages au milieu des pupitres. Tout donnait à croire que la vie, brusquement arrêtée, reprendrait son cours au prochain matin. Une étrange impression de temps suspendu régnait en ces lieux, même l'horloge à contrepoids du hall d'entrée semblait prête à relancer son balancier au premier flot d'étudiants.

Sans que le garçon y prît garde, ses pas le menèrent, à force d'habitude, sur le chemin de la grande bibliothèque. Il n'hésita guère longtemps à pousser l'imposant battant, et retrouva comme dans un rêve oublié la salle emplie d'ouvrages qui l'émerveillait tant. Derrière les nuées de mouches ondoyant dans le ciel noir, la lumière changeante de la lune plongeait à travers la pyramide en mosaïque de verre dépoli qui surplombait l'immense plafond. D'abord ébloui par cette lueur blafarde, Wil déplissa peu à peu les paupières. Devant lui s'entrecroisaient jusqu'au dernier étage les volutes de l'escalier central qui conduisait aux coursives. Les balcons d'acier dentelé longeaient les rangées de livres soigneusement classés dans leurs rayonnages de bois contre le pourtour des murs. Pour soutenir cet ensemble vertigineux, seuls quatre poteaux élevaient leurs torsades métalliques vers la voûte, tels des arbres noueux déployant leurs ultimes branches en treillis de poutrelles délicates. Soufflées du même verre coloré que la toiture translucide, les lanternes à naphtes pendaient tristement éteintes au bout de leur filin d'argent.

L'intrus s'avança d'un pas respectueux sur le parquet en chevrons qui couvrait le sol de la bibliothèque. Les chaises à peine dérangées côtoyaient le parfait alignement des tables où quelques recueils de sonnets bâillaient sur les lutrins, espérant encore le retour des poètes qui les avaient abandonnés là. L'un d'eux, toutefois, devait être océanographe, car une impressionnante encyclopédie des mers s'étalait sur toute la largeur du bureau. Une planche de gravure y présentait dans un océan d'encre noire de gigantesques méduses lumineuses dont les filaments démesurément longs enrubannaient un requin des abysses. Les mystères des gouffres marins avaient de tout temps fasciné Wil, il feuilleta le volume et déplia la magnifique estampe en trois volets d'un papier grainé plus épais. Son dernier vol de nuit avec Faustine sur le dos du phénix d'Ézéchiel surgit dans sa mémoire lorsque devant ses yeux, gravée à la plume en traits entrecroisés, une fabuleuse raie manta s'élança d'un bond majestueux par-delà les flots de l'océan déchaîné. Peut-être le diable des mers du merveilleux inventeur était-il toujours dissimulé dans les ruines où ils l'avaient laissé lors de cette terrible nuit ? Oubliant la faim qui recommençait à le tourmenter, Wil décida de gagner le Clos du Marais.

Après avoir refermé derrière lui la lourde porte de la bibliothèque, il s'achemina discrètement vers l'entrée de la faculté. La neige qui

RAIE MANTA – LE DIABLE DES MERS

couvrait le parvis rendait sa démarche incertaine. S'il ne s'était pas subitement résolu à rechercher au plus vite la prodigieuse créature de l'alchimiste, peut-être aurait-il tenté quelques glissades acrobatiques. Déjà mort, qu'avait-il à craindre de se rompre le cou ? Mais le brusque souvenir du vaisseau magnifique endormi dans la demeure à demi engloutie l'obsédait à ce point qu'il descendit prudemment les marches du grand escalier sans perdre un instant.

La lune, que les mouches voilaient par intermittence, projetait ses ombres incertaines dans les rues désertes. Nul chat ne coursait plus le moindre rongeur, tous les animaux avaient fui Bayence. Terrifiés par les cadavres qui hantaient la ville, les survivants se barricadaient dans leurs terriers avant les derniers feux du jour. La nuit appartenait désormais aux morts-éveillés, mais le marcheur n'en rencontra aucun. De passages obscurs en allées étroites, il se dirigeait vers la chaussée Gâtine pour repérer, dans le mur d'enceinte qui fermait le clos, la brèche qu'ils avaient traversée avec Faustine le soir de leur trépas. Au détour d'une ruelle, quand bien même son cœur ne battait plus, le jeune garçon ressentit soudain une étrange oppression dans la poitrine. La neige qui s'attelait pourtant à rendre ce monde moins hideux ne put masquer l'horreur de ses souvenirs lorsqu'il s'engagea dans la venelle. Quelques jours à peine s'étaient écoulés depuis que le démon les y avait assassinés. Cependant qui s'en souciait encore ? Personne ne risquait jamais sa vie pour défendre les autres à Bayence. Pourquoi avait-il fallu que Faustine sauve cette gamine ? Quand règne la terreur, la justice se meurt, chacun ne pense qu'à sa propre existence. Ces égoïstes terrés dans leurs trous n'avaient que ce qu'ils méritaient. L'avaient-ils jamais aidé lorsqu'il n'était qu'un miséreux ? Ils finiraient tous par mourir, une nuit perpétuelle envahirait la ville et cet empire deviendrait celui des morts-éveillés. Il fallait désormais qu'il oublie la compassion.

Malgré le linceul blanc qui ensevelissait les rues, Wil ne tarda pas à trouver le passage éboulé conduisant au Clos du Marais. L'enceinte franchie, il aperçut aussitôt les vestiges de la sombre bâtisse. Ces ruines étaient maudites, personne n'osait les approcher, et avec un peu de chance, la manta l'attendait toujours au plus profond des décombres.

Il contourna la première tour pour escalader l'éboulis de la façade qui menait dans le grand hall au toit effondré. Toutefois moins dense qu'à l'extérieur du bâtiment, la neige saupoudrait le dallage concassé qui avait jadis carrelé de marbre rose l'immense pièce. Au fond de la salle s'ouvrait le trou noir d'une porte dont les deux battants vermoulus s'affaissaient contre le mur décrépi. Le jeune mort-éveillé s'apprêtait à en enjamber le seuil lorsqu'il perçut un grincement derrière lui. D'une brusque volte-face, il scruta l'espace désert alentour sans rien apercevoir. À coup sûr les poutres qui s'entassaient au sol craquaient dans l'air glacé. Tout juste rassuré, Wil poursuivit sa déambulation à travers la pièce en enfilade, cillant des yeux par habitude. Son exploration ne dura guère longtemps, car en dépit de la pénombre qui baignait les lieux au-delà de la dernière arcade, le garçon distingua la silhouette flottante de l'animal fabuleux qui se dessinait au loin. Il pressa le pas pour rejoindre le diable des mers toujours assoupi dans son sommeil ondoyant. Telle qu'il l'avait découverte la première fois, la merveilleuse machine volante de l'alchimiste semblait animée de vie sous ses milliers d'écailles métalliques. Hésitant, le mort-éveillé approcha sa main pour la caresser. À peine l'eut-il effleurée que la créature s'ébroua. D'abord surprise par la fraîcheur des doigts, elle frissonna, puis elle reconnut l'ami de Faustine, et son regard étincelant ne s'étonna pas de le voir seul. Posant délicatement sa paume sur la peau veloutée du front, comme la jeune justicière l'avait fait quelques jours auparavant, Wil guida doucement la manta pour sortir des ruines. Il préférait marcher à ses côtés plutôt que de grimper sur son dos au risque de commettre une maladresse qui l'aurait affolée. Inutile de brusquer l'animal, il lui fallait gagner sa confiance avant de pouvoir le chevaucher habilement. Reculant pas après pas, le garçon rejoignit enfin le grand hall. Derrière lui, le bois gelé craqua à nouveau. Cette fois, d'autres chuintements s'y ajoutaient. Saisi d'un effroi absurde, comme s'il devinait une sourde menace, Wil se retourna lentement. Une horde de morts-éveillés envahissait les décombres. Défigurés, borgnes, rongés de putréfaction, les cadavres silencieux le dévisageaient d'un air vorace.

Chapitre 28

Faustine découvrit avec stupeur l'obscurité qui l'entourait. Son rêve habituel ne ressemblait en rien à ce qu'elle percevait ici. Les marches interminables, la pièce immaculée, le dôme lumineux, tout avait disparu, il ne restait plus qu'une lugubre noirceur, un gouffre de ténèbres que rien ne pouvait percer. Elle tenta d'étendre les bras pour avancer à tâtons, mais ses muscles refusaient de lui obéir. Même si ses derniers songes s'étaient révélés par trop récurrents, ils se montraient amplement préférables à ce noir impalpable qui l'entourait soudain. Il lui fallait quitter ce cauchemar au plus vite. Privée d'alternative, elle hurla si fort que Yann, dans un brusque sursaut, dégringola de son canapé pour aussitôt se précipiter vers son amie. Assise au milieu de ses coussins, les yeux écarquillés, la celle-ci reprenait lentement son souffle. Rassurée par la pâle lueur que la lune diffusait à travers le dôme de verre, elle reconnut bientôt la tour de l'automate et le désordre qui encombrait la rotonde.

– Que s'est-il passé ? s'inquiéta le garçon.

– Un cauchemar, haleta-t-elle.

– Ne m'avais-tu pas dit que depuis ton arrivée tu revivais toujours le même rêve ? marmonna Yann d'une voix encore somnolente avant de retourner s'asseoir sur son divan.

– Il faut croire que rien n'est jamais définitif.

– Les chimères de la nuit ton sommeil auraient-elles troublé ? intervint Rakou qui venait de surgir dans la pièce. Bien longtemps déjà que d'elles je n'avais entendu parler, ajouta-t-il dans un murmure.

Difficile de dire si leur hôte s'en inquiétait ou non, les émotions ne transparaissaient guère dans son visage de biellettes et de rouages. Le cri de Faustine l'avait réveillé brutalement, et il avait négligé d'enfiler son masque de vieil homme. À le deviner désemparé, la rêveuse lui lança un sourire espiègle.

– Mais tout va bien maintenant, le rassura-t-elle. Sans doute notre voyage m'a-t-il épuisée plus que je ne le pensais.

– Un autre jour sera demain, leur signifia Rakou dans son langage toujours énigmatique alors qu'il repartait dormir.

Ses interlocuteurs muets s'évertuèrent un instant à percer le sens caché de ses propos, puis ils finirent par se pelotonner au creux de leurs coussins pour retrouver le sommeil.

– Les automates rêvent-ils de moutons mécaniques ? médita la jeune femme.

– Encore faudrait-il qu'ils s'en souviennent, lui fit remarquer Yann qui ne gardait jamais mémoire de ses songes.

Un silence pensif clôtura ces dernières paroles, puis leurs paupières s'alourdirent. Il ne s'écoula guère de temps avant qu'à nouveau ils s'assoupissent.

Faustine grimpait les marches d'un pas allègre, elle avait enfin rejoint son rêve immaculé. Au sommet de la tour blanche, la plate-forme se coiffait de son immuable coupole étincelante. La routine ne se montrait pas si désagréable et l'habituée des lieux s'enfonça sans hésiter dans la membrane moelleuse qu'elle traversa aisément. Devant ses yeux, le champ de blé mûr ondulait sous le vent. Elle attendait l'arrivée des gros nuages gris lorsque des filets de brume ambrée envahirent soudain la plaine, puis le paysage s'embrouilla. Des cohortes de marcheurs noircirent peu à peu l'horizon. Ils avançaient vers elle en rangs serrés, plus nombreux encore que ceux qui peuplaient la vallée du Guet. Avant même qu'elle esquisse la moindre fuite, la multitude l'entourait déjà. Les arpenteurs la bousculaient, la submergeaient, l'emmitouflant dans leur pèlerine. La jeune femme tenta de leur résister, jusqu'à ce qu'à bout de force, elle s'englue dans leur masse sombre et oppressante, exténuée. La vague l'emporta.

– Je t'avais dit de nous suivre, déclara son père qui marchait à ses côtés.

– Tu ne m'as rien dit du tout, c'est maman qui me l'a proposé ! répliqua sèchement Faustine sans s'étonner de sa présence.

Pourquoi lui répondait-elle, ce n'était qu'un cauchemar après tout ? Inutile de s'énerver, le mirage s'évanouirait bientôt et l'obscurité s'épaississait.

– Tu ne devrais pas parler ainsi à ton père.

– Ézé ! s'exclama la jeune femme, stupéfaite de rencontrer le vieil homme parmi les marcheurs. Que fais-tu ici ?

– Faustine ? sursauta-t-il, c'est toi qui viens de parler ?

Visiblement, l'alchimiste était d'humeur badine.

– Bien sûr, ronchonna-t-elle, qui veux-tu que ce soit !

Les ténèbres l'entouraient désormais, elle avait du mal à respirer.

– Tu es réveillée ? insista Ézéchiel.

– Non, heureusement !

– C'est fabuleux !

– Pas vraiment.

– Ta voix est étrange, toutefois.

Le vieil homme avait raison, elle parlait d'un ton nasillard. Retroussant le nez d'une grimace, Faustine sentit soudain d'insupportables picotements la démanger puis, sans qu'elle parvienne à les étouffer, de violents éternuements lui dégagèrent les narines.

– Désolé, j'avais oublié la cire ! pouffa son ami.

Tout cela n'avait plus aucun sens, il était temps qu'elle se réveille. Au milieu de flammes dansantes, elle distingua le visage réjoui de l'alchimiste.

– Reste derrière nous, dit-il, des morts-éveillés nous attaquent.

Cette histoire allait de mal en pis, il n'était pas question qu'elle poursuive ce songe plus longtemps. Comme pour sortir de son dernier cauchemar, la rêveuse poussa un terrible hurlement, mais cette fois, Yann ne se réveilla pas. Ni désordre, ni rotonde, ni lune, juste la voix d'Ézéchiel qui tentait de la rassurer dans ce sombre tunnel où ils attendaient leurs assaillants.

– Ne t'inquiète pas, j'ai ce qu'il faut pour les combattre, lui lança-t-il en brandissant une balle qu'il faisait sauter au creux de sa main.

D'après les grognements des créatures qui s'apprêtaient à les dévorer, la jeune femme les imaginait mal courir après une pelote dans des galeries obscures, la langue pendante comme des chiens dressés.

L'alchimiste devait lui réserver l'une de ces surprises dont il avait le secret, tout était possible dans un rêve. Elle eut soudain hâte de savoir où cette intrigue la menait. Que risquait-elle à tenter l'aventure ?

– Êtes-vous sûr que cela va suffire ?

Faustine tressaillit en entendant cette voix. Elle l'aurait reconnue entre mille autres. Grave, séduisante, feutrée. La justicière gardait encore à l'oreille les quelques phrases échangées avec ce compagnon nocturne rencontré sur les bords de la Volène. Ruben l'avait sauvé des griffes du pervers en habit fleuri, ce soir-là. Leur errance dans les rues de Bayence ressurgit aussitôt à son esprit. Les moments partagés l'avaient tant troublée, pourquoi n'avait-elle pas cherché à le rattraper pour lui dire ce qu'elle ressentait ? Tout était possible en cette nuit d'automne, elle aurait accepté ce baiser qu'elle attendait et leurs vies se seraient aventurées sur d'autres chemins. À ses côtés, le monde aurait été différent, mais elle était morte sans l'avoir revu. Pourquoi fallait-il soudain que cet instant perdu lui revienne, ce rêve n'était-il là que pour la tourmenter ?

D'un demi-tour mesuré, Faustine scruta la silhouette qui venait de prononcer ces mots. Son visage restait dans l'ombre, insaisissable. Le jeune homme avait troqué sa cape contre un uniforme des gardes de l'empire. Qu'avait-il besoin de porter un tel déguisement ? Était-il en mission avec Ézéchiel ? Décidément, ce songe lui échappait totalement. La lame à la main, prêt à faire chanter l'acier, Ruben ne paraissait guère se préoccuper d'elle. Peut-être ne gardait-il aucune pensée de leur merveilleuse soirée. Elle s'étonna encore de son incursion dans ce rêve, son souvenir lui semblait si lointain aujourd'hui. Pourquoi agitait-il sa mémoire ?

Chapitre 29

La horde furieuse qui poursuivait les trois fugitifs se faisait toute proche maintenant. Trop préoccupé pour répondre, Ézéchiel lança sa torche au plus loin qu'il put, éclairant ainsi la galerie à quelque distance vers le tumulte qui montait.

– Il me faut viser le premier de la meute, au centre du tunnel, marmonna-t-il en manipulant son projectile. Un seul essai, nulle erreur possible. Ce n'est guère compliqué, ajouta-t-il pour affirmer sa détermination.

À quelques pas, Ruben donnait l'impression de n'être qu'à demi rassuré par cette étrange pelote. Difficile de lui en tenir rigueur tant l'objet paraissait ridicule en regard de l'horreur que présageaient les cris de leurs agresseurs. Sa lame opalescente luisait dans le noir, il se préparait à se battre. Dégainant subitement le second sabre qu'il portait à la ceinture, il se tourna vers Faustine.

– Si toutefois il subsistait quelques récalcitrants, déclara-t-il en le lui confiant, il faudra leur trancher la tête, c'est l'unique moyen de s'en débarrasser !

L'escrimeuse empoignait tout juste la garde lorsque le visage hurlant d'un mort-éveillé apparut soudain dans la lumière du flambeau.

Bandé comme la corde d'un arc prêt à darder sa flèche, le bras de l'alchimiste se détendit d'un coup. Jamais Faustine n'avait vu son ami aussi prompt à l'attaque. Le projectile jaillit de sa main pour fuser droit sur l'énergumène qui ne chercha nullement à l'éviter. Ravagé par la faim, le forcené n'avait que faire d'un coup de sabre ou d'une flèche, encore moins de ce ridicule caillou que lui lançait le vieil homme. Peu lui importait de perdre ce corps infesté de mouches si sa voracité cessait de le torturer, d'autres derrière lui se délecteraient de cet appétissant gibier. La balle qui percuta son torse se montra bien plus sournoise qu'il ne l'avait supposé. Au lieu d'une déflagration meurtrière, la pelote dispersa sa dentelle de toile en un gigantesque jaillissement d'écume lumineuse. Comme les habiles pêcheurs qui jettent leur filet sur les étangs calmes de la Talogne, l'ingénieuse création d'Ézéchiel se déploya telle une fleur blanche au cœur du tunnel. À peine éclos, le voile s'ancra savamment sur la roche pour aussitôt contenir le flot des affamés. Monstrueux insectes prisonniers de leur toile, les morts-éveillés rugissaient de fureur derrière cet insupportable piège éblouissant. Quelques bras acharnés parvinrent toutefois à s'extraire de la masse pour s'insinuer dans les mailles résistantes. S'agitant en crispations féroces, les doigts frénétiques tentaient vainement d'accrocher leurs proies.

Sidéré par la fabuleuse invention qu'il contemplait, Ruben ne bougeait plus, Faustine commençait à douter que cette ingénieuse création puisse être le fruit d'un rêve, tandis qu'Ézéchiel se détendait enfin. Malgré les grognements des forcenés, les trois compagnons pouvaient regagner la cité des miséreux sans trop d'appréhension.

Les hurlements jaillirent soudain de la meute et leur coupèrent le temps de réagir. Une nouvelle vague d'assaillants percuta ceux qui s'acharnaient déjà derrière le filet. Sous la poussée, la toile s'étendit brusquement, au point que des enragés agrippèrent la cape du vieil homme. Guidé par la lueur du maillage, Ruben trancha un bras, puis un autre, mais de partout surgissaient des mains qui n'en finissaient pas de happer l'alchimiste vers la horde déchaînée. Surpris par la fulgurance de l'attaque, Ézéchiel avait trébuché avant de s'écrouler au sol, les morts-éveillés le tiraient en arrière et l'empêchaient de se redresser. D'un bond, Faustine se jeta sur lui pour le retenir et, dans un ultime réflexe, décrocha vivement la boucle de sa pèlerine.

– Non ! protesta-t-il en voyant sa cape à cache disparaître dans la mêlée surexcitée.

– Mais bon sang, Ézé, ils vont te dévorer vivant ! rugit la jeune femme en relevant son ami à la hâte.

Sitôt le vieil homme hors de danger, les trois compagnons s'empressèrent de s'enfoncer plus avant dans le tunnel.

Encore tremblant de ce qu'il venait de vivre, l'alchimiste sortit une cartouche lumineuse de la bourse qu'il portait à la ceinture. Il avait amélioré la stabilité du composé, l'ampoule éclairerait leur chemin jusqu'à la Souille. Vissant le bouchon de cuivre, il perça l'opercule pour catalyser le mélange qui se mit à rayonner d'une lueur étincelante.

– Ne me dis pas que tu tenais à cette cape plus qu'à ta vie ! pesta Faustine qui grimaçait en serrant sa paume.

– Tu t'es blessée ? s'inquiéta aussitôt le vieil homme.

– Ce n'est rien, grogna-t-elle en examinant son entaille.

Lorsqu'elle avait détaché la fibule, le piquoir de la broche lui avait entamé les chairs. La plaie était profonde, mais étonnamment elle ne saignait guère. En revanche, la douleur se faisait cuisante, elle déchira un pan de sa chemise d'un geste nerveux pour s'en envelopper la main. Qu'elles soient ou non issues d'un songe, les créatures qui peuplaient ces galeries se montraient particulièrement agressives.

– Ne nous attardons pas ici, leur conseilla Ruben, d'autres macchabées pourraient surgir.

D'un pas pressant, les trois fugitifs s'éloignèrent de la meute hurlante.

Le reste du chemin se déroula sans encombre. Lentement, les vociférations des affamés se dissipèrent : manque de proies à poursuivre, ils avaient dû se résoudre à faire demi-tour pour se répandre ailleurs dans le labyrinthe des carrières. Sa torche luminescente levée bien haut, Ézéchiel conduisait résolument ses compagnons vers la cité des miséreux, jetant de temps à autre un regard inquiet vers Faustine qui serrait toujours sa main bandée.

La douleur qui lui meurtrissait la paume aurait dû la réveiller depuis longtemps. Hormis les cadavres enragés qui infestaient les souterrains, ce rêve ressemblait à s'y méprendre au monde réel. D'ailleurs, comment les différencier ? Qui du sommeil ou de l'éveil pouvait se vanter d'être la réalité ? Son trépas était-il le cauchemar d'une existence ou sa vie, le rêve d'une morte ? Tant de questions pour si peu de réponses.

Un jour terne baignait encore Bayence lorsqu'ils atteignirent les bas-fonds de la Souille. En émergeant du tunnel, l'alchimiste s'empressa de briser sur une roche la cartouche de verre qui commençait à s'échauffer dangereusement. Sitôt libéré, le gel visqueux s'embrasa d'une flamme verdâtre puis s'éteignit rapidement.

Faustine gardait de la cité des miséreux un souvenir bien différent de ce qu'elle y découvrait. Plus aucun enfant ne jouait dans les ruelles, pourtant la neige se montrait propice aux rires et aux glissades. Seuls quelques vagabonds traînaient leur visage accablé sous les passages couverts. Les entrées des abris se cuirassaient de peaux tannées et de bardeaux de bois, pendant que des écuelles de métal s'accumulaient sur les cabanes en terre pour en obturer portes et fenêtres. Ailleurs, d'autres masures à moitié détruites que personne ne se souciait de consolider. Étouffés, les bavardages arrosés de vin chaud autour des braseros, disparues, les couleurs chatoyantes des tentures, la cité n'était plus que grisaille et silence. Dans le ciel, le vol des mouches éteignait le jour.

Sans un mot, ils sortirent de la Souille pour traverser la vaste étendue qui menait au pont de l'Escarpe, où des gamins tentaient encore de survivre, la main tendue jusqu'au crépuscule. La jeune femme se désespérait devant le sinistre spectacle des ruines noircies perçant çà et là le manteau blanc qui couvrait Bayence. Elle n'avait quitté la ville que depuis peu, pourtant certains quartiers se révélaient méconnaissables. Des rues, qu'elle avait connues grouillantes de vie par le passé, subsistaient seules de lugubres coulées désertes sillonnées par quelques poignées de survivants épars qui se hâtaient de rejoindre leurs tanières. Malgré les décombres qui parsemaient les ruelles, le dédale qu'ils remontèrent jusqu'à la rue des Collèges lui rappelait douloureusement sa merveilleuse déambulation nocturne avec Ruben. À ses côtés, celui-ci les accompagnait sans montrer la moindre émotion, comme s'il ne conservait aucun souvenir de ces instants. Parvenus devant l'Ermitage, ils s'apprêtaient à entrer dans la maison lorsque le jeune homme marqua une halte.

– Il me faut retourner au palais, déclara-t-il d'un ton morose.

– Mais tu n'y penses pas ! s'insurgea l'alchimiste. Il faudrait être bien téméraire ou particulièrement écervelé pour oser regagner les Luzes après un tel forfait ! Dois-je te rappeler que tu viens de décapiter le marquis de Monzag. Quand bien même il ne resterait que cendres de son laboratoire, des soldats ont dû t'y voir pénétrer. L'empereur risque fort d'ordonner qu'on te tranche le cou, à moins qu'il ne préfère te regarder rôtir sur l'un des bûchers qui infestent sa cour.

– Je dois protéger les miens, insista Ruben l'air résigné.

– Si j'en crois ta détermination, tu t'y rendras quoi que j'en dise, capitula le vieil homme. Alors, prends garde surtout de ne pas y perdre la vie.

D'un signe de tête, Ruben les salua tous deux avant de s'acheminer vers son destin.

Après cette éprouvante journée, son départ anéantissait Faustine, elle lui avait visiblement prêté des sentiments qu'il ne ressentait pas. La lassitude l'envahit soudain. Était-ce le sommeil qui lui manquait tant, ou cet insupportable enchaînement de déconvenues depuis son périple jusqu'à la vallée du Guet qui l'avait épuisée ? Machinalement, ses doigts se crispèrent sur la poignée du sabre glissé à sa ceinture. Juste avant l'attaque des morts-éveillés, le jeune homme lui avait lancé cette arme dans le souterrain et elle avait omis de la lui rendre. L'occasion était trop belle de le rappeler.

– Votre lame ! le héla-t-elle en tentant de le rejoindre.

– Gardez-la, mieux vaut-il que vous soyez armée en ces temps de chaos ! lui déclara-t-il alors qu'il se retournait à demi, la main négligemment levée pour lui signifier son refus.

Dépitée par sa réaction, elle s'en revint vers l'Ermitage, le regard perdu.

– Tu es harassée, Faustine, lui murmura Ézéchiel qui l'attendait devant le seuil de la maison, une bonne nuit de sommeil te fera le plus grand bien. Il nous faudra aussi penser à soigner ta blessure, ajouta-t-il en désignant son bandage d'un air soucieux.

– Elle ne saigne guère, remarqua-t-elle avec nonchalance, mais je dois t'avouer que tous ces bouleversements m'embrouillent l'esprit. Je ne sais plus trop où je suis ni qui je suis.

Le vieil homme s'inquiétait pour son amie. La résurrection qu'il avait tant espérée ne s'était en rien déroulée comme il l'imaginait. Bien sûr, il se sentait immensément heureux de son retour, mais la justicière lui avait paru si distante à son réveil. Pendant un long moment, il avait craint qu'un inconnu ait investi sa dépouille tant ses phrases se révélaient incohérentes. Tout était possible avec l'abominable magie noire de Monzag, le marquis aurait pu permuter leurs corps. Cependant, était-ce réellement ses pouvoirs occultes qui avaient ressuscité la jeune femme ou d'autres forces avaient-elles œuvré pour lui redonner vie ? Probablement ne le saurait-il jamais. Faustine n'était plus vraiment la même, cependant. Par instant, on pouvait apercevoir au fond de ses yeux un reflet rouge qui rendait désormais son regard mystérieux. On n'affronte pas la mort sans lui abandonner un peu de son âme. Peut-être qu'avec le temps finirait-elle par redevenir sa protégée d'antan.

– Un bon thé en compagnie de Gius, voilà qui nous réconfortera ! déclara-t-il d'un air enjoué. Il va nous falloir prendre soin de lui annoncer ton retour avec ménagement, notre vieux grognon a le cœur sensible.

Tout ému à l'idée du bonheur que son ami s'apprêtait à vivre, l'alchimiste tourna délicatement la clé dans la serrure de la maison ensommeillée.

La neige craquait sous les pas désabusés du capitaine de la garde. Profondément bouleversé par la résurrection de Faustine, Morgan se maudissait d'avoir si sottement dissimulé ses sentiments. Il s'était pourtant juré de toujours la chérir au soir de sa mort. Il n'avait de vœu plus cher que de la serrer saine et sauve dans ses bras, de l'embrasser tendrement comme il aurait dû le faire la nuit de leur première rencontre. Le courage lui avait manqué. Elle s'était montrée si indifférente, ne lui prêtant pas la moindre attention, ne serait-ce qu'un instant. Il s'était imaginé plus d'émotion qu'elle n'en éprouvait. Sans doute elle n'avait distingué qu'un garde de l'empereur exilé aux côtés d'Ézéchiel. Comment aurait-il pu en être autrement d'ailleurs, jamais il ne lui avait révélé celui qu'il était vraiment ? Peut-être l'oserait-il un jour.

Les rues de Bayence s'assombrissaient déjà, dans les entrailles de la ville, les morts commençaient à s'éveiller, Morgan accéléra l'allure.

Pourtant, il ne songeait guère à cette nouvelle nuit de combat, d'autres tourments l'attendaient au palais.

Chapitre 30

Lila grimaça en plissant son nez, l'odeur âcre ne quittait plus ses narines, elle pénétrait ses vêtements, imprégnait ses cheveux.

Tôt le matin, les gitans avaient regroupé les chariots où reposaient les défunts à l'écart du camp et, après une cérémonie faite de témoignages et de recueillement, ils les avaient aspergés avec de l'huile sacramentelle avant d'y jeter des torches enflammées. Depuis, ils se relayaient par petits groupes pour maintenir l'ardeur du brasier. Lila n'aurait su dire si la fumée rougissait leurs yeux plus que la tristesse. Les roulottes avaient brûlé tout le long du jour, au cœur du Sanctuaire, et la fumée qu'elles dégageaient ne ressemblait en rien à celle des feux de bois qui réchauffaient les soirs d'hiver au Saut du Loup. Épaisse, noire parfois, elle répandait une puanteur qui piquait les yeux et irritait la gorge. Jamais la petite fille n'avait contemplé de flammes si hautes sous la voûte, le brasier était majestueux. Pour funeste qu'il soit, ce spectacle ne s'en montrait pas moins fascinant. Traçant d'ondoyantes arabesques, la nuée élevait péniblement ses gros bourgeons de brume jusqu'à la coupole de pierre pour s'échapper, enfin, en fines volutes grises que le vent dispersait parmi les arbres de la forêt des Grès. Les âmes s'envolaient par la trouée du dôme comme si les morts s'en allaient poursuivre leur vie parmi les nuages.

Farouchement défendus par Lad et ses compagnons, aucun des enfants du camp n'avait succombé à l'assaut des morts-éveillés. Cette nuit d'horreur s'était révélée autrement plus impressionnante que leurs habituelles courses aux moroïs. Pourquoi les jeux des adultes s'avéraient-ils si définitifs ? Ne pouvait-on se relever du trépas comme on cesse de s'amuser ? Apprivoiser la peur pour permettre à la vie de reprendre son cours, sans crainte. Non, les grands avaient oublié l'insouciance, ils étaient devenus graves et sentencieux. Détournant les yeux des flammes qui lui rosissaient les joues, la fillette s'élança pour rejoindre ses amis. Au loin, Mil courait après Joss en poussant des grognements sauvages, les mains crispées au bout de ses bras levés, il singeait l'attaque des créatures nocturnes. Puis ses genoux fléchirent d'un coup et il s'écroula au sol comme une poupée de chiffon. Méfiante, la petite troupe s'approcha prudemment du cadavre qui se releva aussitôt dans un hurlement terrifiant.

– Non, tu es mort ! s'énerva Joss dont le cœur avait brusquement tressailli dans sa poitrine au réveil de son camarade. Quand les moroïs sont morts, ils le restent !

– Et s'ils ressuscitaient justement ! s'exclama le garçon. Un mort-éveillé, ça ne meurt pas !

– Encore une de tes trouvailles pour ne pas t'avouer vaincu.

– Bon d'accord, je suis mort, admit le garçon en se rallongeant au sol. Mais on pourrait dire que quand l'arbre meurt tous les moroïs se réveillent et pourchassent à nouveau les vivants.

– Tu ne veux jamais perdre, Mil, c'est ça ton problème ! railla le plus costaud de la troupe en éclatant de rire.

Lila souriait déjà en entendant ses amis qui s'esclaffaient. Elle savait qu'elle tremblerait devant ses poursuivants, pourtant elle ne pouvait s'empêcher d'éprouver un certain plaisir à l'idée des frissons qui l'attendaient. C'était si agréable de jouer à se faire peur.

Après l'éveil de l'arbre titanesque viendrait son agonie, les adultes l'avaient tous compris, mais certains voulaient en apprendre davantage. L'inquiétude succédait aux pleurs.

– Jusqu'à quand ?

– Impossible de le prédire, vous l'avez ressenti comme moi.

Si le géant s'épuisait peu à peu à les protéger, combien de temps résisterait-il à l'assaut de ces maudits démons ailés qui ranimaient les morts ? Naïna aurait aimé les rassurer, pourtant elle ne pouvait augurer de rien. À vrai dire, le sacrifice du colosse l'attristait bien au-delà de l'existence des hommes. Impossible toutefois de leur faire pareil aveu quand chacun ne pensait qu'à sa propre survie et à celle des siens. Ce qu'elle percevait du grand arbre, son inquiétude, sa bienveillance, sa résignation face à la mort prochaine, tous ces sentiments l'affectaient profondément.

– Quelques mois, peut-être, hasarda-t-elle.

– Jamais nous n'aurions dû venir nous enfermer ici, grommela Nazdek. Il aurait été plus sage de partir vers le sud, comme le conseillait Morgan.

Les premières dissensions commençaient à poindre, le roi des gitans ne s'en étonnait guère. L'homme qui avait prononcé ces mots n'en était pas à sa première allusion, Jarod se trouvait même surpris qu'il n'ait pas tenté de s'opposer à ses décisions avant ce jour. Mais lorsque les nuages sont loin sur l'horizon, personne ne pense à se plaindre du vent. Il fallait néanmoins lui reconnaître le courage d'exprimer à voix haute ce que certains n'osaient déclarer. Depuis leur installation au Sanctuaire, nombreux étaient ceux qui regrettaient leur liberté perdue. L'horizon infini leur manquait et prenait soudain une importance démesurée. Après cette terrible nuit où tant de proches avaient succombé, le chagrin réveillait les désaccords. Soucieux du bien-être de ses compagnons, le souverain s'appliqua à soulager leur tourment.

– Lorsque vous avez choisi de me suivre jusqu'au Sanctuaire, votre décision m'a particulièrement touché, leur avoua-t-il, mais chacun de nous doit forger son propre destin. Si nos chemins devaient se séparer aujourd'hui, vous me verriez tout aussi heureux de vous savoir repartis sur les routes de la liberté. Bien sûr, je regretterai votre absence, sachez toutefois que vous garderez toujours votre place ici.

Le regard fier, la tête haut portée, Nazdek s'avança.

– Les grands espaces me manquent, déclara-t-il, je ne m'en suis jamais caché et je ne pense nullement être le seul ici à éprouver cette sensation. Notre existence est un long voyage, comment pourrions-nous vivre sous cloche ? Toutefois, pour notre communauté comme pour chacun d'entre nous, il ne serait guère judicieux d'abandonner le Sanctuaire en ces temps troublés. Aussi me soumettrai-je aux décisions du clan même si je ne les approuve pas.

Les partisans du frondeur hésitèrent visiblement à lui témoigner leur soutien, aucun d'entre eux ne se manifesta. Devant le mutisme général qui s'éternisait, Jarod se décida à conclure.

– Parfait, ce n'est qu'ensemble que nous parviendrons à lutter contre ce fléau, lança-t-il en en quittant l'assemblée.

Lorsqu'il se fut éloigné, les gitans s'éparpillèrent en silence pendant que Naïna s'empressait de rejoindre son époux dans leur roulotte.

– L'aventure est bien trop périlleuse pour que tu t'y risques seul !

– Je me refuse à leur demander de risquer leur vie pour une mission si personnelle

– Alors, je viendrai avec toi, et ne cherche pas à m'en dissuader, tu sais combien je peux être têtue parfois.

– Mais enfin, Naïna, il ne s'agit pas de pratiquer une quelconque magie, mais de se battre contre des créatures sanguinaires !

– Aurais-tu oublié la fine lame que j'étais lorsque nous nous sommes rencontrés ?

– Justement, c'était il y a bien longtemps.

– N'essaie pas de me vexer avec tes remarques de mufle, ton stratagème ne marchera point. Ma décision est prise.

Jarod se figea un instant avant de relâcher les épaules dans une longue expiration. Il savait à quel point son épouse se montrait opiniâtre lorsqu'elle avait résolu de lui tenir tête. Inutile de s'obstiner à lui faire entendre raison, Morgan était son fils, qu'il ne soit pas né de son ventre n'y changeait rien, quoi de plus naturel alors qu'elle veuille le sauver.

Le jeune homme devait habiter dans les appartements du marquis au palais, il ne serait guère aisé de le rencontrer. Peut-être ceux de la Souille les y aideraient, si les pièces d'or suffisaient à les décider. Il faudrait rappeler les anciens pactes au Grand-Calfat, Morgan n'était-il pas le prince des gitans. Et puis Naïna se refusait à penser qu'il puisse lui être arrivé malheur, mais, s'il n'en laissait rien paraître, Jarod se montrait beaucoup plus circonspect. La dernière fois qu'il avait revu son fils, lors de leur conversation au temple, la tourmente balayait déjà Bayence, et les nouvelles rapportées depuis par les rôdeurs ne réconfortaient nullement. Il gardait toutefois espoir, de nombreux soldats protégeaient la résidence impériale, elle était censée résister aux assauts de ses ennemis plus qu'aucune autre. Le roi des gitans en vint à penser que persuader Morgan de se réfugier au Sanctuaire se révélerait peut-être l'obstacle le plus difficile à surmonter. C'était pourtant sa meilleure chance de survie face aux virulentes attaques des moroïs.

Chapitre 31

Penchée au-dessus du feu, Naïna attrapa la bouilloire pour verser la décoction dans une petite fiole de verre qu'elle tenait avec un tissu épais afin de ne pas se brûler. Le liquide teinta le flacon d'une belle couleur rubis, plus vive encore que celle des pétales qu'elle y avait déposés. Pendant la nuit, les branches de l'arbre protecteur s'étaient parées d'étonnantes fleurs vermeilles dont la gitane avait cueilli quelques corolles. Elles infusaient lentement depuis le lever du jour dans le récipient émaillé posé sur les braises. Pour éviter que son précieux contenu s'échappe, la guérisseuse referma la petite bouteille avec un bouchon de liège qu'elle ligatura à l'aide d'une lanière de cuir. Si ce remède ne pouvait en aucun cas sauver des vies, au moins empêcherait-il ces abominables démons ailés de coloniser les corps des défunts. Elle glissa le flacon dans sa besace avant de rejoindre son époux qui l'attendait auprès des chevaux.

Dès qu'il l'aperçut, Jarod lui offrit un sourire ébloui, sa tenue lui rappelait tant de merveilleux souvenirs, car Naïna ne s'était plus habillée de la sorte depuis longtemps. Les boucles de ses cheveux nouées en catogan, elle avait délaissé ses habituelles robes de taffetas pour un pantalon de toile rouge sombre ajusté dans de hautes bottes de cuir et portait en travers de la poitrine le baudrier de son sabre sur une courte veste fauve resserrée à la taille. La gitane avait coutume de se vêtir ainsi lorsque jadis ils s'élançaient dans leurs folles chevauchées au cœur de la forêt des Grès. Les années qui avaient tracé des rides au coin de ses yeux argentaient désormais sa chevelure, mais dans son regard, la flamme brillait identique. Le pied à l'étrier, elle enfourcha gracieusement son cheval puis lui caressa l'encolure d'un geste tendre. Le temps n'avait pas prise sur son élégance, elle gardait toujours cette fière allure des clans du Sud.

Prétextant une simple reconnaissance aux alentours du Sanctuaire, le roi des gitans avait prévenu ses proches compagnons de leur départ afin qu'ils rassurent les éventuels inquiets. Leur échappée fut de courte durée, à peine avaient-ils talonné les montures que déjà des voix les hélaient. Derrière eux, deux cavaliers lancèrent leurs chevaux au galop pour prestement les rattraper.

– Que se passe-t-il ? s'enquit Jarod lorsque les rôdeurs les eurent rejoints.

– Bayence est devenue bien trop dangereuse pour vous laisser y aller seuls, lui déclara Ewan.

Étonnée par cette allusion, Naïna s'en défendit aussitôt.

– Il n'a jamais été question de nous rendre en ville, répliqua-t-elle.

– Bien sûr, concéda respectueusement Lazlo. Toutefois, s'il vous prenait brusquement l'envie de revoir Morgan, il nous tiendrait à cœur d'être à vos côtés pour vous prêter main-forte. Lad s'occupera du camp en notre absence.

Ainsi les deux hommes avaient percé leur projet. Le souverain hésita à nier cette intention avant de se résoudre à l'admettre. Pourquoi réfuter l'évidence, ses compagnons avaient choisi de risquer leur vie pour les aider à retrouver leur fils, leur bienveillance le touchait.

– Merci, mes amis, s'inclina-t-il. Cette mission se montrera difficile et rien ne nous promet d'en réchapper.

– Nous ne serons donc pas trop de quatre pour la mener à bien, répliqua avec un sourire Ewan en éperonnant sa monture.

Pressés de rejoindre leur prince, les quatre cavaliers s'élancèrent à travers la plaine pour se diriger vers la trouée sombre ouverte dans la muraille du Sanctuaire. Lazlo qui conduisait la cavalcade ne se préoccupa guère de ralentir l'allure à l'approche de l'entrée obscure. D'un geste prompt, il dégaina la torche qu'il avait glissée dans le fourreau de sa selle et la tendit vers la paroi pour racler la roche en pénétrant dans le tunnel. Une gerbe d'étincelles jaillit alors du flambeau qui s'embrasa aussitôt, illuminant le boyau d'une lueur éblouissante.

Ils poursuivirent leur chevauchée dans les méandres de pierre sans même modérer leur élan. Du moins au début de leur course, car le sol dégagé qui ne grimpait qu'à peine depuis leur départ devint peu à peu pentu et semé d'embûches. À chaque circonvolution de la galerie, ils découvraient un chemin plus rocailleux. Soufflant leur fatigue par les naseaux, les chevaux abandonnèrent bientôt ce galop effréné qui les épuisait pour un pas autrement prudent. Par instants, leurs sabots glissaient dangereusement sur la roche humide. Guidant sa monture avec attention, Naïna se rappela le trajet chaotique de leur arrivée lorsqu'à tout instant le cerclage des roues ripait contre les moellons qui saillaient de la terre. C'était la première fois qu'elle accomplissait ce chemin de retour, quittant le cocon rassurant du Sanctuaire pour retrouver la sauvagerie du monde. Aussi tourmentée qu'impatiente, la gitane ne pouvait empêcher son cœur de s'affoler dans sa poitrine.

Soudain, après un nouveau détour du tunnel, elle aperçut une lueur dans le lointain. Des rayonnements bleutés qui plongeaient de l'inaccessible voûte zébraient par endroits l'artère souterraine. Là-haut, la roche érodée s'affinait, mettant à nu des blocs de cristal turquoise prisonniers du grès qui laissaient filtrer la lumière du jour tels les vitraux d'un temple. Plus les cavaliers approchaient de la sortie, moins l'obscurité se montrait prégnante. Le flambeau de Lazlo devint bientôt inutile. Saisissant un gobelet de métal dans sa sacoche, il en recouvrit la flamme comme un éteignoir sur une bougie avant de glisser la torche dans l'étui de cuir cousu sur sa selle. Puis le plafond de la galerie commença à se percer d'immenses ouvertures. Des pans entiers de roche s'étaient effondrés de la voûte, parsemant le sol de ces blocs à demi ensevelis dans la terre qui avaient tant gêné le passage des roulottes à leur arrivée. Naïna prit alors conscience qu'elle n'avait nullement apprécié la splendeur de ce monde souterrain jusqu'à ce jour. Cette sensation d'emprisonnement qu'elle ressentait à chaque instant et la pénombre toujours oppressante de leur refuge l'empêchaient d'admirer l'étourdissante beauté des lieux. Longé par deux hautes murailles, baigné de cette lumière azurée qui ruisselait d'un plafond si haut qu'on le devinait à peine, le monumental corridor enterré révélait sa magnificence.

Le tunnel s'était transformé en profond défilé bordé d'éminentes falaises ouvertes sur un ciel d'argent. Délicatement saupoudrée, la neige recouvrait le sol d'une fine couche opaline d'où émergeaient

NAÏNA

de rares arbustes dénudés. La sortie était proche. Quelques ultimes bifurcations tortueuses conduisirent enfin le petit groupe au pied de l'escarpement rocheux qui se dressait en pleine forêt. Devant eux, au milieu du tapis blanc de l'hiver, s'élevaient les premiers bouleaux décharnés qui annonçaient l'immense futaie.

Dès qu'ils eurent traversé le passage dérobé, Naïna se retourna. Par quelle étrange faille dans la perspective naturelle l'entrée du sanctuaire pouvait-elle demeurer si inaccessible pour qui n'en connaissait pas l'existence ? Elle ne s'en était guère préoccupée lors de leur exode, mais aujourd'hui, cette énigme l'intriguait. À peine ils s'étaient extraits de la brèche que déjà son accès s'était évanoui, la falaise formait un infranchissable monolithe. L'irrégularité du sol et la parfaite harmonie des grès faussaient les distances, l'ouverture dévoilait soudain son secret qu'au plus près de la paroi. Un pan de rocher bien plus éloigné qu'il ne le paraissait simulait cette apparente muraille aveugle. Il fallait considérablement s'en approcher pour que le regard décèle une discordance dans la pierre qui révélait alors l'immense renfoncement et plus loin, l'arche imposante de la passe dissimulée sur le côté de l'anfractuosité. Toutefois, l'illusion était si perturbante que la vision se dédoublait douloureusement jusqu'à provoquer le vertige, comme l'aurait provoqué une simple hallucination, et le Sanctuaire s'en trouvait davantage préservé.

La fin du jour s'annonçait déjà. Au-dessus d'eux, la luminosité du ciel s'atténuait, les gitans devaient se hâter s'ils voulaient gagner la Souille avant la nuit. Cette pénombre qui d'ordinaire leur permettait de passer inaperçus appartenait aux moroïs désormais, ils devraient redoubler de prudence. Sans prendre le temps de souffler, les cavaliers aiguillonnèrent leurs montures qui rechignaient à se frayer un passage dans l'épais manteau de neige. Le chemin de traverse qu'ils atteignirent enfin se montrait suffisamment large pour qu'ils avivent leur allure, puis ils rejoignirent la route qui menait à Bayence et s'y lancèrent à plein galop. Les nuages assombrissaient le ciel d'un gris uniforme lorsqu'ils parvinrent à l'orée de la forêt, la neige s'apprêtait une nouvelle fois à tomber. Vidant les étriers, ils abandonnèrent leurs montures en liberté à l'abri des arbres, car il valait mieux pénétrer avec discrétion dans les rues de la ville.

Dressant au loin ses murailles de pierre ocre par-delà les champs immaculés, elle aurait presque pu paraître accueillante, voire paisible. Même les nuées de mouches qui dessinaient d'impressionnantes volutes au-dessus des toits éclatants ne permettaient pas d'imaginer l'abomination qui se terrait derrière les remparts. D'un pas résigné, les gitans s'élancèrent vers la cité maudite.

À leur approche, une volée de corbeaux s'échappa de la tour sud pour tournoyer au-dessus d'eux, Naïna y décela un mauvais présage, comme une ombre malfaisante menaçant tout espoir. À peine avait-elle atteint Bayence qu'elle voulait déjà en repartir. Retrouver Morgan, le convaincre de les suivre et quitter ces ruines maléfiques au plus vite, rien d'autre n'importait. Encore fallait-il compter sur les habitants de la Souille, le Grand-Calfat saurait-il tenir de vieilles promesses ? Elle préféra s'en persuader.

Chapitre 32

Morgan passa la grille sans grande difficulté. Depuis qu'il avait libéré la pensionnaire impériale de son internement, plus aucun garde ne surveillait les abords de la tour Follet, l'endroit idéal pour pénétrer dans l'enceinte des Luzes en toute discrétion. Il avait préféré la prudence pour rentrer au palais, la mort de Monzag avait assurément semé le trouble parmi la Cour déjà considérablement dévastée. S'il avait dévoilé son escapade, le jeune homme aurait risqué d'éveiller la méfiance de l'impératrice ou pire encore, celle des démons qui l'accompagnaient désormais. Le capitaine connaissait suffisamment les lieux à présent pour éviter l'entrée principale en empruntant ce chemin dérobé, puis il contournerait la tour afin de rejoindre le pavillon princier et gagner les appartements du marquis en longeant les jardins.

Verrouillée par habitude, la grille du parc Follet était infranchissable, mais il en fallait davantage à Morgan pour le décourager. Prenant appui sur les volutes de fer forgé qui décoraient les ailes du portail, il se hissa jusqu'au fronton torsadé et l'enjamba aisément. Il glissa ensuite le long des barreaux pour atterrir sur l'épais tapis blanc qui couvrait le parvis.

L'endroit semblait désert. À l'affût du moindre bruit, le jeune homme s'avança d'une démarche mesurée vers la prison érigée au centre de l'esplanade. Hormis la neige qui craquait sous ses pas, un impressionnant silence baignait les alentours, pas une seule trace n'empreignait l'étendue immaculée qui resplendissait devant lui. Attirés par la foule qui grouillait dans les quartiers principaux du palais, les morts-éveillés n'avaient encore jamais tenté d'attaquer la résidence impériale en y pénétrant par ces bâtiments abandonnés. Adossées à la muraille qui protégeait les lieux, des dépendances construites en arc de cercle entouraient la place, et une large douve, creusée au pied de ses fondations, ceinturait la tour majestueuse dont le toit pointu projetait sa flèche au milieu des nuées de démons ailés qui bourdonnaient dans le ciel crépusculaire.

Lorsque sur les ordres de Monzag le capitaine était venu délivrer l'épouse démente de l'empereur, il ne s'attendait pas à découvrir une construction si lumineuse. De vastes baies vitrées habillaient chacun des quatre étages sans qu'aucun barreau n'en contrarie la vue. Même le toit d'ardoises se parait d'un cône de verre pour laisser pénétrer la lumière dans la pièce culminante, mais le plus surprenant demeurait le jardin d'hiver dont on apercevait l'exubérante végétation par les vitres bombées de la serre, lesquelles boursouflaient le pourtour de la muraille à mi-hauteur. Cette prison ne ressemblait en rien aux cachots humides de la Tour des Oubliés. Captif ou libre, le sort des nobles restait toujours préférable à celui des miséreux.

En approchant de la douve, Morgan remarqua que l'eau noire y avait gelé. La couche de glace irisée de délicates moirures frangées de givre laissait transparaître les taches orangées de quelques poissons indolents qui s'entêtaient à survivre dans les profondeurs encore liquides. Repliée en un cylindre couché sur la berge, la passerelle en lattes rivetées qui permettait d'accéder à l'édifice attendait le prochain pensionnaire. Il suffisait d'actionner le mécanisme, dont les engrenages déployaient deux rails articulés, pour qu'elle se déroule comme un tapis de métal jusqu'à la herse qui barricadait le porche. Malgré la finesse des matériaux, le jeune homme se rappelait avoir franchi ce remarquable ouvrage sans ressentir la moindre vibration. D'un pas toujours pressé, il contourna la bâtisse pour rejoindre l'escalier grimpant vers les terrasses qui s'étageaient derrière les appartements princiers. Étonnamment, le silence qui l'avait accompagné jusque-là fut peu à peu troublé par des éclats de voix indistinctes. Ce quartier du palais, déserté depuis l'assassinat du Dauphin, s'animait étrangement, avec des intonations plus fortes à mesure qu'il approchait des jardins. Parvenu à l'angle du bâtiment, il se plaqua sans bouger contre la pierre pour écouter la conversation.

– Qu'est-ce que tu fais ? Vas-y, bon sang, tu vois bien qu'il bouge encore !

– Prends ma place si tu penses y arriver mieux que moi ! Tu feras moins le malin quand il t'aura brisé les deux jambes !

– Tu t'y prends comme un débutant, donne-moi ça !

Les coups sourds qu'il entendit ensuite précédèrent une sorte de chuintement mêlé d'un écœurant gargouillis.

– C'est répugnant.

– Ne fais pas ton dégoûté, tu seras bien content de t'en régaler.

Perplexe, Morgan se demanda ce que ces individus fabriquaient ici. Ils semblaient achever une proie, mais des braconniers n'avaient pas pénétré dans les jardins, il n'y avait aucune trace de passage par la tour Follet. La noblesse s'était-elle mise en chasse ? Lever du gibier dans le parc des Luzes demeurait assez improbable. Quoi qu'il en soit, ces énergumènes ne paraissaient guère pressés de quitter les lieux. À l'abri de son mur, le jeune homme commençait à s'impatienter en attendant qu'ils s'éloignent. Combien pouvaient-ils être ? Cinq à les entendre, six tout au plus, il lui serait aisé d'en venir à bout si l'affrontement devenait inévitable. La main sur le sabre, l'intrépide bretteur émergea de l'ombre d'un pas décidé.

Devant les appartements du Dauphin, une dizaine d'hommes de sa garde s'affairait autour d'une gigantesque masse oblongue gisant dans la neige souillée de sang. Trop occupé à comprendre ce qu'ils disaient, Morgan n'avait pas reconnu leurs voix. À chaque extrémité, trois de ces gaillards dérapaient au sol en tirant sur des cordes nouées aux grappins qui déchiraient la chair pulpeuse pour immobiliser la bête. Les deux exécuteurs perchés sur son dos se tenaient debout, jambes écartées afin de garder un équilibre précaire. La hache que le plus costaud serrait encore à pleines mains dégoulinait de lambeaux sanguinolents. Dans un dernier soubresaut nerveux, l'animal entravé agita une nageoire osseuse hérissée de pics. Ils avaient extirpé du bassin princier l'une des créatures aquatiques qui évoluaient si élégamment sous l'immense dalle de verre du grand hall d'entrée. Les portes fracassées du bâtiment témoignaient de leur acharnement à perpétrer ce carnage. Même le plancher vitré avait cédé à leurs lourdes cognées, criblant de multiples entailles le cuir sombre de la bête dont les yeux se couvraient déjà d'un voile diaphane. Excitées par l'odeur de la mort, les mouches se déchaînaient autour des tueurs en vols frénétiques. À voir les sillons creusés dans la neige rouge, l'animal sacrifié s'était désespérément débattu avant de renoncer à la vie.

Ainsi couchée sur le flanc, la créature rappelait à Morgan cette fabuleuse baleine qu'il avait découverte, échouée sur une plage de l'ouest, lorsqu'il était enfant. Malgré tous ses efforts, le clan n'était jamais parvenu à la repousser dans les vagues pour qu'elle reprenne la mer. Il n'imaginait pas qu'une bête si imposante puisse un jour devenir prisonnière des sables. Peut-être désirait-elle mourir ? Ce n'était visiblement pas l'intention de l'animal qui gisait dans les jardins du prince.

Face à la sauvagerie humaine, la victime importait peu, seul le sang comptait, las de cette violence, le jeune homme s'avança vers les bourreaux d'un air sombre. Tous les visages se figèrent lorsqu'ils l'aperçurent.

– Capitaine ? Que faites-vous ici ?

– N'est-ce pas plutôt moi qui devrais vous poser cette question ?

Le regard noir, Morgan fixait l'audacieux qui s'adressait à lui. Pétrifié, le garde n'osa pas répliquer, mais l'un de ses compagnons s'enhardit à prendre la parole.

– Les réserves s'épuisent au palais, capitaine. Bientôt, les cuisines ne pourront plus nourrir personne. Il nous fallait trouver de quoi survivre.

– L'impératrice est-elle au fait de vos agissements ?

– Avec le drame qui nous frappe, Sa Majesté a bien d'autres soucis que l'approvisionnement de nos réserves, mon capitaine, rétorqua l'homme d'un ton faussement bouleversé. Elle vous a d'ailleurs fait chercher dans tout le palais depuis le décès du marquis.

Le garde avait insisté sur ses dernières paroles. Sous couvert de pitié, il savourait sa cuisante révélation, mais à son grand regret, Morgan ne manifesta nulle émotion. Comme celui-ci le supposait, l'impératrice avait déjà découvert la mort de Monzag. Sans doute ulcérée par cette trahison, elle s'était empressée de répandre la nouvelle.

La compassion qu'ils simulaient tous s'avérait grotesque : comment pouvaient-ils croire un seul instant qu'une telle hypocrisie abuserait leur capitaine ?

– Il vous faudra répondre de vos actes devant Son Altesse, leur asséna-t-il en s'éloignant sans autre commentaire.

Le garde s'étonna de cette attitude impassible. De quelle pierre était fait le cœur de cet arrogant rejeton pour ne point réagir à la mort de son père ? Décontenancé, il dégaina cependant son poignard pour entamer le dépeçage de leur prise.

Chapitre 33

Une terne luminosité baignait les Luzes lorsque Morgan traversa la cour qui desservait les écuries pour rejoindre le pavillon des arcades. Inutile de dissimuler son retour à présent que l'impératrice avait eu vent de son absence. En revanche, il lui fallait se hâter d'inventer un solide argument pour justifier sa disparition. Il espérait surtout qu'aucune trace ne signalerait son passage dans le cabinet du marquis.

À peine eut-il pénétré dans le hall qu'un garde se précipita vers lui avec un air terriblement anxieux.

– Ils sont tous réunis dans la salle du conseil, je crois qu'ils vous attendent impatiemment, mon capitaine, lui signifia-t-il à mi-voix comme une discrète confidence.

Le soldat paniquait davantage que s'il avait été lui-même convoqué par Sa Majesté. D'une démarche qu'il espérait sereine, le jeune homme poursuivit pourtant son chemin sans plus se presser qu'à l'accoutumée. Au seuil de l'imposante porte à double battant, la sentinelle le précéda pour annoncer sa venue.

– Le capitaine de la garde impériale ! proclama fièrement le veilleur.

Installés autour de la table, les Grands ne daignèrent point se retourner lorsqu'il pénétra dans la salle, encore moins le saluer d'un signe de tête. Les seuls qui portaient les yeux sur lui le toisèrent d'un air méprisant. La noblesse n'aimait pas patienter. Insensible à leur dédain, il balaya l'assemblée d'un regard circulaire. À en croire les sièges vides, le nombre de conseillers s'amenuisait chaque jour.

– Où aviez-vous donc disparu, capitaine ? N'êtes-vous pas censé assurer la protection du palais ?

Si la voix de l'impératrice s'éleva douce et mélodieuse, ses questions n'en sonnaient pas moins comme des reproches. Nul besoin de mugir pour affirmer son autorité et elle avait visiblement pris les rênes de l'empire avec une remarquable aisance. Assise sur le trône érigé au centre de l'estrade, la souveraine dominait plus dignement le conseil que son époux. Morgan eut d'ailleurs quelques difficultés à reconnaître l'individu avachi dans le fauteuil auprès d'elle. Pourtant, qui d'autre que l'empereur aurait pu s'y prélasser ainsi ? Bien que méconnaissable, le monarque n'était donc pas mort. Son manteau peinait à contenir la forme enflée d'un corps rebondi que n'aurait pas toléré le souverain d'ordinaire si soucieux de son allure. Malgré l'éclat ambré des lanternes que l'allumeur n'avait pas manqué d'enflammer avant la fin du jour, le jeune homme ne distingua pas immédiatement les deux silhouettes debout dans l'ombre des hauts sièges, de chaque côté du couple impérial. Sous leur visage d'ange juvénile, les démons gangrenaient inéluctablement le pouvoir désormais. Difficile de deviner quelles manigances se tramaient derrière l'apparente complicité que nouaient ces quatre personnages. La dernière fois que le capitaine avait aperçu le monarque, son corps paralysé flottait dans un bain d'ourari, empoisonné par son épouse. Aujourd'hui réconciliés, son trépas paraissait n'être plus qu'un lointain souvenir.

– Eh bien, qu'avez-vous à répondre ? s'énerva subitement l'empereur tandis qu'il se redressait sur son trône.

Il avait brusquement levé le bras dans une gesticulation exaspérée, projetant dans les airs une petite ombre qui retomba sur le dallage de marbre avec un bruit métallique. Sur son visage boursouflé, une étrange expression déforma plus encore ses traits lorsqu'il observa sa main. Une bague sans grande valeur au regard des nombreux bijoux dont il aimait se parer, avait glissé, mais découvrir que son doigt s'était envolé avec elle le terrorisa affreusement. D'un geste discret, il cacha vivement sa main estropiée dans les replis de son manteau. Quelle ignoble lèpre pourrissait ainsi ses chairs ?

L'écœurant incident n'avait échappé à personne, mais autour de la table, nul membre du conseil n'osait intervenir, même l'impératrice fit mine de n'avoir rien remarqué. Devant tant d'indifférence, le capitaine se résolut à les imiter.

– Chaque nuit, les morts-éveillés se déchaînent davantage, Votre Altesse, déclara-t-il, aussi suis-je allé m'assurer qu'aucun agresseur ne franchirait les grilles du parc Follet. S'ils y parvenaient, nous n'aurions plus grand espoir de les endiguer, ils se répandraient par l'aile princière puis dans tout le palais par les jardins.

Un mensonge suffisamment crédible, du moins l'espérait-il.

– Pourriez-vous nous dire qui vous a ordonné pareille mission ? poursuivit l'empereur qui s'imaginait toujours le maître du pays.

– Personne, Majesté.

– Vous avez donc abandonné votre poste pour aller vérifier qu'une grille était bien fermée !

– Après les virulentes attaques de la nuit passée, je ne parvenais pas à dormir, Votre Altesse, aussi ai-je décidé d'accomplir un tour de ronde. Je n'ai abandonné que mon sommeil, Majesté.

– Il suffit, jeune impertinent ! Nous sommes en guerre, personne ne dort !

Hors de lui, le monarque qui fulminait ponctua sa vocifération d'un violent coup de poing sur l'accoudoir. Mal lui en prit, sous l'impact, la peau de ses doigts se déchira brusquement et la pulpe liquéfiée gicla sur son manteau comme une figue trop mûre qu'on écrase. Du sang noir suinta aussitôt et coula le long du siège pour s'épancher sur l'estrade. Terrifié, le souverain releva son bras estropié et découvrit avec une grimace écœurée que les os de quelques phalanges s'engluaient au bois du fauteuil.

– Quelle est cette abomination ? s'alarma-t-il.

– La nécrose vous gagne, s'inquiéta son épouse en se penchant vers lui. Faites quérir sans délai les médicastres impériaux, ordonna-t-elle d'une voix autoritaire en se levant du trône. Sa Majesté est en grand péril !

À la table du conseil, l'agitation se fit soudain pressante. Le spectacle nauséeux déchaînait les chuchotis et les regards entendus. La Blanche que le monarque ne cessait d'inhaler dans ses pipes en verre était assurément responsable de cette gangrène. Le souverain particulièrement affaibli ces derniers temps ne résisterait pas à ce chancre qui le rongeait.

Comme s'ils s'étaient tenus prêts à intervenir, les médecins surgirent précipitamment dans la salle. Un cortège empressé fourmilla bientôt autour de l'empereur. Après de savantes palpations, le doyen échangea quelques mots abscons avec ses disciples avant de se retourner.

– Noble assemblée, s'inclina-t-il devant les Grands, Son Altesse est au plus mal, je crains qu'il ne vous faille vous retirer, les soins qui s'imposent réclament l'intimité.

Soulagés d'éviter les répugnantes purgations, les membres du conseil ne se firent pas prier pour quitter la salle qui se vida sur-le-champ. L'impératrice empêcha d'un geste sans réplique le départ de Morgan, puis elle attendit que les portes se referment avant de s'adresser au comité médical affairé autour du monarque.

– L'odeur qui plane ne serait-elle point le signe d'une putréfaction avancée, Messieurs ?

– À voir l'état des plaies de l'empereur, Votre Altesse, le doute n'est plus permis.

– Voilà qui explique cette insupportable puanteur, mon cher Harold, susurra la souveraine à l'adresse de son époux. J'ai craint un instant que vous n'ayez pas profité suffisamment longtemps de votre bain.

– Traîtresse ! gargouilla-t-il en saisissant enfin l'ironie qui empreignait les paroles d'Yliana. Vous m'aviez assuré que ma vie serait identique lorsque nous avons passé ce pacte !

– Vous étiez déjà pourri depuis bien des années, très cher, lui glissa-t-elle à l'oreille, je n'ai fait que respecter mon serment.

– Cette femme veut ma mort ! s'époumona brusquement le souverain dans un cri désespéré. Ne voyez-vous pas qu'elle m'assassine !

– Tant de dévouement pour si peu de reconnaissance, soupira-t-elle bruyamment. Qu'il est douloureux de vous voir ainsi délirer, mon cher et tendre.

Puis caressant affectueusement sa joue flasque, elle ajouta à son seul égard :

– Avez-vous réellement cru que vous alliez survivre ? Allons, mon ami, il ne s'agissait que de prolonger votre décrépitude. Je dois toutefois reconnaître que vos archers m'ont bien divertie, quel plaisir de lire cette terreur dans le regard de vos Grands. Et que dire du naufrage de Monzag ! Votre heure est passée, mon aimé, il est trop tard désormais, aussi devriez-vous réprimer cette colère, elle risque de hâter votre déliquescence. Reposez-vous mon doux époux, conclut-elle à voix haute en s'éloignant du monarque qui s'égosillait, nous reviendrons à votre chevet plus avant dans la soirée.

Le troupeau de médicastres s'agita perplexe devant les plaies purulentes de l'empereur. Après une ultime volte-face, l'impératrice leur adressa sa requête avec un regard éploré.

– Je compte sur vous, Messieurs, pour prendre soin de celui qui fut notre guide pendant tant d'années. Faites tout ce qui est en votre pouvoir pour atténuer ses souffrances, la Blanche assurément saura le soulager mieux qu'aucune autre médication. Il m'est si déchirant de l'entendre ainsi gémir, sa douleur se fait mienne.

Elle feignait si bien sa peine que même Léna hésita un instant : décidément, homme ou femme, les créatures de ce monde pouvaient se montrer bien plus perfides que Samaël en personne.

Dans leur corps d'enfant, les deux démons descendirent silencieusement de l'estrade pour rejoindre la souveraine, laquelle s'apprêtait à quitter la salle du conseil sous les insultes haineuses de l'empereur à l'agonie.

– Suivez-nous, capitaine, ordonna-t-elle à Morgan sans se préoccuper des hurlements vindicatifs de son époux, les affaires de l'empire nous appellent.

Chapitre 34

Accompagnée de ses deux démons, l'impératrice sortait à peine du pavillon des arcades lorsqu'elle s'adressa de nouveau à Morgan qui les suivait sans entrain.

– Sans doute vos hommes vous ont-ils déjà appris le décès du marquis, capitaine.

La réponse ne devait guère l'intéresser, car elle enchaîna aussitôt.

– Je ne m'attarderai point sur votre douleur, nous sommes tous atterrés par cet horrible drame. Mais sachez que ce crime ne restera pas impuni.

Que dire après pareille déclaration si ce n'est quelques mots inutiles, Morgan préféra se taire plutôt que de risquer une regrettable maladresse.

Ignorant les courbettes serviles de la noblesse qu'elle croisait en chemin, la souveraine traversa la cour enneigée loin des bûchers qui fumaient encore. D'un pas décidé, elle se dirigeait vers le repère de Monzag et cette seule pensée inquiétait le capitaine plus que de raison. Avait-elle déniché quelque indice de sa culpabilité ? Des fouineurs l'avaient-ils aperçu lorsqu'il avait franchi la porte du cabinet ? Ou toute cette mise en scène n'était-elle guidée que par le plaisir cruel d'exhiber à son fils le cadavre carbonisé du marquis ? Il tremblait à l'idée qu'elle l'ait démasqué, mais il devait la suivre. S'il s'était enfui, elle aurait aussitôt dépêché ses démons en représailles sur les gitans, car Léna savait qu'ils s'étaient réfugiés dans le sud.

Ils atteignirent bientôt le bâtiment qui abritait l'antre de Monzag. Passée la porte du grand hall, l'estomac de Morgan se contracta, dur comme la pierre. Les relents d'incendie flottaient dans l'air, plus âcres à mesure qu'ils progressaient. Lorsqu'ils s'engagèrent dans le dernier couloir, la fumée dispersait encore ses voiles. Planté devant la porte béante du cabinet, l'homme aux yeux rougis qui montait la garde se déroba vivement pour libérer l'entrée. Le capitaine n'avait jamais imaginé à quel point cette pièce était lumineuse une fois les rideaux poussés de chaque côté d'immenses fenêtres. On les avait ouvertes et une étonnante clarté pénétrait malgré le gris du ciel que les mouches assombrissaient.

– Le marquis nous cachait bien des secrets, dit l'impératrice en s'avançant vers la trappe sous le fauteuil, mais sans doute était-ce pour la prospérité de l'empire.

La brise providentielle qui balaya la pièce à cet instant permit au jeune homme de respirer à pleins poumons avant de s'engouffrer, à la suite de la souveraine, dans la spirale de l'escalier nauséabond.

Marche après marche, l'atmosphère empuantie s'atténua peu à peu, moins suffocante. Le vent qui circulait en sifflant dans le colimaçon purifiait l'air de ses miasmes. En bas, il ne subsistait guère dans la salle souterraine qu'une légère odeur boucanée.

Le laboratoire ravagé par le feu que Morgan s'attendait à découvrir ne se révélait pas si délabré. Hormis les traces noircies que l'engin d'Ézéchiel avait imprimées sur la voûte en explosant, le reste du repaire s'avérait presque intact. Le souffle de la déflagration avait sans doute étouffé les flammes.

D'une démarche précautionneuse, l'impératrice s'approcha du corps mutilé encore ligoté aux poteaux en croix.

– Non contents de torturer Monzag avant de le décapiter, maugréa-t-elle, ces félons ont emporté son crâne en guise de trophée.

À ces mots, le capitaine remarqua aussitôt la disparition de la cuve d'eau régale auprès du marquis. La souveraine l'avait assurément escamotée lors de sa première visite afin d'éviter les questions trop embarrassantes. En retrait, Morgan croisa respectueusement les deux mains à la ceinture, la tête baissée, le regard sombre. Pour signifier l'immense chagrin qu'il peinait à simuler, le silence demeurait son meilleur allié.

– Comment ces Réformateurs ont-ils pu parvenir jusqu'ici sans être inquiétés ? rugit brusquement l'impératrice que la mort de Monzag contrariait particulièrement.

– Sans doute ont-ils emprunté les souterrains ? hasarda le jeune homme.

– Ils sont arrivés par le palais, s'obstina-t-elle d'une voix ferme. Vers le milieu du jour, la baronne de Casarelle a vu surgir un individu encapuchonné au visage monstrueux, accompagné d'une énigmatique beauté en robe blanche, dans ses appartements, non loin du cabinet du marquis. Aux abois, ils s'y seront réfugiés avant d'accomplir leur terrible forfait. L'émotive baronne a perdu connaissance avant d'alerter les gardes.

À chaque nouvelle révélation, l'estomac de Morgan se recroquevillait davantage. La souveraine avait découvert l'intrusion d'Ézéchiel et de Faustine, bientôt elle comprendrait qu'il était leur comparse, peut-être même l'avait-elle déjà deviné.

– Il s'agissait des assassins de Monzag, poursuivit l'impératrice d'un ton péremptoire, comment pourrait-il en être autrement. Les restes calcinés de cette crinoline étrangement appareillée en sont la preuve, attesta-t-elle en désignant l'armature noircie enchevêtrée de câbles qui se tenait renversée sur le dallage comme une monstrueuse araignée morte. Ne les avez-vous pas croisés lorsque vous vous rendiez aux cuisines ?

Morgan s'efforça de garder son sang-froid.

– Hormis vous, Majesté, je n'ai point rencontré âme qui vive dans ces couloirs.

– Ils ont franchi les grilles du palais sans la moindre difficulté malgré mes ordres d'interdire toute entrée. À croire qu'ils bénéficiaient de soutien parmi les gardes.

– Je me porte garant de mes hommes, Votre Altesse, déclara-t-il avec peu de conviction.

– Faudrait-il chercher cette complicité ailleurs ? répliqua la souveraine d'un regard inquisiteur.

L'étau se resserrait. Le marquis n'était mort que depuis quelques heures et déjà les soupçons de l'impératrice pesaient. Même s'il s'était su en danger, Morgan n'imaginait pas qu'elle se montrerait si prompte à découvrir la vérité. Si elle l'accusait du meurtre de Monzag, c'en était fini de la protection qu'il se targuait d'apporter aux gitans. Son clan ne lui survivrait guère longtemps.

– Peu importe, se résolut à déclarer la souveraine, bientôt ces assassins n'auront de cesse de nous révéler leurs secrets les plus intimes, la douleur s'y entend si bien pour délier les langues. Ils se sont enfuis par les galeries souterraines, je vous charge de les retrouver, capitaine. Nos deux jeunes amis vous accompagneront. Ne vous fiez point à leur âge, ils vous seront d'un grand secours.

Cet ordre aurait pu sonner comme une délivrance, pourtant Morgan s'en inquiéta. Pourquoi ces deux démons devaient-ils l'assister ? Le capitaine de la garde n'a pas besoin d'aide pour capturer des fugitifs. Cette escorte de tueurs sanguinaires n'hésiterait pas à l'éliminer si l'envie leur en prenait. Il s'appliqua toutefois à répondre, impassible, en courbant légèrement la tête.

– Je m'emploierai à ne pas vous décevoir, Votre Majesté.

– Il m'est aisé d'imaginer votre opiniâtreté à venger votre père, capitaine, mais faites diligence, j'ai hâte d'entendre les aveux de ces meurtriers.

D'un geste, elle l'enjoignit à gagner la trouée ténébreuse qui s'ouvrait sur les carrières de Bayence. Devant l'entrée béante, Léna l'attendait, déjà prête, elle lui tendit le flambeau qu'elle brandissait à la main, puis les enfants lui emboîtèrent le pas.

Attentif au moindre bruit, Morgan progressait prudemment dans le tunnel à la lueur de sa torche. Même si les deux créatures à sa suite ne partageaient aucun point commun avec ses amis, il éprouvait l'étrange impression de revivre sa récente escapade avec Ézéchiel et Faustine. Cependant, ni grognement ni galopade ne troublait cette fois le silence des galeries, au moins la présence des démons avait l'avantage d'éloigner les morts-éveillés. La main sur son sabre, le capitaine se tenait pourtant prêt à contrer toute attaque imprévue.

– Je n'avais jamais remarqué à quel point ta lame ressemblait à celle de Monzag.

La phrase tomba comme un couperet. L'arme qu'il portait à la ceinture appartenait au marquis, Léna l'avait démasqué ! Alors qu'il tentait de garder une démarche assurée, un irrépressible frisson lui parcourut l'échine. Derrière lui, les démons commençaient déjà à aiguiser leurs griffes. Il lui fallait rester serein, ne pas dévoiler la terreur qui l'étreignait, car il était censé ignorer que de maléfiques créatures se dissimulaient au creux de ces corps innocents. Qu'avait-il à craindre d'eux après tout ? Difficile cependant d'oublier ce que l'on sait, il se remémorait l'effroyable abomination qui avait assassiné Faustine dans les rues de Bayence.

Des contes que Naïna lui lisait lorsqu'il était enfant revint soudain à sa mémoire l'histoire d'une intrépide voyageuse. Pour triompher d'un criminel qui l'avait capturée, l'audacieuse lui narrait une aventure à ce point captivante que le gaillard repoussa d'heure en heure l'exécution afin d'en connaître l'issue. Tant et si bien qu'au matin, pour la remercier de cette fabuleuse nuit passée à l'écouter, le meurtrier l'épargna et lui rendit sa liberté.

Peut-être les démons ne se montreraient-ils pas aussi cléments, mais le jeune homme aurait ainsi le temps de se préparer au combat.

– J'avais dix ans, entama-t-il comme il poursuivait sa marche sans même se retourner, lorsque le roi des gitans conduisit le clan par-delà le grand désert jusqu'aux rivages de la mer intérieure. Jamais encore je n'avais contemplé d'aussi vastes étendues de sable. À escalader ces montagnes dorées pour en découvrir toujours d'autres, je finissais par croire que le paysage se noyait dans des dunes infinies. Mais un jour, une fine ligne bleue barra l'horizon, qui se transforma en ruban, puis en plaine immense, pour enfin exhiber sa démesure océane au point de ridiculiser le grand désert. C'est face à ces vagues écumantes que j'aperçus un vaisseau qui émergeait au loin, minuscule jusqu'à ce que je grimpe à son bord. Sans doute le capitaine de ce majestueux navire affectionnait mon insatiable curiosité, car il me fit présent de cette lame opalescente. Taillée dans les squelettes pétrifiés des géants des mers venus s'échouer sur les plages des îles du Levant, elle tranchait plus qu'aucune de nos épées.

Pendant qu'il racontait son histoire, Morgan avait échafaudé l'attaque qu'il se préparait à lancer. À supposer que le marquis ait dit vrai, son sabre recelait quelque aptitude à combattre les légions de l'enfer. S'il parvenait à anéantir Melgoth et Baelith, il mettrait enfin un terme à la menace qui planait toujours sur son peuple. À peine le jeune homme eut-il prononcé ses derniers mots qu'il interrompit sa marche en ployant son genou d'appui pour glisser l'autre jambe derrière le mollet fléchi et, ainsi, pivoter de la pointe au talon alors qu'il dégainait son arme. La lame décrivit une première courbe qui lui donna suffisamment d'élan pour ensuite faucher ses adversaires à hauteur de gorge. Du moins l'espérait-il, car dans l'assaut, il avait été contraint de lâcher sa torche. Sitôt tombée au sol, elle roula sur la terre humide de la galerie et s'éteignit en crépitant dans une flaque boueuse. Malgré sa fulgurante offensive, son sabre n'avait atteint nul ennemi. Figé dans les ténèbres, le cœur battant à tout rompre, l'habile bretteur guettait la riposte. Elle ne tarderait guère.

MORGAN

Chapitre 35

– Jusqu'à l'occiput.

Sandro avait prononcé ces mots à voix basse, d'un ton morose, comme un juron désabusé. Sitôt la petite trappe refermée derrière son treillis métallique, le verrou de la porte résonna pour libérer le vantail qui s'ouvrit dans un grincement sonore, et il entra dans la taverne des Gabiers en fronçant les sourcils comme pour mieux percer la pénombre. Depuis que les mouches avaient envahi Bayence, des planches clouées les unes sur les autres obturaient les fenêtres de l'auberge, seules quelques lanternes à naphte déversaient leur faible lueur sur l'assemblée de conspirateurs réunie dans la grande salle. Ébloui par la neige qui tapissait les rues, l'homme distinguait à peine les silhouettes de ses compagnons regroupés autour de l'imposante table où les poulardes aux oignons arrosées de bière n'étaient plus qu'un lointain souvenir. Leurs tasses fumantes répandaient dans la pièce une odeur de vin d'orange mêlé de cannelle. Ils ne l'avaient visiblement pas attendu pour se réchauffer, la marmite frémissait encore dans l'âtre.

– Ce mot de passe ne sert à rien, ronchonna-t-il sans même prendre la peine de les saluer. Vous avez déjà vu des démons frapper avant d'entrer ?

– Tu es seul ? s'inquiéta le gaillard qui lui avait ouvert, sans se préoccuper de son humeur maussade.

– Albrest ne viendra pas.

– Encore un qui abandonne, fulmina l'un des compères en reposant bruyamment sa tasse devant lui. S'il pense leur résister en se terrant comme un lapin dans son gîte, il se trompe !

– Dans l'état où il est, il ne pense plus rien, marmonna Sandro. Ce matin, devant la porte de son refuge fracassée, j'ai compris qu'il était trop tard. Les morts-éveillés ont réussi à forcer les contrevents métalliques. C'était un vrai carnage à l'intérieur. Ses deux enfants…

Les mots s'étranglèrent dans sa gorge.

– Si nous ne faisons rien pour les arrêter, reprit l'autre d'une voix toujours vive, il ne subsistera bientôt plus personne en ville.

– Cesse de radoter, Felipe ! Depuis que Giuseppe et le vieux fou nous ont abandonnés, que nous reste-t-il pour combattre ces monstres à part quelques fléchettes empoisonnées ?

– Et que proposes-tu, la fuite ?

– Quand ces maudites mouches ne trouveront plus de cadavres à ranimer, peut-être finiront-elles par disparaître.

– C'est donc ça, ta solution, détaler comme des rats qu'on pourchasse !

– Il n'y a rien de honteux à sauver sa vie.

– Sandro a raison, Felipe. Nous ne désirons rien d'autre que survivre, peu importe comment.

– Fédor n'aurait pas voulu cela.

La voix qui les interrompait émanait de la cuisine baignée d'ombre qui s'étendait derrière le comptoir.

– Diouma ! Nous t'avons réveillée avec nos discussions houleuses.

À la mort du patron de l'auberge, son épouse avait décidé de ne plus loger à l'étage du bâtiment où ils avaient toujours habité. Elle vivait désormais dans la grande salle des repas avec quelques solitaires démunis qui s'étaient joints aux compagnons des Gabiers. Des couvertures, quelques paillasses et du bois dans la cheminée, en peu de temps la taverne de Fédor s'était transformée en repaire de la résistance, le dernier refuge où la solidarité était encore de mise et Diouma comptait bien qu'il le demeure. Malgré les années qui pesaient sur ses épaules, elle n'avait jamais perdu sa ténacité à rester libre.

– Le jour s'est levé depuis longtemps, l'heure n'était plus au sommeil, répondit-elle d'un ton somnolent en surveillant l'eau de son thé qui frémissait sur la plaque en fonte.

Hormis sa silhouette élancée, enveloppée d'une chaude toge de feutre rouge qui la couvrait jusqu'aux chevilles, l'habitude qu'elle avait de toujours se raser le crâne pour n'y conserver qu'un fin duvet de cheveux noirs ajoutait à son allure mystérieuse. Les colliers qui ornaient sa poitrine ne la quittaient jamais, comme les témoins d'un passé cher à son cœur. De ses ancêtres, elle avait gardé sa peau d'ébène aux reflets cuivrés et cette dignité qu'arborent les peuples de la grande savane australe. Le regard perdu dans ses souvenirs, elle murmura :

– Durant toute sa vie, Fédor n'a cessé d'aider les autres. Il pensait que seule la générosité de chacun permettrait à l'empire de se mieux porter. Combien de fois a-t-il offert gîte et couvert à quelque voyageur de passage afin qu'il dorme au chaud le ventre plein. Peut-être compensait-il ainsi l'affection qu'il aurait tant aimé donner aux enfants que nous n'avons jamais eus. S'il était encore des nôtres, il nous exhorterait à tous nous rassembler pour défendre notre liberté. Nous ne sommes que d'infimes gouttes d'eau, pourtant l'océan se montre redoutable, disait-il.

Figée devant la cuisinière, la veuve du tavernier regardait les grosses bulles éclater sur la surface bouillonnante. Son sourire, déjà rare, avait déserté son visage depuis la disparition de son époux.

– Mais il est mort à présent, conclut-elle brusquement en attrapant la casserole avec un torchon pour verser l'eau sur les feuilles de thé qu'elle avait déposées au fond de sa tasse. Faites donc comme bon vous semblera, trancha-t-elle.

Si bref soit-il, le discours de Diouma raviva l'espoir qu'ils avaient tous abandonné. Il suffit de peu parfois pour influer le cours des vies, allumer la lueur qui permet soudain aux causes perdues de renaître. En quelques mots, elle était parvenue à les persuader à nouveau qu'ensemble, ils détenaient la force de vaincre les démons.

– Comment avons-nous pu nous résigner si aisément ? médita Sandro.

– Nous combattrons en mémoire de Fédor ! assura Felipe, soulagé de retrouver, enfin, chez ses compagnons la hardiesse insufflée par Ézéchiel et Giuseppe lorsqu'ils s'étaient ralliés à leur troupe.

Il était malheureusement inutile, désormais, de compter sur les compères de l'Ermitage. Depuis qu'ils avaient enterré leur protégée, ils ne quittaient plus leur demeure et y dépérissaient de tristesse. Il faudrait bien réagir pourtant, pas question d'abandonner Bayence pour qu'elle devienne une cité fantôme peuplée de morts-éveillés.

– Nous devrions être plus nombreux encore, insista Sandro.

– Beaucoup n'osent plus sortir de leur tanière. Quant à la noblesse, elle ne se préoccupe que d'elle-même.

– Nous pourrions convaincre le peuple des miséreux de batailler à nos côtés, suggéra Diouma.

– Jamais le Grand-Calfat n'acceptera une quelconque alliance avec les gens de Bayence.

– J'ai grandi à la Souille, murmura-t-elle. Fédor savait combien je répugnais à parler de mon enfance, mais le temps s'est écoulé depuis, tout cela n'a plus guère d'importance aujourd'hui. Je trouverai les mots qui unissent, ils me le doivent bien.

Sur ces révélations énigmatiques, les compagnons des Gabiers auraient bien aimé en apprendre davantage, mais aucun d'eux n'eut l'inconvenance de questionner cette femme sur un passé qu'ils présumaient douloureux.

– Eh bien, qu'attendons-nous pour préparer notre visite ? clama Felipe d'un air ragaillardi. Armez-vous comme pour une expédition, qui sait les mauvaises rencontres que nous pourrions faire en chemin. Sandro, Goran, enduisez la pointe de nos derniers carreaux d'arbalète avec la bouillie laiteuse d'Ézéchiel, et n'oubliez pas sa sacoche, elle contient encore nombre de pierres blanches. Il faut montrer au Grand-Calfat que nous ne sommes pas impuissants face aux morts-éveillés. Ce n'est pas sa pitié que nous implorons, mais une alliance à conclure.

La petite troupe traversa la Volène sous un ciel empli de mouches. De chaque côté du pont, les eaux du fleuve ourlé de neige se teintaient d'un noir d'encre tant elles reflétaient les sombres nuées. Hormis le bourdonnement lancinant des insectes, la fin de la journée dénuait Bayence de toute vie.

Les compagnons des Gabiers croisèrent le premier regard en atteignant la cité des miséreux. Des yeux suspicieux assortis de lèvres closes qui ne tarderaient pourtant pas à colporter la nouvelle de leur arrivée. Personne n'était bienvenu à la Souille désormais, mais Diouma n'avait cure de l'hostilité qui planait dans les ruelles étroites. L'arc qu'elle portait en bandoulière dans son dos lui donnait une étonnante assurance. Nul besoin de demander son chemin, même dans la blancheur de l'hiver, les lieux si souvent arpentés lui revenaient en mémoire comme un vieux livre que l'on relit. Si quelques venelles avaient changé, rognées de cabanes disparues et flanquées de nouvelles constructions cuirassées de bois, la structure de la cité était la même. Pour rejoindre la salle des audiences, il fallait s'enfoncer dans les entrailles tortueuses, sinuer sous les arcades couvertes, emprunter les anciens passages. L'immense pièce taillée dans les profondeurs de la Souille déployait sa voûte non loin de l'entrée des galeries souterraines qui sillonnaient les carrières de Bayence. On racontait de terribles légendes sur ces boyaux obscurs. À l'approche du grand hall, Diouma se rappela cette nuit d'été où Angol l'avait conduite à l'orée des bouches ténébreuses. Ce cauchemar la hantait toujours malgré toutes ces années vécues loin de la cité.

Ils étaient jeunes à l'époque et l'accès aux bas-fonds leur était strictement défendu, mais quoi de plus excitant que l'interdit lorsque l'on est enfant. Son ami était un garçon costaud, elle n'avait rien à craindre tant qu'il l'accompagnait, mais ce soir-là, Angol s'aventura plus loin qu'il ne l'avait jamais tenté. Postée à l'entrée de la cavité, elle aperçut d'abord ses grands signes dans la pénombre, puis il poussa des cris saccadés et gesticula de plus belle. Elle avait l'habitude de ses pitreries, mais quand les hurlements devinrent abominables, elle comprit qu'il ne plaisantait pas et se précipita à son secours sans réfléchir. La silhouette distordue de douleur qu'elle devinait au fond de l'effroyable tunnel disparut aussitôt. Elle rentra chez elle en larmes et fit à ses parents le récit de ce drame épouvantable. Cependant, ni l'un ni l'autre n'en crurent la moindre phrase, ils lui ordonnèrent même d'effacer cette affabulation de sa mémoire et de n'en conter mot à personne. Malgré eux, jamais Diouma n'oublia son ami dévoré par les ténèbres.

C'était aussi pour ses mensonges et ses faux-semblants qu'elle détestait la Souille.

Chapitre 36

Lorsque les compagnons des Gabiers pénétrèrent dans la salle souterraine, le Grand-Calfat les y attendait déjà. Il comptait ainsi déconcerter ces visiteurs imprévus, mais en aurait fallu davantage pour surprendre Diouma.

Entouré de ses aboyeurs, le souverain trônait fièrement devant la foule aux aguets. Felipe surpris constata que La Souille au grand complet s'était rassemblée pour l'audience. Prévenus par les guetteurs, les miséreux avaient dû parcourir un réseau de chemins détournés pour affluer par les nombreuses ouvertures qui perçaient régulièrement le pourtour de la crypte. Des blocs de pierre, empilés en colonnes dans le prolongement des arcades, soutenaient la dalle monumentale du plafond depuis lequel pendaient, accrochées à leurs chaînes, des vasques ardentes dont les flammes s'élevaient vers la voûte en dansant.

Juché sur son trône forgé d'éruptions métalliques surgies des entrailles de la Terre, le Grand-Calfat impressionnait par son allure juvénile. Celui qui dominait déjà la Souille sous le règne des parents du défunt empereur aurait dû être vieux et ridé, mort peut-être, et pourtant, sa peau lisse et son œil aiguisé évoquaient plutôt l'adolescence. Installés à ses côtés, ses lieutenants fripés et rabougris accentuaient le contraste. La légende qui lui prêtait une jeunesse éternelle disait donc vrai, le temps passait sur lui sans exercer la moindre emprise.

Toutes sortes de récits fabuleux couraient sur les raisons de son apparence : un masque parfait réalisé par quelque orfèvre naturaliste, de multiples potions qu'il ne manquait pas d'ingérer chaque matin, et même un pacte avec le diable, pour les théories les plus audacieuses. Le maître de la Souille se plaisait à soigneusement cultiver l'incertitude pour mieux garder cette aura de mystère utile à son pouvoir. Personne ne percerait jamais son secret. Toutefois, les sombres relations entretenues depuis toujours avec Monzag, contre quelques menus services, n'étaient pas étrangères à cette jouvence vénéneuse.

– Ainsi mes gens ne mentaient point, déclara-t-il d'un ton sarcastique, je peinais à les croire. Tu t'es enfin rappelé le chemin de ton passé, nous ne t'espérions plus.

Au mépris de toute bienséance, le maître de la cité ne s'adressait qu'à Diouma, faisant fi de ceux qui l'accompagnaient comme s'il dédaignait leur présence.

– Tu sembles oublier que c'est toi qui m'as bannie, riposta-t-elle sans se départir de son calme. Ta mémoire commencerait-elle à défaillir ?

Son aplomb coupa le souffle de ses compagnons. Le despote aurait pu les faire exterminer sur le champ, mais elle connaissait le Grand-Calfat mieux que personne, ils s'abstinrent donc d'intervenir.

– Ta vie a dû être bien malheureuse pour que tu gardes en toi un tel ressentiment, la provoqua-t-il. Regarde-moi, je n'éprouve nulle aigreur à te revoir. Serait-ce ta main qui te fait tant défaut ?

– Détrompe-toi, ma vie fut merveilleuse loin de la Souille.

– Je t'en ai laissé une, insista-t-il, et tu as survécu. Ne devrais-tu point remercier ma générosité ? Tu étais ma meilleure chapardeuse, tu m'appartenais, on ne quitte pas la Souille impunément, chacun le sait ici. Surtout pour s'amouracher du tenancier d'un bouge. J'avais des projets autrement plus grandioses pour toi.

Les habitués de la taverne avaient toujours vu le gant que Diouma portait à la main droite comme une coutume de son peuple, ils comprirent stupéfaits qu'il n'en était rien. Le Grand-Calfat dans son inflexible cruauté lui avait tranché le poignet pour la châtier de son insoumission.

– Qu'est-il devenu d'ailleurs, ce drôle ? s'acharna l'impitoyable. Sans doute passe-t-il ses nuits à parcourir Bayence, le crâne farci de mouches, à moins que tes amis ne lui aient déjà fauché le cou ?

De toute évidence, rien n'échappait au maître de la cité. Portant la main à la poignée de son sabre, Felipe signifia discrètement à ses amis de l'imiter. La situation prenait une tournure qui ne lui plaisait guère. Même si leur émissaire parvenait à garder son calme, l'échange demeurait loin d'être amical. L'alliance qu'ils avaient imaginée était compromise à en croire les regards méprisants qui les entouraient. Ils devaient désormais songer à quitter ces lieux au plus vite avant que le Grand-Calfat n'en décide autrement.

– Tu parles beaucoup pour un souverain sans rancœur, lui lança brutalement Diouma.

Un murmure s'éleva parmi les miséreux, il n'en fallait pas davantage pour exciter la foule.

– Es-tu prêt à entendre ce que je te propose, enchaîna-t-elle, ou devrons-nous repartir sans avoir rien échangé d'autre que de l'amertume ?

Le silence qui suivit sembla durer une éternité, chacun retenait son souffle. Un seul geste changerait la tension en violence, pourtant le maître de la Souille se contenta de quelques mots.

– Je reconnais bien là l'enfant indocile que tu étais. Mais peu importe, j'écoute ta requête.

– Il ne s'agit point d'une supplique, je t'offre une alliance pour éradiquer cette peste ailée qui ronge notre ville. Ces furies grouilleront bientôt dans nos crânes comme des abeilles au creux d'une ruche. Chaque nuit qui passe, le nombre des morts-éveillés augmente. Il nous faut les combattre si nous voulons survivre, sans quoi Bayence ne sera plus sous peu qu'un nid de cadavres.

– Ainsi, c'est la peur qui t'a guidée jusqu'ici.

– Ne pas trembler devant une telle menace serait bien déraisonnable. Seule la noblesse recluse dans ses bastions a encore l'insouciance de danser derrière leurs murs. J'ai là une arme qui peut nous débarrasser de ces démons, mais ce n'est qu'en nous alliant que nous réunirons la force de les vaincre.

– Me parlerais-tu de ces flèches explosives ?

Il était décidément difficile de surprendre le Grand-Calfat.

– C'est un peu plus complexe que cela, le reprit-elle, insensible à l'intimidation.

– Fais-m'en la démonstration, la défia le despote dans un rictus qui n'augurait rien de bon.

Dubitative, Diouma se retourna vers ses compagnons. Comme eux, elle ne savait nullement à quoi s'attendre. Sandro avait déjà déployé le sac de cuir lorsque les premiers grondements retentirent par l'une des sombres galeries qui débouchaient dans la salle. Soudain, la foule s'écarta dans un mouvement précipité, ouvrant le passage jusqu'à la troupe des Gabiers. Du trou noir s'échappait maintenant le vrombissement reconnaissable des démons ailés.

Peu enclin à la panique, Sandro se pencha plus avant pour fourrager dans la sacoche. Saisissant un morceau de pierre blanche, il l'effrita dans sa main. Jamais encore il n'avait tenté de repousser une nuée de mouches en projetant sur elles la poudre du vieil inventeur de l'Ermitage, le moment était venu d'en faire l'expérience. Il hésitait toutefois à croire le Grand-Calfat assez fou pour lâcher sous la voûte populeuse un essaim de ces furies. Le visage désemparé de l'ancienne chapardeuse aurait dû l'alerter davantage, elle avait conscience que le maître de la Souille pouvait se montrer capable de bien pire.

Brusquement, tels les messagers d'un fléau, quelques insectes déchaînés jaillirent au cœur de la crypte en tournoyant par-dessus les têtes dans un vol rageur. La nuée redoutable surgirait bientôt. Le regard rivé sur la cavité ténébreuse, le cœur de Doumia se contracta douloureusement dans sa poitrine lorsque l'ennemi émergea brutalement de l'ombre. Le tyran avait osé ! Plus impressionnant que tous ceux qu'ils avaient combattus jusqu'à présent, un terrifiant mort-éveillé se ruait sur eux. Le souverain des miséreux plus détraqué qu'il n'était imaginable risquait la vie des siens dans l'unique intention de maintenir son autorité.

Dans un réflexe désespéré, la femme de la grande savane empoigna son arc sans grande conviction. Ses flèches nullement enduites de diatomite ne lui seraient d'aucune utilité contre ce monstre. Sandro rejeta vivement sa poudre blanche pour saisir l'arbalète repliée dans la besace en cuir, mais il était trop tard pour l'armer. Bondissant comme un forcené, les yeux rouges, la bave aux lèvres, animé par la fureur des insectes acharnés qui lui ravageaient la cervelle, le monstre claqua les dents avec une sinistre crispation en s'élançant vers ses victimes.

Chapitre 37

Encerclé de morts-éveillés au milieu du vaste hall parsemé de neige, Wil n'osait plus faire un geste. Les silhouettes d'une horde entière se découpaient dans la clarté nocturne partout dans le Clos du Marais. Toujours à l'affût de corps à raviver, les légions de mouches avaient déserté le ciel et la lune déversait ses rayons par le toit effondré. Debout dans les décombres, agrippés aux murs éboulés, les macchabées pullulaient jusque dans le champ immaculé qui s'étendait devant la bâtisse en ruines. Pourquoi s'étaient-ils regroupés ici ? À cette heure avancée de la nuit, ils auraient dû être en chasse, occupés à traquer leurs proies terrorisées à travers les rues de Bayence.

Jetant un regard circulaire alentour, le garçon comprit qu'il était trop tard pour s'enfuir. Les yeux exorbités des cadavres le dévisageaient, les lèvres se retroussaient sur des dents disparates. Wil redoutait l'instant où ils se jetteraient sauvagement sur lui pour assouvir la faim qui les tenaillait sans cesse. Dans son dos, la manta commençait à montrer des signes d'agitation. Peu à peu, le cliquetis métallique de ses ondulations se mua en frissonnements cristallins pendant qu'elle brassait l'air de ses larges ailes. Toutefois, les minutes s'écoulèrent sans qu'aucun forcené n'esquisse la moindre gesticulation, à croire que le froid engourdissait leurs instincts.

Au milieu de cette tension qui grandissait, l'enfant solitaire éprouva peu à peu une étrange sensation, le bourdonnement des morts-éveillés se mêlait au sien en une cacophonie de propos confus. Leurs bouches pourtant immobiles lui murmuraient des mots à l'oreille et le flot de chuchotis ininterrompus se déversait dans son crâne sans qu'aucune barrière ne l'arrête. Était-ce les mouches grouillant dans leurs têtes qui permettaient à tous ces cadavres de partager leurs pensées ? Nés d'un même démon, les insectes s'obstinaient à relier chacun des trépassés comme les pièces éparpillées d'une seule créature, un être unique composé de multiples fragments. Wil peinait cependant à imaginer que ces bêtes assoiffées de sang, chaque nuit plus barbares, détiennent une telle volonté. Toutefois, si lui parvenait à raisonner de la sorte, pourquoi ces morts-éveillés s'en seraient-ils montrés incapables ? N'appartenaient-ils pas à la même famille ?

Loin de s'avérer dépourvus de toute émotion comme le garçon le supposait, les cadavres dévoilaient de surprenantes préoccupations. Leur calme montrait à Wil combien il se trompait à leur sujet. Impuissants à réfréner la violence qui les submergeait lorsque la faim leur dévorait les entrailles, ils haïssaient comme lui ces maudites mouches qui les avaient réveillés de leur dernier sommeil. Que n'auraient-ils donné pour se débarrasser de ces abominables insectes ! Cependant, tout écœurés qu'ils soient par leur propre cruauté, chacun d'eux n'aspirait qu'à survivre. Peu leur importait de savoir qui leur avait accordé ce simulacre de vie ni quelle en était la raison, ils étaient de retour parmi les vivants et comptaient bien poursuivre l'aventure. Personne désormais ne pouvait les en empêcher, ils reconquerraient Bayence comme des guerriers prêts à tout pour défendre les leurs.

Passant outre leur menaçante apparence, le garçon comprit enfin que les morts-éveillés ne projetaient nullement de l'assaillir. Leur air féroce ne reflétait que l'habituelle expression de leur visage. Bien qu'il l'admette encore avec difficulté, Wil était l'un d'eux. Ces traits grimaçants le marquaient également, ils deviendraient vite ordinaires et leur laideur se révélerait élégante pour ce peuple qui s'éveillait.

Peu à peu les mots se précisèrent plus distincts et les propos plus cohérents, le garçon distinguait difficilement ses propres pensées au milieu de cette confusion. Une insidieuse panique commença à s'emparer de lui, il se perdait dans un labyrinthe sans fin envahi par cette multitude immense. Pas le moindre recoin de tranquillité pour ses précieux instants de solitude, ce silence qui accueille les rêves et permet aux souvenirs d'affluer. Ses secrets les plus intimes se mêleraient à ce grand amalgame sans aucune retenue, même son trépas ne lui appartiendrait plus. La conscience démesurée submergeait la sienne, et il aurait fini par se noyer dans ce tumultueux vacarme si l'une des créatures n'avait pas brusquement imposé le silence.

Dépassant ses congénères d'une bonne tête, l'énergumène dressé au milieu de la foule impressionnait par sa carrure. À le voir toiser l'assemblée de son regard impérieux, Wil comprit qu'il existait un meneur de la horde. Chaque fois que des individus se regroupaient en tribu, l'un cherchait toujours à dominer les autres, les morts-éveillés n'échappaient visiblement pas à cette règle. D'une démarche claudicante, le colosse fendit la meute pour se planter devant le jeune intrus dans une attitude arrogante. Le garçon n'aurait su dire s'il voulait le provoquer ou simplement s'assurer qu'il était bien mort, car le gaillard relevait en saccades la protubérance décharnée qui lui servait de nez et humait l'air par petites inspirations, comme le font les bêtes sauvages à l'approche de l'inconnu. Sans doute Wil aurait-il dû courber la tête en signe de soumission ou se préparer à l'esquive pour éviter que le costaud l'atteigne, mais du fond de sa mémoire défaillante surgirent des souvenirs qui l'incitèrent à rester impassible. Il ne devait pas dévoiler ses craintes face à l'agresseur, quelle que soit son envergure. Cependant, il n'avait jamais affronté un tel adversaire. Les bras que le monstre balançait de chaque côté de son torse trapu se galbaient de muscles saillants malgré son état de putréfaction avancée. Campé sur ses deux jambes noueuses comme le tronc des vieux saules qui parsemaient les bords de la Volène, le mastodonte semblait inébranlable. En revanche, la tête au sommet de cette masse impressionnante se posait singulièrement dérisoire comparée au reste du corps. La créature se pencha vers Wil jusqu'à presque coller son front contre le sien avant de pousser un rugissement qui fit trembler les ruines alentour.

Bien que mort lui aussi, le garçon ne manquait pas d'odorat et l'haleine insoutenable qu'exhala le colosse prouvait qu'il se décomposait depuis fort longtemps. Difficile de résister à pareil fumet sans ciller, mais lorsqu'il rouvrit les yeux, Wil détailla la face tuméfiée qui le fixait. À en juger par la violence de son regard, l'imposant personnage ne supportait pas l'intérêt que l'intrus suscitait parmi la horde.

Sa suprématie risquait de vaciller, il n'épargnerait pas son adversaire. Le gamin solitaire ne ressentait nulle appréhension, il avait déjà connu le trépas. Rien ne serait pire que les doigts glacés du démon qui l'avaient lentement étranglé ce soir-là, alors qu'il tentait de protéger Faustine dans la ruelle de Bayence. Lorsqu'il avait décidé de rejoindre le Clos du Marais, Wil n'imaginait pas y vivre ses derniers instants, sa fin serait peut-être définitive, cette fois. Avant même qu'il ne songe à réagir, le géant lui empoigna le crâne de son énorme main.

L'affrontement ne dura que quelques secondes, malgré sa corpulence, l'homme possédait une incroyable vivacité. Surprise ou lassitude, le garçon n'opposa pas la moindre résistance, il ne hurla pas lorsqu'une insupportable douleur lui broya les tempes. Derrière lui, la manta tressaillit, s'ébrouant comme un cheval fougueux qui s'agite, puis d'un coup, Wil n'éprouva plus aucun tourment.

Difficile de prêter des sentiments à une créature mécanique, pourtant le phénix d'Ézéchiel ne se résignait nullement à regarder mourir le seul être qui comptait encore pour lui. À peine la brute eut agrippé le crâne du gamin que l'animal effectua une impressionnante virevolte. Ce qui paraissait une manœuvre d'intimidation se révéla étonnamment plus radical, l'aiguillon acéré de sa queue décrivit une large courbe et termina sa course en cinglant sauvagement le cou de l'agresseur. La tête tranchée net vola dans l'air froid puis retomba au sol avec un bruit sourd. Bouche ouverte par une grimace abasourdie, le visage se marbra peu à peu de neige pendant qu'il roulait sur les fragments de dallage éparpillés dans les décombres de la vaste salle.

Un silence pétrifié s'empara de la foule abasourdie par l'accès de violence du paisible animal. Brutalement terrassé, le corps du décapité trembla un instant puis s'écroula mollement, tandis que l'essaim de mouches qui l'infestait s'envolait pour rallier les nuées noires. Les yeux rivés sur la masse inerte, l'assemblée ne réagissait plus. Nulle pensée, aucun bruit. Après cette riposte spectaculaire, le garçon s'attendait au pire, son répit serait de courte durée, la meute ne tarderait guère à se déchaîner sur lui pour le déchiqueter en lambeaux. Seule la manta pouvait garder l'espoir de s'envoler avant la curée.

Pourtant, le silence continua de planer sur les ruines, jusqu'à ce que les plus hardis s'approchent prudemment. Le regard hésitant, la tête basse, terrassés par la disparition de leur guide, ils avaient perdu la rage qui grondait au fond d'eux. Wil comprit qu'il n'avait plus à redouter leur fureur, il eut même le sentiment que l'étrange attroupement guettait un signe pour marcher à ses côtés. Le plus fort obtient toujours la faveur des foules.

À pas mesurés, le jeune garçon se retourna pour caresser la créature volante qui frissonna sous sa main. Elle l'accompagnerait où qu'il aille désormais. D'un bond, il se hissa sur son dos pour observer les cadavres si longtemps craints. Leurs pensées affluèrent aussitôt, la horde attentive s'apprêtait à le suivre. Loin de son agitation habituelle, le peuple des morts-éveillés s'élança à travers Bayence dans un ordre inquiétant.

Chapitre 38

– Un automate ? Mais c'est fabuleux ! Qui l'a fabriqué ?

– Je ne sais pas, avoua Faustine, il me semble qu'il a toujours existé.

– C'est impossible, il faut bien que quelqu'un l'ait réalisé.

Depuis qu'ils avaient rejoint l'Ermitage, Ézéchiel n'en finissait pas de s'émerveiller devant les révélations de son amie.

– Peut-être Rakou s'est-il créé lui-même, suggéra-t-elle.

L'alchimiste considérait l'Au-delà avec son habituelle rigueur scientifique, mais de l'autre côté, Rakou, les arpenteurs, la vallée du Guet, la réalité était différente. La jeune femme prit conscience qu'elle ne s'était jamais posé la moindre question sur ces terres lointaines. Ce n'était peut-être qu'un rêve, une illusion que son imagination s'était évertuée à bâtir pour lui cacher l'abominable vérité du néant qui l'entourait.

– Cesse donc d'importuner Faustine avec tes réflexions ! grogna Giuseppe. Tu vois bien qu'elle est fatiguée.

– Mais elle revient du royaume des morts, Gius ! Elle a vaincu la grande faucheuse ! Te rends-tu compte de ce que cela signifie ?

– Nous allons pouvoir revivre comme avant, le reste m'importe peu.

– La résurrection, la vie après le trépas, tous ces mystères enfin dévoilés. C'est une expérience exceptionnelle ! Une chance inouïe de découvrir un autre monde, d'entrevoir notre avenir !

Emporté par son enthousiasme, Ézéchiel ne pouvait s'empêcher de gesticuler pendant qu'il dissertait. Jamais ses amis ne l'avaient vu dans un tel état d'excitation.

– Lorsque j'étais enfant, se remémora-t-il, je pensais que la mort me permettrait de comprendre tous les secrets de l'univers, et j'apprends que c'est un automate qui détient les réponses ! Admets que c'est fascinant, non ?

– Pas vraiment, déclara nonchalamment le maître d'armes. Plus jeune, je ne songeais qu'à l'escrime et aux tartes de tante Emma. Chacun ses rêves.

– Le ventre et l'épée, tu n'as nullement changé depuis, si ce n'est quelques rides peut-être !

– Guère plus que toi avec tes extravagantes inventions !

La gaieté transparaissait dans leurs voix. De leurs querelles habituelles, il ne restait plus que de facétieuses plaisanteries. Les vieux complices avaient retrouvé leur protégée et ils profitaient pleinement de ce plaisir inespéré. Pourtant, leur bonne humeur ne parvenait point à dérider la jeune femme. Comment aurait-elle pu demeurer sereine avec ce qu'ils lui avaient rapporté sur les terribles événements des derniers jours ? Les sinistres nuées de démons ailés obscurcissaient le ciel, elles ranimaient les épouvantables macchabées qu'ils avaient affrontés dans les galeries des carrières. Même décapité, Monzag poursuivait son œuvre infernale, déposant Bayence aux mains de deux créatures autrement redoutables. La déliquescence régnait désormais au palais, les morts-éveillés se rendraient bientôt maîtres de la ville, et l'empire ne tarderait pas à subir le même sort.

Malgré l'immense bien-être qu'elle ressentait auprès de ses tuteurs, la justicière s'inquiétait à l'idée des combats qu'ils devraient mener. Devant son regard sombre, l'alchimiste tenta de lui redonner le sourire.

– Quel bonheur que tu aies pu revoir tes parents, s'exclama-t-il d'un air enjoué.

– C'était merveilleux, reconnut Faustine.

Bien qu'elle ne veuille en rien gâcher leurs retrouvailles, le ton de sa voix ou ses mots trop convenus éveillèrent les soupçons de ses compagnons.

– T'ont-ils vraiment paru heureux ? insista Ézéchiel.

– Je l'espère, murmura-t-elle avant de regretter sa trop grande franchise.

– Qu'est-ce à dire ? répliqua aussitôt le vieil homme.

Après une brève hésitation, la jeune femme décida de leur avouer sa peine. À quoi bon cacher plus longtemps son amère découverte ?

Tarte aux mirabelles
de tante Emma

Prenez un demi-litre de belle farine passée au tamis de soie, faites un puits dans le milieu du monticule et versez-y lentement un demi-verre d'eau ~~bien fraîche~~ tiède additionnée de quelques grains de sel gris. Pétrissez légèrement la préparation. Lorsqu'elle est de consistance molette, vous pouvez y incorporer peu à peu les copeaux d'un morceau de beurre gros comme un œuf de cane. Formez une boule avec la pâte ainsi obtenue puis abaissez-la à l'épaisseur d'une piastre. Repliez-la ~~plusieurs~~ six fois et laissez-la reposer sous un linge humide.

Choisissez ensuite des mirabelles bien mûres ; celles qui sont petites et piquées de rouge sont les meilleures.

Après les avoir ouvertes en deux et vidées de leurs noyaux, saupoudrez-les de beau sucre roux rapé et faites-les griller sur de la braise.

Reprenez l'abaisse feuilletée et étalez-la dans une tourtière en céramique préalablement graissée et garnie de papier brouillard beurré.

Lorsque les prunes
puis glissez le
campagne.

Dans une terrine
grammes de sucre
émondées et pilée
de farine ainsi
pralinée.

Puis ajoutez
ce que le mélan

Juste avant
juste sortis du
montés en nei

Remettez a
commence à

Servez cha

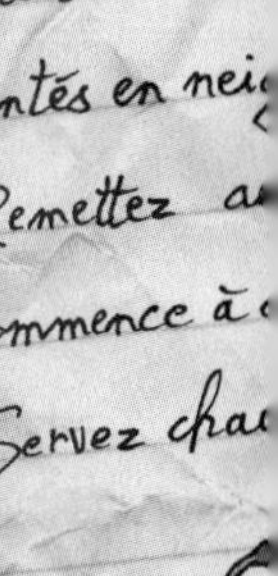

– Depuis qu'ils ont rejoint la vallée du Guet, mes parents n'ont plus qu'une seule obsession, celle de franchir la Porte. Une sorte de passage vers un nouveau monde dont ils sont persuadés qu'il leur offrira une existence meilleure. Le destin de Bayence les indiffère, je crois même qu'ils se moquent de notre propre avenir.

– Ne sois pas si sévère avec eux, tempéra l'alchimiste. Comment pourrions-nous juger de leurs actes, nous ne connaissons rien des épreuves qu'ils traversent. Ni ton père ni ta mère ne seraient capables d'une pareille indifférence sans raison, n'est-ce pas Giuseppe ?

– Évidemment, confirma brièvement le maître d'armes surpris par la question de son ami. Jamais ils n'auraient semblable attitude, ajouta-t-il sans parvenir à se montrer davantage convaincant.

Ézéchiel s'étonna de trouver son compère si peu éloquent. Cependant, il n'insista point, toutes ces révélations l'avaient sans doute fortement perturbé.

– Ils m'ont paru si distants, poursuivit Faustine. J'éprouvais cette horrible sensation de les déranger dans leurs habitudes, de n'être qu'une fâcheuse dont on a hâte de se débarrasser. Certes, ils étaient contents de me revoir, mais jamais ils n'ont cherché à s'informer sur nos vies, sur ma mort, ni même à savoir si nous étions heureux. Ils ne s'inquiétaient de rien à l'exception de cette Porte, quitte à faire fi du passé, comme si la mémoire de leur existence écoulée s'évanouissait.

La jeune femme s'attendait à retrouver ses parents tels qu'en ses souvenirs au lieu d'étrangers. Les années loin des leurs ne pouvaient les avoir changés à ce point. Bien sûr, Giuseppe lui avait toujours appris à envisager le monde à travers le regard des autres pour appréhender leurs réactions d'une meilleure manière, mais il s'agissait de son père et de sa mère, non de quelque vague connaissance éloignée. Peut-être trop intransigeante, elle aurait dû tenter de mieux les comprendre. On ne devrait jamais être déçu par ceux qu'on aime.

Bien qu'il s'efforce de persuader Faustine qu'elle méjugeait ses parents, l'alchimiste avait le cœur serré à l'idée qu'Éloïse et Armand puissent un jour les oublier. À ses côtés, le maître d'armes paraissait étrangement moins tourmenté par les propos de la jeune femme. Il commençait même à sentir la faim lui creuser l'estomac.

– Je suis sûr que mes recettes t'ont manqué ! lança-t-il d'un air léger pour égayer l'atmosphère. Le royaume des morts est sans doute celui où l'on trouve les meilleures bières, néanmoins, je doute que leurs tourtes aux panais soient aussi goûteuses que la mienne.

Le regard surpris que lui jeta Ézéchiel n'était pas exempt de reproche, mais le plaisantin ne s'en soucia guère.

– Pour habiles danseurs qu'ils soient, persista-t-il au risque de subir les foudres du vieil homme, les macchabées n'ont pas la réputation d'être de fabuleux cuisiniers.

Outré par cet humour incongru, l'alchimiste s'apprêtait à tancer son compère quand Faustine le devança.

– Détrompe-toi, Gius ! riposta-t-elle d'un air soudain malicieux. Dans sa tour solitaire, Rakou préparait d'excellents plats. Cependant, tu as raison, ajouta-t-elle pour le rassurer, ta tourte au panais est de loin la plus délicieuse. S'il te reste quelques champignons séchés accompagnés de ta marinade à l'ail des ours, elle sera exceptionnelle !

– Les vivres se font de plus en plus rares à Bayence, lui fit remarquer le maître d'armes, mais je devrais être en mesure de te concocter ça.

Ézéchiel s'ébahissait de découvrir la jeune femme brusquement si radieuse. Emporté par l'enthousiasme ambiant, il s'exclama à son tour.

– Et pour apporter une touche d'originalité à ce merveilleux repas, je m'occuperai du dessert !

– Aïe ! grimaça Giuseppe, Faustine vient juste de rentrer, ménage-la quand même, elle a perdu l'habitude de tes expériences culinaires.

– C'est vrai qu'avec tes tourtes brûlées, riposta l'alchimiste, son estomac risque d'être mis à rude épreuve !

– Mes deux ronchons ont gardé leur sens de la répartie, à ce que je vois, s'amusa leur protégée.

Devant son sourire réjoui, les deux amis s'esclaffèrent. Il y avait bien longtemps qu'ils n'avaient pas été si heureux.

– Ce long périple m'a épuisée, un peu d'eau sur le visage me fera le plus grand bien.

– Ta blessure va-t-elle mieux ? s'enquit Ézéchiel.

– Tes remèdes sont toujours aussi efficaces, répondit-elle en découvrant que l'entaille avait déjà cicatrisé. Pendant que vous préparez le repas, je vais me débarbouiller et changer ces vêtements blancs pour quelque chose de plus… seyant.

– J'ai gardé ta chambre telle que tu l'avais laissée, lui signala le maître d'armes tandis qu'elle montait l'escalier.

– C'est-à-dire en désordre.

– Exactement !

Hormis le tintement de quelques ustensiles, le silence régnait à nouveau dans la cuisine.

– As-tu remarqué le reflet de ses yeux ? murmura Giuseppe de retour dans la pièce les bras chargés des quelques panais récoltés dans la serre.

– Faustine est morte, Gius, lui asséna l'alchimiste crûment. Il est heureux qu'elle n'ait que ça comme séquelle.

– Elle est magnifique avec ce rouge au fond du regard, déclara le cuisinier admiratif sans prétendre à la moindre objectivité.

– Quelle fabuleuse aventure, médita Ézéchiel, je ne cesse de m'émerveiller qu'elle nous soit rendue du royaume des morts.

Sa mine rayonnante ne tarda pourtant pas à s'assombrir. Son sourire s'effaçait à mesure qu'il réfléchissait à la conversation précédente.

– Peut-être n'aurais-je pas dû lui parler de ses parents, se reprocha-t-il.

– Au contraire, le rassura son ami en émiettant ses champignons, cela lui a permis d'épancher sa peine, c'est beaucoup mieux ainsi.

Puis il hésita avant d'ajouter :

– Penses-tu vraiment qu'elle les ait rencontrés ?

– Bien sûr, Gius ! certifia l'alchimiste soudain déconcerté par l'attitude de son compagnon. En douterais-tu ?

– Je ne sais pas, rumina le maître d'armes. Son imagination ne pourrait-elle avoir tout inventé pour combler le vide de ce trop long sommeil ? Comme ces rêves qui bouleversent nos vies tant ils paraissent réels.

– Ainsi, tu n'admets nullement l'existence de cet autre monde, voilà pourquoi tu étais si peu bavard tout à l'heure. Que crois-tu donc qu'il y ait après la mort ?

– Il sera toujours temps de le découvrir quand je ferai le grand saut.

– N'as-tu aucun désir de savoir ce qu'il adviendra de nous ensuite ? s'étonna Ézéchiel.

– J'ai surtout peur qu'à trop parler de ce royaume il devienne si réel que Faustine ne puisse s'empêcher d'y retourner.

– Tu y crois donc un peu.

– À supposer que ses seules pensées l'aient ramenée parmi nous, suggéra Giuseppe, elles peuvent nous la reprendre à tout instant. L'imaginaire se montre capable de si prodigieux exploits.

– Bien sûr, tout s'avère possible en ce cas, concéda l'alchimiste d'un ton légèrement agacé. Existons-nous vraiment ? Ne sommes-nous point la simple projection des rêves d'une chenille opiomane ? L'émanation d'un cerveau fou baignant dans un bocal ?

– Serait-ce ta chenille qui fume sur le fourneau ?

– Bon sang, mon caramel ! s'écria Ézéchiel en se précipitant pour saisir la casserole qui grésillait sur la plaque en fonte.

– Ce n'est pas grave, Ézé, le tranquillisa son ami en s'efforçant de paraître déçu, il doit nous rester quelques pommes pour la fin du repas.

– Non, Gius, grommela le vieil homme, j'ai promis à Faustine un dessert pour son retour et je le réaliserai, dussé-je y passer la nuit.

Chapitre 39

Dans la salle des audiences, les compagnons des Gabiers s'étaient regroupés pour faire face à l'horreur qui avait surgi du tunnel. Les lèvres retroussées sur des dents jaunies, la créature se précipita vers ses proies en poussant un effrayant rugissement. Diouma n'avait jamais vu un mort-éveillé aussi grand ni d'aussi près, les paupières écarquillées dévoilaient un regard halluciné sans trace d'humanité. Comment des insectes dérisoires grouillant au fond d'un crâne pouvaient-ils ainsi transformer un homme en monstre assoiffé de sang ? Bien plus rapide que les loups qui rôdaient parfois autour de Bayence lorsque la neige et le froid les incitaient à quitter la forêt des Grés, l'assaillant ne laissait aucune chance à ses victimes pour tenter une quelconque riposte. D'une ultime détente, il se rua sur Sandro quand une culbute spectaculaire interrompit sa course. L'énergumène emporté par son élan dépara sur le dallage de pierre malgré son impressionnante agilité. La soudaine tension d'une chaîne solidement amarrée au collier qui l'étranglait l'avait brutalement immobilisé avec un craquement sinistre. Projeté dans une invraisemblable voltige, son corps dégingandé retomba à quelques pas des combattants pétrifiés.

Le choc lui brisa net les cervicales, rien de vraiment fâcheux pour un homme que la vie avait déjà abandonné, tout au plus resta-t-il étourdi un court instant, la tête anormalement inclinée sur le côté. Abasourdi par la virevolte, le mort-éveillé se releva avec suffisamment de lenteur pour qu'un gaillard de la Souille lui passe autour du col une corde coulissant au bout d'une perche. Sa rage ne tarda guère à réapparaître, ils ne furent bientôt pas trop de trois arc-boutés sur le bâton pour le maîtriser. Claquant vigoureusement des mâchoires, le monstre brassait l'air de ses mains en mouvements désordonnés pour tenter d'agripper un quelconque imprudent. Figée devant la scène, Diouma ne parvenait pas à détourner le regard.

– Belle bête, n'est-ce pas, l'apostropha le Grand-Calfat, l'air satisfait en se dirigeant vers la créature d'une démarche prétentieuse. Nous l'avons récupérée au fond d'un des nombreux pièges qui bordent la cité. L'animal n'était guère enclin à se laisser faire, mais contrairement aux autres, quelques virulentes décharges ont suffi à le rendre plus docile qu'un chien battu. Vois comme il me craint désormais.

Une étrange baguette à la main, le maître de la Souille s'avança si près que le forcené aurait pu lui arracher le bras d'un seul geste. Pourtant, l'enchaîné ne broncha pas, bien au contraire, il se tassait à mesure que l'homme s'en approchait.

– Comme tu peux t'en rendre compte, reprit celui-ci avec un certain mépris dans la voix, nous ne sommes pas démunis face à cette menace au point de conclure un pacte avec ceux de Bayence. Mais puisque tu es venue jusqu'à moi, montre-nous ton arme fabuleuse, exécute cette obscène créature si tu t'en crois capable.

L'ancienne chapardeuse connaissait bien le rictus diabolique qui déformait le visage du despote, lequel détourna le regard avec dédain pour toiser le condamné.

– Tes hurlements vont me manquer, lui lança-t-il en pointant l'aiguillon sur sa peau marbrée de taches sombres.

L'éclair qui jaillit à l'extrémité de la canne claqua dans l'air comme un violent coup de fouet, arrachant un cri de douleur au cadavre qui, dans un geste de défense, se rebella contre son maître. Mal lui en prit, vexé de cette rebuffade, le Grand-Calfat lui infligea une nouvelle décharge, puis une autre, encore et encore jusqu'à ce qu'épuisée, la créature cesse de réagir.

– Il est à toi, cracha-t-il fièrement à Diouma, en décochant une dernière meurtrissure à sa victime.

Guère surprise par la cruauté de son ancien maître, la négociatrice était néanmoins écœurée du plaisir qu'il prenait à s'acharner sur le macchabée. Avant de devenir un monstre, ce mort-éveillé était un homme, l'un des leurs peut-être, et au fond des prunelles, la sauvagerie avait disparu. Il ne restait qu'un animal terrorisé, un gibier aux abois qui aspirait à une mort rapide, implorant que cesse enfin la douleur.

Fourrageant dans le sac de cuir, Sandro en extirpa une arbalète qu'il déplia pour en bander le mécanisme. Il venait tout juste de la charger d'un carreau enduit de diatomite lorsque Diouma s'en saisit, déterminée, l'homme lui abandonna l'arme sans hésitation. Lentement, elle épaula la crosse avant de crisper son doigt sur la détente. Quelques années auparavant, la tentation aurait sans doute été grande de brusquement dévier son tir pour transpercer le cœur du Grand-Calfat. Ôter la vie à celui qui par dépit l'avait amputée d'une main l'effleura un bref instant, mais son passé ne méritait pas de risquer l'existence de ses compagnons. Et puis à coup sûr, le souverain de la cité avait déjà paré à cette éventualité. Sa garde personnelle devait se tenir prête à toute agression, l'homme ne régnait pas depuis si longtemps sur les miséreux par hasard, sa prudence maladive l'avait maintes fois sauvé d'une mort certaine. Un dernier regard, la contraction d'un muscle sur le métal froid, et la flèche perfora le crâne du mort-éveillé. Un ultime spasme agita le corps qui s'écroula au sol.

Dans la lumière dansante des vasques enflammées, un silence sépulcral s'abattit sur la salle des audiences. Nulle parole, pas le moindre geste, les yeux rivés sur le cadavre, les gens de la Souille attendaient que la bête se relève. Cependant, elle enflait peu à peu, et soudain, démesurément bouffie, elle libéra une multitude d'insectes racornis qui retombèrent en s'éparpillant au milieu du dallage, comme une pluie de grêle noire.

– Quelle déception, soupira le Grand-Calfat. Que sont devenues tes croyances, cette vie que tu respectais tant ? Le pauvre bougre que tu as exécuté t'avait-il à ce point horrifiée pour que tu l'achèves sous nos yeux ? Tu me déçois profondément.

Le maître des miséreux n'avait pas son pareil pour mettre ses visiteurs mal à l'aise, Diouma s'en souvenait. Avant même qu'elle puisse contrer sa mauvaise foi, il reprit :

– Toutefois, le soir est tombé sur la ville et je m'en voudrais que tu risques la mort dans ses rues incertaines. Aussi je consens à t'héberger pour la nuit, ainsi que ceux qui t'accompagnent. Mes gardes vous escorteront jusqu'à votre logis, conclut-il en leur indiquant l'arche de sortie d'une main ferme.

Aucun des membres de la troupe ne chercha à s'opposer à la voix autoritaire et à l'invitation injonctive, ils n'étaient pas de taille à affronter le peuple des miséreux. Diouma acquiesça d'un insignifiant hochement de la tête avant de quitter la salle suivie de ses compagnons. Dans la terne lueur de leurs torches, trois hommes parmi les plus costauds de l'assemblée les conduisirent à travers les méandres des ruelles jusqu'au sommet de la cité. Perçant avec difficulté les essaims de mouches, la lune facilitait parfois leur ascension.

Leur refuge ne pouvait pas être plus élevé. Façonnée de terre et de bois, la construction en pointe biscornue se dressait tout en haut de la Souille tel l'ultime piton d'une montagne. Un lourd tablier de cuir refermait le passage qui permettait d'y pénétrer en courbant le dos. Diouma avait beau fouiller sa mémoire, elle ne gardait aucun souvenir de ce lieu. L'un de leurs guides franchit le seuil pour allumer de son flambeau la vasque centrale, puis sortit. Une chaude lumière se répandit sur les paillasses disposées en rosace, les flammes dansaient au gré des courants d'air créés par de minuscules ouvertures disséminées au hasard qui perçaient la paroi afin de ventiler la pièce. Les visiteurs devaient se faire rares à la Souille, car l'endroit s'apparentait davantage à une geôle dominant la cité qu'au logement habituellement réservé aux invités. Impossible de s'en échapper, d'autant que les trois hommes du Grand-Calfat montaient la garde devant la terrasse attenante.

En silence, les compagnons des Gabiers s'installèrent en cercle autour du foyer, chacun assis au bord d'une couche.

– Ne serions-nous point prisonniers ? murmura Felipe d'un ton hésitant.

– Ça y ressemble fortement, grogna Goran. Je soupçonne même ce maudit Calfat d'avoir le projet de nous faire assassiner pendant notre sommeil.

– Si tel était son désir, nous serions déjà morts, déclara Diouma en énonçant l'évidence. Nos armes l'intéressent et de nouveaux combattants pour grossir ses rangs sont toujours bons à prendre. Il entend juste nous démontrer qu'il est le maître des lieux et prétend bien le rester, une parade d'intimidation en quelque sorte.

– Je propose quand même que nous organisions des tours de veille au cas où il lui prendrait l'envie de changer son exhibition en massacre, suggéra Sandro, je n'ai qu'une confiance limitée dans l'hospitalité de cet homme. Reposez-vous pendant que je commence la première garde, leur annonça-t-il en ajustant son manteau avant de s'asseoir sur une malle non loin de l'entrée, le dos aux flammes, une arbalète armée entre les mains.

Épuisés par les émotions des dernières heures, ses compagnons s'allongèrent sur les paillasses sans plus un mot puis se recroquevillèrent sous leurs couvertures. Diouma resta assise encore un moment. Ce retour à la Souille avait ravivé en elle une multitude de souvenirs, des horreurs qu'elle croyait à jamais disparues, des bonheurs oubliés. Sifflant par les trouées des murs, le vent froid de l'hiver faisait danser le feu qui projetait des ombres chimériques sur la charpente en treillis. Son sommeil serait long à venir.

Chapitre 40

Elle se réveilla en sursaut. La fatigue l'avait emportée par surprise, sans qu'elle s'en aperçoive. Les ténèbres envahissaient la pièce, si denses que même les murs avaient disparu. Un silence oppressant l'étreignit, comme si le monde avait cessé d'exister. Puis les grincements de la vie résonnèrent, peu à peu de vagues contours se dessinèrent autour d'elle, des formes qu'elle ne reconnaissait pas. Les ruines indistinctes charriaient pourtant des relents de souvenirs. Des malles recouvertes d'une épaisse couche de poussière s'entassaient parmi un désordre d'objets rongés par le temps, au milieu des vestiges d'une construction délabrée dont seuls quelques pans subsistaient. Elle se releva et sous ses pas, le sol spongieux parsemé d'éclats de verre crépitait comme un tapis de branches mortes. Qu'était-il survenu durant son sommeil ?

Les notes assourdies d'une mélodie dissonante effleurèrent soudain ses oreilles. Quelque part dans la nuit, des doigts maladroits torturaient le clavier d'un piano. La lune en profita pour percer les nuages, à ses pieds un escalier s'enfonçait dans les profondeurs, elle s'y engagea avec la sourde impression de vivre un cauchemar. Au milieu de la salle souterraine qu'elle découvrit, la voûte s'était écroulée, une lumière blafarde se répandait sur les décombres d'où émergeait le squelette du dispositif musical qui poursuivait imperturbablement sa mélodie bancale. Une contraction douloureuse étreignit brusquement le ventre de Faustine lorsqu'elle reconnut le piano mécanique de Rakou. Tombant à genou sur un parterre de débris rocailleux, elle voulait hurler, mais sa gorge n'émettait aucun son. Aux côtés de l'infatigable clavier gisaient les restes désarticulés du violoncelle. Des spasmes agitèrent la justicière et ses yeux se noyèrent de larmes.

Nulle trace de Bayence ne subsistait autour d'elle, à croire que son retour n'avait été qu'un rêve. Les incessants revirements, le va-et-vient la déroutaient, l'angoisse la confondait. Durant son absence, le temps avait ravagé les terres de l'Au-delà, Rakou et Yann avaient disparu. Tremblante, Faustine remonta l'escalier nécrosé de rouille. Elle distinguait à présent le fragment de muraille incurvée, il s'élevait en un empilement précaire de pierres décrépies jusqu'aux balcons de métal qui s'efforçaient de soutenir les restes fracassés du dôme de verre. De la tour fascinante qu'habitait l'homme-machine, il ne demeurait plus qu'une ruine tourmentée par le temps.

Un horrible sentiment de désespoir s'empara de Faustine. Devant le paysage dévasté qui s'offrait à ses yeux, elle réalisa qu'elle ne reverrait jamais ses amis. À mesure que son regard apprivoisait la nuit, elle découvrait à perte de vue une étendue silencieuse, morne et désolée. Plus loin sur la côte, les cimes d'Altamir s'étaient effondrées face à l'immensité désertique d'un océan tari où *l'Esperanza* gisait comme le squelette d'une baleine échouée. La mort elle-même l'avait abandonnée.

La vallée du Guet s'imposa soudain à sa mémoire. Ses parents étaient-ils parvenus à franchir la Porte ?

– Il n'est point de monde que l'esprit ne puisse inventer.

Faustine sursauta. La voix sonnait grave et stridente à la fois, de sorte qu'elle semblait jaillir de plusieurs gorges en même temps. Hésitant à se retourner, elle s'y résolut cependant pour découvrir, juchée sur les ruines de la tour, une immense créature bossue dont la longue chevelure ténébreuse masquait par instant la lune de son voile diffus.

– Tu m'as l'air bouleversée, ma belle, reprit la sentinelle sur son perchoir. Serait-ce ma présence qui te perturbe à ce point ?

– Qui êtes-vous ?

– Question saugrenue s'il en est ! Peu importe qui je suis, le savoir ne changera rien à ton destin. Il serait bien plus judicieux de me demander pourquoi tu es ici.

– Parce que je suis morte.

Déployant vivement ses ailes gigantesques dans un claquement sonore, la harpie les replia aussitôt dans son dos en trépignant, irritée de ne point provoquer chez cette défunte la détresse dont elle se délectait tant.

– Ni cris ni pleurs ? éructa-t-elle. Quel irrespect pour ton trépas !

– Je régis ma mort comme je le souhaite et dites-moi plutôt ce qu'est devenu Rakou.

– Rakou ? A-t-on déjà entendu nom plus ridicule ! persifla-t-elle. Aucune terre alentour n'a connu pareil sobriquet.

– Si bien sûr, c'était un automate qui vivait dans cette tour ! J'étais avec lui il y a quelques heures à peine.

– Quelques heures, des mois, un siècle, tous ces mots ne sont qu'illusion, le temps se joue de tout ici.

– Mais ces ruines sont celles de sa maison, c'est impossible que vous n'en ayez nullement entendu parler ! Et cette mélodie, d'où vient-elle d'après vous ?

Une main levée dans les airs, Faustine se tint un instant immobile, plissant les paupières pour mieux percevoir les notes. Mais les secondes s'égrenèrent sans qu'aucun son n'ose troubler le silence. Le piano s'était tu.

– Du plus loin qu'elles s'en souviennent, ces pierres n'ont toujours côtoyé que la pluie et le vent, insista la sentinelle. Personne n'a un jour vécu parmi elles.

– C'est faux ! Rakou habitait cette bâtisse, tous les arpenteurs de la plaine le connaissaient.

– Aurais-tu l'audace de mettre en doute mes paroles, petite chose ? rugit la créature en se penchant vers la jeune femme. Continue de croire tes affabulations si cela te chante, néanmoins, sache que ce Rakou n'a jamais existé ailleurs que dans les méandres de ton esprit. Mieux vaudrait-il que tu cesses de poursuivre tes chimères, car la mort n'a rien du monde enchanteur que tu imagines, elle est monotone, cruelle, et elle t'emporte pour l'éternité.

À peine ses paroles dites, la harpie étendit les membranes démesurées de ses ailes puis s'éleva en lourds battements avant de fondre sur sa victime avec un hurlement épouvantable. Bien qu'elle se sache déjà morte, la justicière gardait encore l'instinct absurde de protéger sa vie, elle se jeta à terre, dégainant sa lame dans un ultime réflexe de défense. Un rictus sardonique au coin des lèvres, la créature se contenta de cabrer sa chute afin de poursuivre tranquillement son vol jusqu'à se noyer dans l'obscurité de l'horizon.

Pour angoissant qu'il puisse être, le silence qui régnait à nouveau sur les ruines se révélait délicieux après la visite de cette furie nocturne. Toutefois, l'inquiétante rencontre avait bouleversé Faustine au point qu'elle demeura quelques instants allongée au sol après la disparition.

Comment cette harpie pouvait-elle réfuter l'existence de Rakou, c'était impossible ! L'automate n'avait guère l'apparence d'une illusion. Sa musique, les repas qu'il savait si bien cuisiner et ces cohortes de marcheurs qui le saluaient comme un vieil ami, elle ne l'avait pas imaginé.

Pourtant, hormis quelques ruines, rien ne subsistait de ses souvenirs, aucune trace de ceux qu'elle avait rencontrés dans l'Au-delà, même Yann s'était volatilisé. Pour un peu, elle croirait les allégations de la redoutable créature, elle aurait pu s'inventer un monde rassurant pour traverser l'éternité de son trépas. Le doute s'installa, mais bien décidée à en apprendre davantage sur la disparition de Rakou, Faustine se releva brusquement, trop vite sans doute. Autour d'elle, les ruines tournoyèrent furieusement. Son pas incertain chancelait comme au sortir des manèges qui jalonnaient les fêtes foraines de Bayence. Dans le ciel, la lune virevoltait à n'en plus finir. Bras et jambes écartés, elle chercha en vain à reprendre son équilibre, mais ses vertiges la malmenaient au-delà du supportable. Elle ferma les paupières juste avant de perdre connaissance.

Chapitre 41

– Pourquoi nous préoccuper de leur survie, nous n'avons pas assez à faire avec la nôtre ?

– Tu n'as donc rien compris, Boru ! Chaque nuit, ces satanés morts-éveillés se multiplient pendant que nos hommes s'épuisent à les combattre. Quoi qu'il t'en coûte de l'admettre, Diouma a raison, il faut nous unir à ceux de Bayence si nous voulons vaincre ces démons.

Sitôt la troupe des Gabiers repartie, la foule avait quitté la salle des audiences, seules les voix des lieutenants résonnaient sous la voûte à présent. Fallait-il ou non accepter l'accord que l'archère leur proposait ? La délibération les agitait.

– Mais bon sang, Milos, ce n'est quand même pas une femme qui va dicter nos décisions ! Encore moins une noiraude ! C'est vrai quoi, on n'a jamais vu ça à la Souille !

– As-tu épuisé tous tes arguments, Boru, pour asséner de telles inepties ? Ta mère était une femme, ne l'oublie pas. Sans elle, tu ne serais pas ici à débiter ton bavardage fétide.

Dans le débat déjà tendu, la riposte envenima l'atmosphère, des réflexions cinglantes fusèrent et le ton de la discussion monta. Les mains jointes devant son visage, le maître des miséreux se contentait d'écouter ses hommes depuis le début du conseil.

– Messieurs, intervint-il, je vous prie de garder votre sang-froid, cette salle n'est pas une taverne. Quant à toi, Boru, même si j'en ai perdu les traits, dois-je te rappeler que ma grand-mère était une noiraude comme tu viens si élégamment de les nommer, j'apprécierais donc que tu taises ce genre d'allusion à l'avenir. D'ailleurs, il m'étonnerait guère qu'un de tes proches ancêtres soit issu de la grande savane, nous sommes tous des sang-mêlé que tu le veuilles ou non.

– Toutes mes excuses, Grand-Calfat, cette remarque ne concernait que Diouma.

– Tu as raison de te méfier de cette femme, Boru, si j'avais à choisir entre vous deux, je n'hésiterais pas une seule seconde. Même avec son unique main, elle vaut bien plus que toi.

Le souverain de la cité parlait si paisiblement que l'homme ne comprit pas immédiatement le sens de ses paroles. Comme il s'apprêtait à intervenir de nouveau, le maître l'interrompit d'un signe de la main.

– Prononce encore un mot, Boru, et je te fais arracher la langue.

Le silence retomba aussitôt, effaçant les derniers rictus. Les yeux rivés sur sa victime, le Grand-Calfat songeait à s'en débarrasser. Peut-être Boru avait-il été un fidèle lieutenant quelques années auparavant, mais le vieil homme devenait chaque jour plus pénible, il lui faudrait bientôt le remplacer. D'un air suspicieux, le despote examina attentivement tous ceux qui siégeaient à sa table. Nombre d'entre eux commençaient à se rabougrir, apathiques, la mine accablée, l'œil terne. Il en prenait subitement conscience. Même s'il les renouvelait souvent, ses lieutenants finissaient inévitablement par vieillir, son immuable jeunesse regardait le monde se flétrir avec indifférence, ne conservant rien de ceux qui l'entouraient que le souvenir fragile d'une rencontre fugace et insignifiante.

Cinquante années pesaient déjà sur ses épaules lorsque le nécromant lui proposa le marché : récupérer sa fraîcheur d'antan et ne jamais plus la voir se faner. Personne ne résiste à un tel pacte, peu lui importait alors que ce rêve d'immortalité se révèle un jour insipide. Le magicien noir l'avait pourtant mis en garde en lui accordant ce qu'il désirait si ardemment, il n'en avait pas tenu compte, ce sorcier n'était qu'un rabat-joie. Certes, il avait désormais une dette à payer, mais sa conscience s'en était accommodée depuis fort longtemps. Il se moquait éperdument que ces démons s'emparent de Bayence, le règne des morts-éveillés ne ferait que passer, comme tant d'autres.

Pour le moment, le maître de la Souille songeait à l'alliance que Diouma et ses compères lui avaient suggérée. Après toutes ces années, ses lieutenants auraient dû comprendre qu'il ne servait à rien de discuter, la décision finale lui appartenait, irréfutable.

Milos s'apprêtait pourtant à poursuivre la délibération lorsque des éclats de voix retentirent sous le porche d'entrée.

– Mille excuses, Grand-Calfat, intervint maladroitement le miséreux courbé au seuil de la salle en signe de déférence, mais regardez ce qu'on a déniché près de l'accès aux carrières !

L'homme et son acolyte immobilisaient fermement un gamin qui se débattait pour échapper à leur brutalité.

– Hazel ! Te voici de retour ! Qui aurait pu deviner que cette journée me réserverait tant de surprises ! s'exclama le despote avant de s'adresser à ses lieutenants. Messieurs, veuillez nous laisser, nous reprendrons ces palabres plus tard.

– Le temps presse, Grand-Calfat, répliqua aussitôt Milos qui voyait son projet de coalition retardé par l'arrivée du garçon.

– Très bien, déclara le souverain. Boru, prends quelques hommes avec toi pour éliminer Diouma et sa bande de mercenaires. N'oublie surtout pas de récupérer le sac en cuir qui contient leurs arbalètes.

– Mais, vous ne pouvez pas faire ça ! objecta Milos abasourdi.

– Et pourquoi m'en priverais-je ?

– Parce que leur aide nous sera précieuse !

– Ce sont leurs armes qui nous permettront d'abattre ces démons, non leurs bras, trancha le maître de la cité.

Puis se retournant vers le vétéran, il insista.

– Je compte sur toi pour mener à bien cette mission, Boru.

Une dernière besogne pour le vieux fossile, après, il serait temps de s'en défaire.

Dépité, Milos ne comprenait pas l'attitude du Grand-Calfat ni son besoin de supprimer son ancienne chapardeuse, sinon pour satisfaire une dernière vengeance. Ce monde déraisonnait. Si l'urgente menace des morts-éveillés ne parvenait pas à unir les peuples, sauver Bayence était sans espoir. La démarche exténuée, il quitta la salle des audiences.

– Ainsi, tu as cru qu'il serait aisé de t'échapper, mon mignon, reprit le despote d'un air pensif en regardant le garçon que les deux miséreux traînaient vers lui. Sache que ta disparition m'a profondément déçu, mes hommes t'ont cherché partout. Où t'étais-tu enfui ?

– Je me suis perdu dans les souterrains.

– Maudites galeries, s'apitoya-t-il avec sarcasme, mais qu'allais-tu faire dans ces ténèbres ?

– C'est à cause des fouisseurs.

– Allons, n'ajoute pas le mensonge à ta traîtrise, mon biquet. J'accepte de te pardonner si tu sais faire preuve de reconnaissance. Oublions cette escapade, veux-tu. Approche.

– C'est pourtant la vérité, Grand-Calfat, insista Hazel en s'avançant.

– Tu vas me fâcher, petit insolent.

– Je ne pense pas.

– Comment peux-tu en être aussi sûr ?

– Je t'ai rapporté un cadeau.

– Quelle adorable attention ! Et où est-il ? Montre-le-moi.

Le maître s'animait d'une candeur adolescente. Depuis combien d'années n'avait-il pas reçu un véritable cadeau, autre qu'offert dans l'espoir d'obtenir une faveur ? Un cadeau sincère, celui qui vient du cœur.

– Tu peux entrer ! cria le garçon vers le porche, les mains en porte-voix.

D'un pas hésitant, une jeune fille pénétra dans la grande salle.

– C'est mon cadeau ? s'exclama le souverain ravi. Quelle merveille ! N'est-elle pas magnifique ? jubila-t-il devant les deux miséreux qui la regardaient s'avancer vers lui. N'aie pas peur, viens jusqu'à nous.

– Je n'ai pas peur, murmura l'invitée comme pour deviser avec elle-même. Bien au contraire, j'attendais ce moment avec impatience.

– Étais-tu si pressée de me rencontrer ?

– J'ai tant entendu parler de vous.

– J'ose espérer que ces propos se montraient élogieux, se rengorgea le vaniteux.

– À vrai dire, je vous imaginais plus radieux, mais il est vrai que pour votre âge vous êtes encore très élégant. Seule votre arrogance me désole.

Les yeux écarquillés de stupéfaction, le Grand-Calfat se reprit aussitôt.

– Petite péronnelle ! Crois-tu pouvoir ainsi m'insulter sans risque ? cracha-t-il en se redressant brusquement.

L'effrontée l'avait piqué au vif, était-elle sotte au point d'ignorer les conséquences d'un tel discours.

– Tu ne sais pas à qui tu as affaire, gamine, grogna le miséreux qui lui agrippa violemment le poignet.

L'épaule de la brute craqua avec un horrible bruit de succion lorsque la fille lui disloqua le bras. Sous la torsion, ses chairs se déchirèrent lentement, imprégnant aussitôt la manche de sa veste d'un sang vermeil. La douleur devait être atroce, car l'homme brusquement agité de spasmes s'effondra sur le dallage, les yeux noyés de larmes. De sa bouche grande ouverte, pas le moindre souffle ne s'échappait pour faire vibrer ses cordes vocales. Il sombra d'un coup dans une mortelle inconscience.

Stupéfiés par l'aisance qu'elle avait montrée à terrasser le gaillard, les deux gardes toujours en retrait dans l'ombre du trône se précipitèrent sur l'assaillante en dégainant leurs lames. Il aurait fallu qu'ils soient plus nombreux pour la maîtriser. Ramassant tranquillement le sabre de sa victime, elle enchaîna une succession de passes d'une extrême virtuosité afin de se débarrasser des bretteurs au plus vite. À quelques pas, le dernier miséreux, tremblant de tout son corps, préféra lâcher l'arme qu'il pointait sur elle pour s'enfuir sans demander son reste.

– Penses-tu vraiment qu'il suffise de massacrer mes hommes pour m'intimider ? fulmina le Grand-Calfat qui n'avait rien perdu de sa suffisance. Je peux également faire preuve de cruauté si c'est l'unique langage que tu comprennes.

D'un geste vif, il empoigna la tignasse brune d'Hazel, pendant que son autre main saisissait le poignard dissimulé entre les replis de sa ceinture. La manœuvre ne dura qu'une fraction de seconde.

– Que dirais-tu si j'égorgeais ton ami sous tes yeux ? défia-t-il l'assaillante en piquant sa lame près de la carotide du garçon. Peut-être cela calmerait-il tes ardeurs belliqueuses ?

De ses nombreuses années de règne, le souverain avait appris à ne jamais lancer de vaines menaces, il décida d'exécuter sa sentence sur-le-champ, pressé de découvrir l'effroi qu'il provoquerait chez son adversaire. La lame pénétra aisément les chairs du supplicié qui tituba devant le trône avant que son tortionnaire ne le repousse brutalement.

– Je ne savais pas que tu maîtrisais ainsi l'art de l'épée, gargouilla Hazel à sa partenaire en plaquant la main sur sa gorge pour colmater l'entaille qui lui échancrait le cou.

– Lorsqu'ils m'aperçoivent, les hommes sont tellement persuadés de leur supériorité, soupira-t-elle sans afficher la moindre contrariété, j'aime bien leur offrir l'espoir de survivre.

La victime se portait étonnamment bien pour un égorgé. D'abord stupéfié par son endurance, le Grand-Calfat s'évertua à reprendre au plus vite son air nonchalant. Il avait beau jouer les invincibles, son mignon ne résisterait pas longtemps à la blessure qu'il lui avait infligée. Il lui fallait simplement gagner quelques instants, le miséreux qui s'était enfui ne tarderait guère à revenir avec des renforts pour se débarrasser de la petite peste. Cette gamine se montrait particulièrement coriace.

– Faut-il être à ce point inconsciente pour venir jusqu'ici me provoquer, lui lança le maître des lieux en retournant tranquillement s'asseoir sur son trône. Hazel ne t'a-t-il point avertie que j'étais immortel ?

– Cette jeunesse éternelle dont tu te vantes ne t'a jamais conféré la moindre immortalité, lui rétorqua la jeune fille, mais rassure-toi, je n'ai pas l'intention de te tuer.

– Tu m'en vois ravi ! déclara le despote dans un grand éclat de rire qui s'étrangla aussitôt au creux de sa gorge.

Une étrange sensation le submergeait soudain. Son corps progressivement engourdi s'affaissait pendant qu'un bourdonnement lancinant assaillait ses oreilles. Comme s'ils s'effritaient peu à peu, ses os crépitèrent sous ses muscles devenus douloureux. D'horribles spasmes lui fourrageaient les entrailles quand, sur sa peau si douce, des sillons commencèrent à tracer leur chemin parmi les taches

qui transparaissaient un peu plus chaque seconde. Puis sa vue se fit trouble jusqu'à le forcer à plisser les paupières pour mieux distinguer les visages pourtant proches. Son regard épouvanté en disait long sur le désarroi qui l'étreignait brusquement.

– Quel plaisir de voir enfin la terreur ronger ta face ravagée par les années, lui décocha le garçon en déchirant un lambeau de chemise sur l'un des cadavres qui gisaient au sol pour emmailloter sa gorge meurtrie.

– Dommage que tu n'aies pas un miroir pour contempler le spectacle, ajouta sa comparse.

Pétrifié, le Grand-Calfat n'articulait plus un mot.

– Notre bouffi d'arrogance serait-il devenu muet ? railla l'égorgé. Qu'en dis-tu, Melgoth ?

– Un cerveau amolli, des gestes plus lents, persifla le démon engoncé dans son corps d'adolescente. Sans doute ne s'attendait-il pas à tant de gratitude.

– Le temps des hommes réclamait son dû, nous n'avons fait que lui prêter main-forte.

Le regard vide enfoncé au milieu d'un visage parcheminé, le souverain n'était plus qu'une ombre flétrie, avachie sur son trône. Sans plus se préoccuper davantage de leur victime, les deux créatures maléfiques s'en détournèrent avec indifférence.

– Je t'avais promis une belle chasse, Baelith, lança le maître des mouches à son compère. Ce prélude m'a mis en appétit, qu'attendons-nous pour passer à la suite ?

Chapitre 42

Assis sur la malle, face à l'entrée de leur geôle, Sandro sentait la fatigue peser sur ses paupières. Ses compagnons avaient été prompts à s'endormir, seule Diouma n'en finissait pas de se retourner sur sa couche. Dans la vasque disposée au centre de la pièce, le bitume de naphte se consumait lentement, projetant sur les murs des ombres moins distinctes à mesure que le temps s'écoulait. Dehors, les trois gardes avaient cessé de discuter, peut-être assoupis.

Un hurlement résonna au loin, un imprudent que les macchabées écharpaient. Les nuits de Bayence ne connaissaient plus la tranquillité depuis longtemps déjà. Puis d'autres cris s'élevèrent, plus proche. Soudain les rues de la Souille retentirent de cavalcades et d'éclats de voix. Les morts-éveillés s'enhardissaient, subitement téméraires au point d'envahir la cité des miséreux. Posté derrière l'épais tablier de cuir qui obturait la porte, le veilleur raffermit sa prise sur l'arbalète devenue lourde, mais avant qu'il puisse donner l'alerte, un énergumène décati surgit dans la pièce le sabre à la main. Même s'il faisait preuve d'une vigueur surprenante pour son âge, l'assaillant n'eut guère le temps de s'agiter davantage, le carreau interrompit brusquement sa course, lui perforant le crâne de part en part. De son front, le sang coula en suivant les rides qui marquaient un visage buriné par les années. Le vieil homme vacilla un instant puis d'un coup, bascula en arrière, disparaissant derrière le battant qu'il venait de franchir sous les yeux interdits de la troupe des Gabiers éveillée en sursaut. Sandro se tourna vers Diouma pendant qu'il rechargeait son arme.

– Étrange parade d'intimidation ! Le Grand-Calfat n'avait pas l'intention de nous occire, disais-tu ?

– Il a maintenant une bonne raison de le faire, grogna Felipe.

– C'était Boru, marmonna la femme pensive, que venait-il faire ici ?

– Nous égorger en plein sommeil.

Empoignant leurs lames, les compagnons des Gabiers s'apprêtèrent aussitôt à l'attaque. L'homme n'était vraisemblablement pas seul, ses acolytes ne tarderaient pas à se ruer sur eux. Aux aguets, les prisonniers du Grand-Calfat attendirent l'assaut, mais aucun autre miséreux ne survint, comme si on les avait oubliés dans la déroute qui s'emparait de la cité.

– Quelle que soit l'horreur qui ravage la Souille, il nous faut fuir d'ici au plus vite, déclara Diouma en saisissant arc et flèches avant de se diriger d'un pas ferme vers la porte de cuir, une torche enflammée à la main.

Hormis le corps de Boru qui gisait devant l'entrée, la terrasse blanchie de neige était vide, les gardes avaient abandonné leur poste. La femme de la grande savane guida aussitôt la troupe des fugitifs à travers des ruelles saturées de bousculades et de cris dans la bouillasse de l'hiver. Terrorisés, les miséreux couraient en tous sens sans qu'il soit possible de comprendre ce qui les épouvantait tant. Les compagnons des Gabiers n'avaient encore croisé aucun mort-éveillé, mais pressés de passer inaperçus au milieu de cette débâcle, ils se gardèrent bien de poser la moindre question. Baissant la tête dans l'ombre de leur capuche, ils fendaient la foule affolée avec l'unique espoir de quitter ce cauchemar. Puis à l'angle d'une bicoque plus imposante que les autres, ils les distinguèrent en contrebas. Deux immenses colonnes de feu s'élevaient vers les nuées de mouches. Les flammes palpitantes aux allures de bêtes monstrueuses broyaient de leurs griffes des grappes de corps ruisselants avant de les engouffrer dans le brasier de leurs gueules béantes. Jamais ils n'avaient vu pareilles abominations.

Un instant figée par cette vision d'horreur, Diouma fit brusquement demi-tour, aussitôt suivie par ses compagnons. Les terrifiantes créatures qui ravageaient la Souille surpassaient en abomination les morts-éveillés qu'ils s'attendaient à combattre, il leur fallait fuir ce carnage au plus vite. Aucun des membres de la troupe ne chercha à comprendre pourquoi ils revenaient sur leurs pas, se contentant de suivre aveuglément celle qui les conduisait désormais. Même au fond de l'impasse où elle les avait entraînés, personne ne douta de sa décision, elle avançait avec tant d'assurance. Le panneau de bois qui condamnait la venelle pivota aisément sous sa main, pour révéler un sombre passage.

– Par ici ! héla-t-elle les miséreux qui plus loin se bousculaient comme un troupeau pris de panique. La salle des audiences est notre unique chance !

Certains s'arrêtèrent, les yeux hagards. Ils fixaient l'ancienne chapardeuse, hésitant à la suivre, à se confier à celle qui avait renié leur communauté. Peu nombreux furent ceux qui rejoignirent la troupe des Gabiers, les autres se hâtèrent de reprendre leur fuite insensée vers les hauteurs, dans l'espoir d'une promesse de salut. Dépitée, Diouma s'engouffra dans la galerie sans plus attendre.

Sillonné par un enchevêtrement d'étais, le défilé zigzaguait entre les constructions. Il leur fallait parfois franchir des goulets aux parois si rapprochées que Goran éprouvait des difficultés à s'y faufiler. De pentes abruptes en marches inégales, le corridor les entraîna peu à peu vers les profondeurs de la Souille.

Les vasques enflammées diffusaient toujours leur lumière éblouissante lorsqu'ils émergèrent dans l'immense salle. Vide, elle était plus imposante encore. Le silence sépulcral contrastait à la tourmente qui, plus haut, dévastait la cité.

– Quelle est cette nouvelle monstruosité ? balbutia Goran d'une voix pantelante. Des démons ? Comme si les macchabées ne suffisaient pas à anéantir Bayence !

Une grimace crispée sur le visage, Felipe haletait lui aussi.

– J'ai d'abord cru que les nuées de mouches s'étaient transformées en bêtes effroyables, avant de comprendre qu'il n'en était rien.

Hébétés, les miséreux s'étaient regroupés près d'un pilier de voûte comme pour se rassurer. Aucun d'entre eux n'osait prononcer un mot. Sandro qui venait de s'asseoir sur un moellon pour reprendre son souffle marmonna sur un ton maussade :

– Je ne sais pas d'où sortent ces créatures, mais il n'y a plus rien à espérer pour sauver la ville. Nous devons fuir, c'est notre seule chance de survie.

– Pour partir où ? répliqua Felipe. S'en aller sur les routes de l'hiver mourir dans le froid et la neige ? Autant retourner à l'auberge et nous y barricader en priant pour que ces chimères ne nous repèrent point.

Depuis qu'elle avait convaincu la troupe des Gabiers de s'allier aux habitants de la Souille, Diouma demeurait persuadée qu'avec cette coalition, ils auraient pu terrasser les démons. Pourtant, s'ils étaient arrivés pleins d'espoir, leur avenir s'assombrissait dangereusement.

– Nous devons quitter la cité. Si nous parvenons à regagner la taverne, il sera toujours temps de nous y réfugier pour décider ou non de l'exode.

Les fugitifs auraient déserté la salle des audiences sans plus de discussions, si un gémissement ne les avait pas interpellés, une sorte de râle glaireux presque inaudible qui émanait du trône. Diouma s'en approcha lentement. Recroquevillé dans sa toge froissée, un vieillard tremblant la fixait de ses yeux aux paupières flasques.

– Vous êtes venu vous réfugier ici ? lui demanda-t-elle avec douceur.

– Ne me parle pas comme si j'étais sénile, ânonna le rabougri d'une voix chevrotante.

La femme de la grande savane reconnut aussitôt cette intonation méprisante et la lueur d'orgueil qui persistait dans le regard. Le maître de la cité avait si soudainement vieilli qu'elle en éprouva une brusque répulsion. Une crispation lui étreignit la poitrine, jamais elle n'aurait imaginé le découvrir ainsi, sa jouvence prétendue éternelle dévastée.

– Que s'est-il passé ? finit-elle par lui demander. Où s'est enfuie cette jeunesse dont tu étais si fier ?

– Ces maudits démons me l'ont volée.

– Dis plutôt qu'ils t'ont rendu ton âge.

Un rescapé de la Souille s'approcha du vieil homme avec déférence.

– Grand-Calfat, c'est vous ?

– À qui crois-tu parler, ne suis-je pas assis sur mon trône ?

Pendant un instant, le bredouillement crachoté par la bouche édentée du monarque stupéfia le miséreux, puis il éclata subitement d'un rire sonore.

– Le maître de la cité ! Vous entendez ça les amis ! lança-t-il à l'attention de ses compères. Un vieux birbe, oui ! Quel imposteur !

– Ris tant que tu as encore une gorge pour le faire, riposta froidement le despote.

L'intonation qu'il avait mise dans ces quelques mots pétrifia le goguenard et son ironie tapageuse. Felipe qui commençait à s'impatienter lui jeta un regard noir.

– N'avons-nous pas suffisamment perdu de temps ?

Même si elle n'avait guère le goût du pardon, Diouma dévisagea une nouvelle fois le vieillard avant de solliciter le plus costaud de la troupe.

– Goran, penses-tu pouvoir le porter sur tes épaules pendant notre fuite ?

– Nous n'allons tout de même pas risquer notre peau pour sauver ce criminel ! s'énerva Sandro. C'est sur son ordre que le vieux Boru a tenté de nous assassiner ! Laissons-le pourrir ici, c'est tout ce qu'il mérite.

– J'ai bien d'autres raisons de le haïr, répliqua la femme à la main gantée, mais nous ne pouvons pas l'abandonner ainsi. Que deviendra l'humanité si la vengeance guide nos pas ?

– Quand vous aurez terminé vos palabres, nous pourrons peut-être nous échapper.

Sans attendre leur avis, Goran avait déjà tranché en prenant l'ancêtre sur son dos.

Impatients de quitter la cité infernale, les fugitifs se rangèrent à la décision du grand gaillard. La salle se vida en un instant.

À peine eurent-ils remonté les premières ruelles noyées de pénombre que déjà les cabanes autour d'eux s'illuminaient de reflets orangés. Le crépitement des abris en bois, qui surplombaient les constructions de terre empilées en cascade, avait remplacé les hurlements des miséreux, la Souille était en flammes. Pataugeant dans la neige rougie de sang, la troupe enjambait les corps suppliciés qui jonchaient les allées. L'horrible spectacle qu'ils avaient redouté dévoilait d'insupportables atrocités. Les démons dans leur frénésie meurtrière s'étaient plu à exterminer jusqu'au dernier habitant de la cité, n'épargnant ni les vieillards ni les enfants. Le mal ne connaît pas la pitié. Sitôt leur forfait accompli, les deux abominables créatures s'étaient hâtées ailleurs en quête d'autres victimes et avaient déserté les lieux.

– Où allez-vous ?

Ces mots claquèrent comme un coup de fouet au milieu du grésillement des flammes. Saisissant une flèche dans son dos, Diouma se retourna en encochant son trait. Derrière eux, un regroupement de femmes, d'hommes et d'enfants, couverts d'une écœurante boue sanguinolente, avait surgi d'un passage, les armes à la main. L'archère les gardait à distance, les visant tour à tour.

– Nous ne sommes pas venus vous assaillir, s'exclama-t-elle aussitôt, nous ne voulions que votre aide pour lutter contre les morts-éveillés. Laissez-nous repartir sans dommage, il serait si absurde de nous entretuer.

Celui qui guidait les fuyards rengaina son sabre.

– Baisse ton arc, Diouma, si vous l'acceptez, nous marcherons à vos côtés pour fuir cette apocalypse.

D'un geste apaisé, la combattante relâcha sa corde.

– En ce cas, soyez les bienvenus parmi nous, certains d'entre vous nous avaient déjà rejoints.

– N'auriez-vous point croisé le Grand-Calfat ? s'enquit l'homme.

– Le maître de la Souille est avec nous, mais il n'est plus tout à fait le même.

– Qu'est-ce à dire ? Que lui est-il arrivé ?

– Les démons l'ont puni, visiblement.

– Il a pris quelques rides, simplifia Sandro la main tendue vers la silhouette que transportait Goran.

Avachi contre le dos du costaud, le vieillard se retourna lentement pour jeter un regard déliquescent à son lieutenant.

– Eh bien, Milos, te voilà acoquiné à ceux de Bayence, prêt à en découdre avec les macchabées, n'est-ce pas ce que tu désirais ?

L'homme resta sidéré en découvrant l'individu décrépit qu'était devenu son maître. Sans attendre une quelconque réponse, le Grand-Calfat détourna le regard, il se désintéressait des siens. L'avenir des miséreux s'annonçait sombre, ils se contentèrent de suivre d'un pas morne la troupe qui reprenait sa marche au milieu des cadavres.

Soulagés de quitter enfin cet enfer, les fugitifs dépassèrent les dernières cabanes de terre sans un regard en arrière. Ce n'est qu'après avoir traversé le pont de l'Escarpe qu'ils se retournèrent pour découvrir le sommet de la cité qui s'effondrait. Des flammes gigantesques léchaient la muraille des Luzes, la fumée opaque se mêlait aux nuées de mouches noires, bientôt la Souille ne serait plus qu'une braise menaçante au pied du palais.

Les fondations de la cité vacillaient dangereusement quand Morgan émergea du tunnel avoisinant la salle des audiences. D'abord dérouté par le chaos qui régnait sur le repaire des miséreux, il ne mit guère de temps à deviner les auteurs du massacre qui anéantissait les habitants de la Souille. Devant l'horrible spectacle de ces corps écharpés qui gisaient dans les ruelles, il ne faisait aucun doute que les démons s'y étaient rassasiés de violence.

Peu après leur départ de l'antre du marquis, les deux créatures qui escortaient le capitaine de la garde à travers les galeries avaient bien vite négligé les ordres de l'impératrice. Peu leur importait de capturer les assassins de Monzag, encore moins d'écouter le récit du jeune homme. Avant même qu'il n'exécute son habile passe d'escrime, Melgoth et Baelith l'avaient déjà abandonné au cœur des ténèbres. Plutôt que de traquer quelques meurtriers, ils s'étaient livrés à l'appel du sang, préférant déchaîner leur barbarie sur la masse grouillante des miséreux. Les démons n'avaient donc rien découvert de la traîtrise du prince des gitans, au contraire de ce que Morgan s'était imaginé. Esseulé dans l'obscurité, le jeune homme s'était alors empressé de chercher à tâtons sa torche perdue, puis il avait percuté le silex de son briquet amadou pour l'enflammer. Il lui fallait rattraper les créatures infernales avant qu'elles décident d'anéantir son peuple.

Le chemin qui le ramenait à l'air libre lui parut interminable, la nuit avait depuis longtemps chassé le crépuscule quand il découvrit le carnage qui ravageait la cité. Se frayant un passage parmi les cadavres éparpillés au milieu des venelles, Morgan comprit rapidement que les démons s'en étaient allés. Dans leur sillage ne subsistaient que mort et désolation, nul cri ne s'échapperait plus des cabanes en feu dans la neige ensanglantée.

Enfin parvenu sur l'esplanade qui rejoignait la Volène, le capitaine de la garde accéléra le pas pour s'éloigner au plus vite de la funeste abomination. Plus loin se dessinait la silhouette massive du pont de l'Escarpe, il devait encore longer le fleuve pour atteindre l'ouvrage de pierre. Malgré le froid de l'hiver, la cité qui crépitait dans son dos lui réchauffait la nuque. Brusquement, les masures en flammes s'effondrèrent dans un effroyable fracas. De l'immense brasier montait une insoutenable odeur de chair grillée. Tel un gigantesque bûcher rougeoyant dans l'ombre des murailles, la Souille vivait ses dernières heures. Cette gangrène incandescente qui rongeait peu à peu les remparts dévorerait la résidence impériale tout entière, puis la fournaise s'étendrait aux abords du palais pour gagner les bâtiments délabrés qui s'éventraient dans les rues de la ville. Les démons étaient parvenus à leur fin, Bayence ne serait bientôt plus qu'un chaos de ruines, les morts qui s'éveillaient orchestreraient à leur guise ce monde nouveau espéré par son père et qu'abominait Morgan.

La détresse envahissait le prince gitan devant le spectacle et ses espoirs révolus. Même si Faustine avait eu un jour quelques sentiments pour lui, ils s'étaient évanouis et derrière les murs de l'Ermitage, la justicière l'avait oublié. Il ne restait plus au jeune homme qu'à rejoindre le peuple nomade qui s'éloignait vers le Sud. Il voulait être auprès des siens quand l'envie viendrait aux démons de les attaquer, et lever son arme pour sauver leur vie. À leur côté, il découvrirait peut-être une existence plus sereine pendant que le monde s'effondrait.

Chapitre 43

– « Je montais un escalier en colimaçon dans une tour qui paraissait ne jamais finir. Les murs, les marches, tout était blanc autour de moi. Éblouissant. »

– Tu lis toujours le même livre ?

– J'en suis au dernier chapitre, précisa-t-il avant de reprendre sa lecture à voix haute : « Je ne sais pas combien de temps dura l'ascension, mais au sommet, je trouvais une plateforme coiffée d'une coupole lumineuse. La paroi semblait... moelleuse. »

– Il doit être passionnant cet ouvrage pour que tu oublies totalement ce qui t'entoure.

– J'aime les romans qui parlent de moi, même s'ils ne font que m'évoquer.

– Il y en a tellement, ton orgueil te perdra.

– N'est-ce pas la plus merveilleuse des vertus, mon ange ?

– Avec l'avarice, la luxure et l'envie, ces délicieuses défaillances de l'âme sont un incessant régal.

– « Défaillances de l'âme » dis-tu ? Tu parles comme mon père.

– Je te rappelle que c'est également le mien.

– N'en sois pas si sûre.

– Aurais-tu quelques révélations à me faire ?

– Rien de très exceptionnel, une obscure trahison parmi tant d'autres.

Leur bavardage s'interrompit sur un soupir. Le ciel s'était chargé de sombres nuages, comme si des volutes de cendres bouillonnaient au-dessus d'eux. Sans le moindre répit, l'incessant bourdonnement de leurs légions dévorait le silence. Au loin, par-delà les pics escarpés des Montagnes Noires, une traînée de lumière déchiqueta brusquement l'horizon.

– Cette existence finit par m'ennuyer, avoua-t-elle d'un air maussade. Ce monde ne ressemble en rien à celui que j'attendais, il est lugubre et déprimant.

– C'est pourtant celui qu'ils imaginent tous désormais. Mais il n'en a pas toujours été ainsi, ces vallées résonnaient de plaisirs autrefois. Les fêtes étaient joyeuses et les cris voluptueux. Sans doute le Grand Régisseur s'en souvient-il encore dans sa tour solitaire. Autour de sa demeure, la plaine pétillait de lumières à la tombée du jour et les arpenteurs se délectaient de folle musique et de danses endiablées jusqu'aux premières lueurs de l'aube.

– Que sont devenues toutes ces réjouissances ?

– Mon père m'avait imposé la charge de ce royaume pour punir ma rébellion, j'en ai fait une terre de délices, bien plus attrayante que son insipide jardin. Il se mit à haïr la fascination que je suscitais parmi ses fidèles. La multitude se détournait de lui pour adorer mon immoralité, mes turpitudes, les transgressions que je prônais. Mon bonheur l'exaspérait. Dans sa grande mansuétude, le Patriarche se révéla bien envieux pour un être suprême. Par jalousie sans doute, il m'envoya ses harpies pour rétablir ses règles, sa morale et transforma cette contrée en la prison dont il avait toujours rêvé : un lieu de souffrance et de perdition.

– Et comment est-il parvenu à rallier les foules à sa cause ?

– Il a ouvert la Porte, puis il l'a refermée, et les cohortes de marcheurs ont aussitôt oublié l'ivresse des plaisirs pour n'avoir plus qu'une seule obsession : traverser ce passage qui menait forcément vers un monde meilleur. La caresse ou le fouet, mon père avait gagné.

– Alors tu as renoncé à l'affronter ?

– Le temps a passé et je me suis habitué à l'opprobre. J'étais le coupable idéal, le Mal, celui qui corrompt les pauvres innocents, l'éternel responsable de tous les tourments.

– Cesse de jouer les victimes ! lui reprocha-t-elle d'un air consterné. Tu ne fais que t'apitoyer sur ton sort ! Est-ce l'âge qui te rend si larmoyant ? Je t'ai connu plus combatif.

Il se redressa d'un coup.

– Tu as raison, je me comporte comme l'ancêtre moi aussi. Finirai-je par lui ressembler ? Je ne supporterai pas cette abominable décrépitude.

– Heureusement que nous sommes seuls. Que penseraient tes lieutenants s'ils te voyaient ainsi désespéré ? Te respecteraient-ils encore ?

– Comme ce traître qui a cru pouvoir renier son clan. Il ne tardera guère à payer sa félonie. Sans ce roman, vois-tu, poursuivit-il en exhibant le livre qu'il tenait dans sa main, je n'aurais peut-être jamais eu vent de sa forfaiture.

– Tu ne le suspectais absolument pas ?

– J'avais bien quelques soupçons, mais il est des moments où l'on préfère rester aveugle face à l'évidence. Depuis, j'ai même appris que ce perfide est parvenu à convaincre l'un de ses comparses de participer à ses agissements. Quelle déception !

– Il n'existe point de trahison sans ami.

– Ce n'était pas mon ami.

– Car tu n'as pas d'ami, comme se plaisent à le répéter les ouvrages qui relatent tes exploits.

– Certains prennent un malin plaisir à me dépeindre comme le pire d'entre tous.

– Ont-ils vraiment tort ?

– Tu ne vas pas t'y mettre toi aussi.

– Je dois avouer que cette révolte était un coup de maître, personne n'a jamais fait mieux depuis.

– Il est vrai que c'est ma plus belle réussite et j'en suis particulièrement fier. Tous les Vigilants m'ont suivi sans la moindre défaillance, Hénoch est le seul à l'avoir compris. D'ailleurs, mon père ne s'en est jamais remis, c'est bien pour cela qu'il me déteste à ce point.

– Tu n'as aucun regret ?

– Certes non ! Mais il y a tant de récits qui répandent sur moi de lamentables affabulations. Peux-tu m'imaginer un seul instant en train de chevaucher un gigantesque serpent dans ce maudit jardin truffé de pommes ?

– Cette histoire de fruit défendu m'a toujours beaucoup amusée. Toi en cavalier, moi en serpent, les hommes sont prêts à tout inventer pour refouler leurs angoisses.

– Veuillez excuser mon intrusion, Vos Excellences, se courba l'importun qui les interrompait, mais vos rôdeurs l'ont retrouvé. Il errait dans les limbes comme vous l'aviez pressenti.

– Parfait, conduisez-le sur le promontoire, nous arrivons.

Toujours courbé dans son attitude servile, le laquais disparut sans délai.

– Quelle hypocrisie, marmonna-t-elle. N'es-tu pas fatigué par toutes ces simagrées « Votre Excellence » ?

– Cela fait si longtemps, je ne prête même plus attention à leurs manières, reconnut-il en se dirigeant vers l'escalier de pierre.

D'un bond, elle le suivit aussitôt.

Le captif attendait déjà au bord de la falaise lorsqu'ils surgirent tous deux en haut des marches.

– Ainsi c'est toi qui voulais m'invoquer, lança son hôte en s'avançant vers le prisonnier.

– Je ne suis pas sûr de bien comprendre, répondit-il d'un air hautain.

– Tu n'es pas là pour comprendre.

Ces paroles ne permettaient aucune réplique, toutefois l'homme n'était pas de ceux qu'on impressionne aisément.

– N'étais-je pas censé arpenter les limbes pour l'éternité ? rétorqua-t-il sur un ton suffisant.

– L'éternité n'existe pas, tu ne dois ce répit qu'à ta seule chance, mais je sais me montrer généreux, parfois. Si tu répares tes erreurs, je t'accorderai une faveur.

– Une seconde vie ?

– N'exagère pas, une seconde mort fera amplement l'affaire.

– J'accepte, que me faut-il accomplir ?

– Tu as sollicité mes démons pour tramer tes petites manigances au sein de ton empire et ton monde leur a plu puisqu'ils s'y sont installés. Je veux juste qu'ils reviennent, peu m'importe la manière.

– Ma chance n'a donc nulle incidence sur cette tractation. Vous m'avez capturé afin que j'accomplisse une mission périlleuse, cela mérite à l'évidence un tout autre privilège.

– Ne te montre pas trop arrogant petit marquis, tu pourrais y perdre bien plus que ton imagination étriquée est capable de supposer. Débrouille-toi simplement pour me prouver que ta mort peut m'être utile.

Le ciel était gris et les nuages bas, la compagne du démon s'était approchée de Monzag pendant qu'il marchandait au bord de l'escarpement rocheux. Avec les vents sauvages qui balayaient les cimes, elle n'eut guère besoin de bousculer l'homme très violemment. Pendant un court instant, le condamné écarquilla ses yeux d'un bleu lumineux en battant désespérément des bras comme s'il pouvait encore reprendre son équilibre, puis dans un dernier réflexe, il poussa un effroyable hurlement en basculant vers les profondeurs de l'abîme.

– J'adore voir cette lueur de panique qui s'empare de leur regard lorsqu'ils s'apprêtent à chavirer, se délecta-t-elle dans un rictus féroce. Ils sont déjà morts, pourtant la peur du trépas rôde toujours en eux, tapie dans l'ombre.

– Et tu oses te prétendre moins abominable que je ne le suis.

– Tu ne m'as toujours pas dit pourquoi tu tenais tant à punir Melgoth et Baelith, ces rebelles suivent ton exemple après tout.

– Je n'aime pas que l'on touche à mes pions.

– Aurais-tu des projets pour ce monde ?

– Qui peut savoir de quoi demain sera fait.

– Toi.

– Rien n'est moins sûr, l'éternité n'aurait plus d'attrait, sinon.

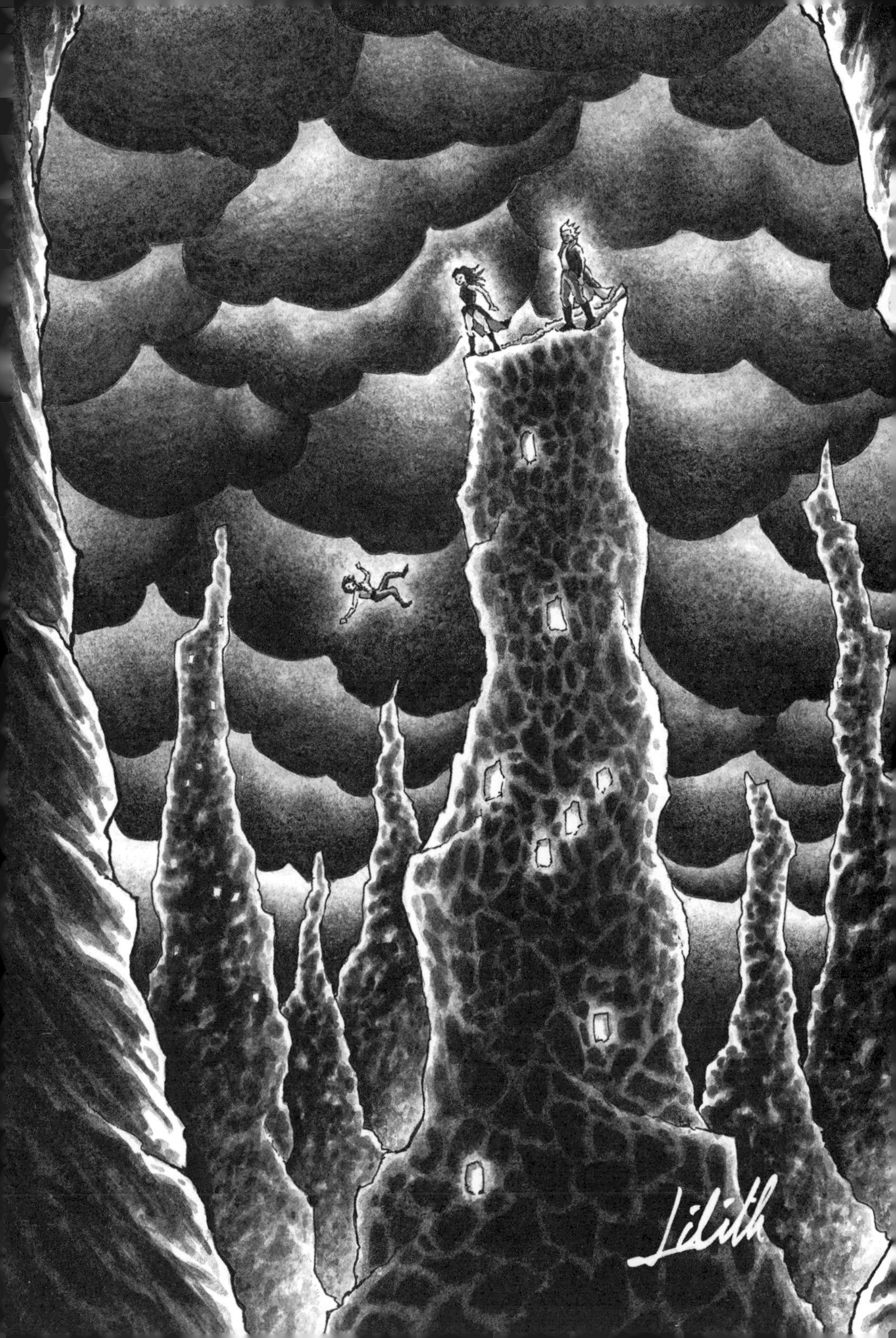
Lilith

LE LYS NOIR

Tome 1
Faustine

Tome 2
L'Enfer

Tome 3
Le Sanctuaire